幼馴染に色々と奪われましたが、もう負けません！

Character
登場人物紹介
シアン・ガーディア
黒騎士団の副団長。面倒見がよく、優しい。街でボロボロになっていた『アルト』を拾い、面倒を見ているうちに違和感に辿り着く。
「——……負けない。アルトになんかもう負けないっ」
「やりなおそう。もう一回聞かせてくれ。——お前は誰だ？」
ソラノ
歌が大好きだが、幼馴染のアルトに歌を禁じられてきた。アルトと入れ替わり生活を送るうちに、『悪役』にさせられていたが、シアンと出会って少しずつ変わっていき——

「……っなんで僕から奪おうとするの。
なんでソラノの癖に僕の上に立とうとするのっ」

アルト

ソラノの幼馴染。
自分に自信があるが、ソラノに関しては劣等感ばかり抱えている。

「ああ、必ず会いにくる。約束だ。
……それまで元気でなソラノ」

アラン・ガーディア

黒騎士団の団長。シアンの兄。
とある事件に巻き込まれ、盲目になっていたところをソラノに救われたが……

黒騎士団

王国内の騎士団で、主に犯罪や魔物に関する事案で動く。

ラト

黒騎士団の第二部隊・隊長。人を喰った物言いだが、気はいい男性。

シーラ

黒騎士団の第三部隊・隊長。
優しく、気風のいい女性。

セイラ

黒騎士団の第二部隊・副隊長。
やや天然で、ほんわかしている。

ドンファ

黒騎士団の第三部隊・副隊長。
寡黙だが、歌を聞くのが好き。

プロローグ

「邪魔なんだよ！」

「迷惑だってことわかんないのかな？」

「これは全部ソラノが選んで決めた結果で、ソラノが悪いんだよ」

「触るな」

……嫌悪と怒り。蔑視と嘲笑。そしてあなたから向けられる拒絶。

周りから向けられる視線が、言葉が、心に刺さって痛い。

僕を嗤《わら》う声がずっと頭に響いて心が、身体が日に日に重くなっていった。

――情けない。そう思っても、僕は何もできなかった。

でも――

「よく頑張ったな。もう大丈夫だ、安心しろ」

……あの日、貴方に出会えたから。

そう言ってあなたが僕を見つけて、認めてくれたから僕は変わろうと、負けないと思えたんだ。

ありがとう――さん。

第一章

洗い終えた服を籠へ入れる。冬の川の水の冷たさは凶器のようだった。

冷え切った手から心臓へと伝わるドクドクとしたような痛みを感じ、その手に息を吐きかけながら何気なく空を見上げれば……

「綺麗……」

髪の隙間から見えた空は青く、とても澄んでいて、どこまでも広がっていた。冷えた空気は肌全てを刺すけれど、この青空の下で吸う空気は清々しくて気持ちよかった。

「よし！」

別の籠から次の服を手に取り、僕は鼻歌交じりに洗い始めた。

ジーラル王国。その中心地である王都の端にある貧民街の孤児院。そこに住む僕は、幼馴染と一緒に孤児院から少し離れた山の麓《ふもと》へ洗濯に来ていた。この国の、少し離れた森の奥深くには、魔の森と呼ばれる魔物が多く生息する森がある。危険だけれど、騎士の人達が定期的に見回りをしてくれているから安心して僕達は暮らせている。

孤児院には数十人の子供が住んでいるため、一度の洗濯物の量がすごく多い。一つの籠分は洗い終えることができたけど、まだあと一つと半分残っている。

「ふんふふん♪　～～♪」

鼻歌がいつの間にか声に変わっていく。小さな頃から歌を歌うのが大好きだった。歌えば澄んだ空気に声が響いて気持ちがいい。自然と笑顔になりながら、僕は歌の調子にのって体を揺らしながら服を洗っていった。

すると後ろからお尻辺りを軽く蹴りつけられた。

「わっ！　とっ」

「ソラノ、うるさい」

「あ、ごめん」

後ろを振り返ると、一緒に洗濯に来ていた幼馴染――アルトが寒さに赤らんだ頬に不快さを滲ませ立っていた。歌う声が大きくなりすぎていたみたいだ。

「耳障りだからやめてよね」

「ごめん……」

大好きな歌を耳障りと言われ、落ち込んでしまう。そんな僕にアルトは「洗濯どこまで終わった？」と聞いた。

「あっ、あと籠一つだよ」

慌てて答えれば、アルトは「ふーん」と籠の中を覗き込んだ。そんなアルトを横から見てやっぱり綺麗だなと思った。アルトはもうすぐ十四歳で、僕より一歳と少し年上だ。整えられた茶髪と蒼い瞳をしている。どこかあどけなさを残しながらもその表情には自信が満ち溢れていて、格好いい。

チラリと川に映る自分に目をやれば、伸び放題の前髪のせいで顔は見えない。アルトより少し明るめの茶髪は、寝癖なのかと言うほどボサボサの跳ね放題で、どこか野暮ったくて見窄《みすぼ》らしい。

「ほんとだ、早いじゃん。この調子で行けばみんなから褒められるかもね？」

「ほ、ほんと？」

落ち込んでいた気持ちが浮上する。

僕は孤児院のみんなから嫌われている。アルトはそんな僕に唯一話しかけてくれて、今日のように院の子達との仲を取り持とうとしてくれるんだ。

孤児院では、家事は基本、当番制だ。そして洗濯は二人から三人で行う。

今日は、本当ならアルトと違う子が洗濯当番だったのだけれど、その子が急に体調が悪くなったとかでアルトが一人裏庭掃除をする僕を誘ってくれたんだ。

曰くこれはチャンスだと言って。冬の水を使うお仕事は寒くて冷たいので嫌われている。そんな中、僕が進んでアルトを手伝い、早く終わらせることができれば、きっとみんなから褒めてもらえると。

アルトはみんなの人気者だ。

そんなアルトが言うのなら、本当に皆から褒めてもらえるかもしれない、と想像して頬が緩んだ。

「僕ももうちょっとしたら手伝うからそれまで頑張って」

「うん！」

アルトは洗濯に慣れていなくて、手の痛みに早くから休憩をしていた。

元気に頷いて、洗濯に戻ろうとした時、ふとアルトが持っているものに目がいった。

「あれ？　アルト、何持ってるの？」

「これ？　院長が貸してくれたの！　温熱具《おんねつぐ》っていう魔道具だよ。温かいよ～」

「へー」

魔道具というのは、魔石が埋め込まれた魔法道具のこと。

温かいという言葉に、アルトが手に持つ丸い黒石のようなものを感心しながら眺めた。そして、少しだけ羨ましく感じてしまった。

……アルト、そんなすごいもの院長から借りてるんだ。

洗濯当番はよく回ってくるけど、そんな道具貸してもらったことがない。

他の子が使っているのも見たことがないし、きっとアルトだけの特別なんだろうな。

「ソラノも、もし休憩する時があるならこれ貸してあげるよ」

「え!?　い、いいの!?」

つい、大きな声で反応してしまう。

そんな僕に、アルトはくすくす笑うと綺麗な笑みを浮かべて、僕にその温熱具を翳《かざ》した。

「うん。だから残りも頑張ってね？」

「う、うん！」

そんなにも羨ましそうに見てたのかな、と少し恥ずかしく思いつつも嬉しさの方が勝った。

そして、今度こそと急いで洗濯に戻ろうとした時だ。

「――あ！」

「え？」

アルトが大きな声を上げた。

驚いて、アルトを振り返り、その視線の先を辿ると茶色い何かが目に入る。お猿さんだ。一匹のお猿さんは、食べ物か何かと勘違いしたのか、洗い終えた洗濯物の籠を掲げていた。そしてせっかく洗ったばかりの服を撒き散らしながら森の中へと逃げていってしまった。

……あまりの光景にポカンと呆気にとられた。

「ソラノ何してるの!!　ここは見てるから早く追って!!」

「……え、あ、うん！」

その声に、慌てて僕は走り出した。


「――あーあ、もう真っ暗じゃん。最悪」

重い足取りで、孤児院に向かってアルトの後ろをついて行く。

「絶対に怒られる。なんで猿一匹から籠一つ取り返すのにここまでかかるのかな」

お猿さんを追い、散らばった衣服や籠を取り返すのに時間がかかってしまったために、日は落ちきり辺りは真っ暗だった。

「……ごめん」

結局、温熱具を貸してもらうどころではなく、土のついた衣類をアルトに払ってもらい、僕は洗い直すことだけに神経を集中させることになった。

孤児院のルールでは、日が暮れるまでに帰宅しなくてはいけない。それでなくとも夜の貧民街は危険だ。

……また、怒られちゃう。

冷え切った指を擦り合わせながら、籠に顔を埋める。さっきまで褒められるかもと期待が大きかった分、落胆も大きかった。

――ぅ
「……今、何か聞こえなかった?」

聞こえた妙な声に立ち止まり、振り返る。

「はぁ? 何も聞こえなかったけど?」

「確かに聞こえたはずなんだけど……」

目を閉じ、耳を澄ませてみれば、また微かな声がした。

「ソラノ!?」

なんだかそれが苦しそうに聞こえて、止めるアルトの声も聞かずに声の方へ走り出した。

道には灯りなんてついていないから、音だけが頼りだ。必死に耳を澄ませて走れば路地裏の掃き溜めの中に誰かが倒れているのを見つけた。

「大丈夫ですか!?」

持っていた籠を置き、急いでその人に駆け寄る。大人の男の人だ。

呼びかけると、その人から微かな呻き声が漏れ、ホッとした。

「よかった、生きてる……。っつ⁉」

ふと落ちた視線の先に息を呑む。シャツの胸元がどす黒い。たぶん血だ。

恐る恐る確認してみればすでに固まっているみたいだけど……

「ちょっと！　ソラノ何して……って、え？　何それ、人？」

どうしようかと考えていたところにアルトが追いついてきてくれた。

「アルトちょうどよかった！　この人怪我をしてるみたいなんだ。運ぶのを手伝って！」

この寒空のせいで男の人の身体は冷え切っている。早く手当てしないと命が危ないかもしれない。

僕一人だと運ぶのは難しいけれど、アルトと二人ならこの人を安全な場所まで運べるはず。

だけど、僕の言葉を聞いてアルトは顔をしかめた。

「はぁ？　嫌だよ。その黒いの血でしょ？　この寒さでそれだけ血が出てるならもう助かりっこないよ。ここどこだかわかってる？　貧民街だよ？　面倒事はごめんだし、放っておいて帰ろう」

そう言ってアルトに手を引かれる。言い募ろうとするもアルトは聞いてはくれない。

確かにアルトの言うことの方が正しいかもしれない。でも……

「ほら‼　ソラノ早く‼」

そう急かされるがままに僕は立ち上がり、一度だけ男の人を振り返って僕達は孤児院への道を急いだ。そして、着いたと同時にアルトに「お願い」と籠を渡した。

「はあ⁉　何考えてんの⁉」

「僕一人だとあの人を運べないから」

院には小さいけれど一つ荷車がある。子供の僕一人じゃ無理だけど、これでならなんとかあの人を運べると思う。荷車を用意しているとアルトが苛立ったように足を踏み鳴らした。

「ソラノ、まさか助けに戻るつもり？　あんなの連れ帰ったらまた院長に怒られるよ？」

「……うん」

怖いけど、仕方ない。見つけてしまったのだからあんな苦しそうな人、僕にはそのまま見殺しになんかできない。

僕だって、昔両親が死んで一人ぼっちだったところを助けられて今ここにいるんだもん。

「つああそう！　じゃあ勝手にすれば？　僕は絶対手伝わないし、怒られても知らないからね!!」

アルトは早口に言うと僕の分の籠を背負い、もう一つは自分の籠に重ねると早足にこの場から去って行った。

……すごい。重たいのに一気に全部持っていっちゃった。

そんなアルトに目を丸くするも、ハッと意識を戻し気合を入れた。

「よし！　僕も急ごう!!」

荷車を持つ手に力を入れ、僕は男の人の無事を祈りながら彼の元まで急いだ。

「はぁ、はぁ、は、運べたぁ……」

荒れた裏庭を通り、そこにある物置小屋——自分の部屋のベッドへと男の人を寝かせたところで思わず床に座り込んでしまう。

つ、疲れた……重たかった……

孤児院では複数人で一部屋を使用している。だけど僕だけは違って、外にある小さな物置を一人で使っている。これは誰も僕と相部屋になりなくないと言った結果だった。

悲しいけれど、そのおかげで気兼ねなく男の人を運ぶことができた。

「……大丈夫、息してる」

僕が男の人の元に戻った時、男の人は意識がないまま掃き溜めの中にいた。

男の人の呼吸を確認した後、僕はもうひと踏ん張りだと気合を入れて、今度は手当てに必要な道具を取りに院の中へと急いだ。

でも、食堂の前を通った時、扉の向こうから楽しそうな声がして一瞬足が止まりかけてしまう。

誰かわからない人を孤児院に連れて来てしまったんだ。バレたら怒られる。そうなれば男の人の手当てができない、と明るい喧噪を振り切るように僕はそっと廊下を通り過ぎた。

「ふぅ……」

塗り薬や包帯を巻き、なんとか一通りの手当てを終えたところで額の汗を拭った。

手当てといっても、簡単なことしかできなかったけど、血の量の割に胸の傷が浅くてよかった。

蝋燭の灯りの下、改めて男の人を見ると山吹色の髪をした端正な顔立ちをした若い男の人だった。

体格もいい。道理で重たいはずだ。

「これどうしよう……？」

男の人の服を掲げる。血で汚れて、胸元を含め所々破れているけれど、黒の布地は高そうで、所々入っている金の柄がすごくかっこいい。脱がすのがちょっと大変なくらい、生地もしっかりしていた。

流石に捨てるのはよくないよね？

今度洗おうと畳んでベッドの下にしまった。

「う……」

呻き声に、慌てて男の人を覗き込む。男の人は眉間に皺を寄せて震えていた。

額を触ればすごく熱い。首下まで毛布をかけるも、男の人はまだ震えている。

寒いのかな……

古い石造りの部屋は、所々穴が開いていて夜には冷える。狭い部屋の中をさまよい、暖を取れそうなものを探すも何も見つからない。

……どうしよう。あ、確か院の建物には予備の毛布があったはず。

また取りに行かなくちゃ、と立ち上がった時、小屋の扉が開いた。

「――ソラノ」

「院ちょ……っ!!」

部屋に入ってきた壮年の細身の男の人――サルバ院長は入ってくるなり、手を振り上げ、僕の頬を強く叩いた。その衝撃に床に倒れ込んでしまう。

「お前は……また勝手なことをして！　なんだその男は。そんなどこの誰かもわからないような奴に貴重な薬や包帯を使うとは何事だ！」

「す、すみません！」

見上げると、前髪を後ろに撫で付けた院長の額には筋がはっきりと立って、顔は怒りで歪んでいた。

「アルトから話は聞いた。指示された裏庭掃除をサボり、無理矢理アルトの当番相手と洗濯当番を代わって、アルトにつきまとったそうだな！」

「……え？」

「それで洗濯もせず猿と遊んでいただと？　挙句の果てにはこんな時間までアルトを連れ回し、アルトに荷物全てを押し付け――お前は一体何をしているんだ!!」

「……っすみません」

怒鳴る声に体が跳ねた。慌てて頭を下げて謝るも、告げられた言葉に内心困惑した。

サボったり、無理当番を代わったりしたつもりはなかった。

アルトの相手は体調不良だったんじゃなかったのかな？　でも、僕がお猿さんに籠を取られていなければ、早く取り返せていればこんな時間までかからなかっただろうし、アルトが荷物を全部持っていってくれたのは本当のことだ。

全部、うまくできなかった僕が悪いんだ。

「罰として今日の晩ご飯は抜きだ。そこの男も厄介ごとが起きる前に捨ててこい」

「つ、待ってください!!」

冷たく告げるサルバ院長に、バッと顔を上げた。

「傷がいっぱいで熱も出ているんです。今外に出してしまったら死んでしまいます！」

「それがどうした。何か問題でもあるのか？」

鋭く院長に睨みつけられて一瞬怯む。

それでも僕は、床に手と頭をついてなんとか言葉を絞り出した。

「つか、勝手なことをしてすみませんでした！　だ、だけどっ捨てるなんてことできません！　ぼ、僕が全部責任を負います！　面倒も全部見ます！　だからこの人を置くことを許してください！」

子どもの僕にどこまでできるのかわからない。

でも、僕がこの人を連れてきたんだ。僕にできることならなんだってする。

「お願いします……っ」

必死に頭を下げる。すると、暫くの静寂のあと院長は大きな溜息を吐き出した。

「……薬も包帯ももう使わせない。食事も用意しない。何か問題を起こせばその男共々すぐに切り捨てるからな」

「え？」

院長の言葉に顔を上げる。だけど僕が何かを言う前にサルバ院長はさっさと部屋から出ていってしまった。

許してもらえた……？

「よ、よかったぁ……」

閉まる扉を前に、身体の力が抜けた。あとはこの人が悪い人じゃないことを祈るばかりだ。

それから僕は、院長が近くにいないことを確認して毛布を取りに行った。そして、戻ると震える男の人に毛布を被せ、手を握った。

「大丈夫ですよ」

そう言って、僕は小さな声で歌い出した。歌と一緒に魔法を使うと、水色のキラキラとした粒子が男の人の側を舞い始める。

癒し魔法。

この世界には、火・水・土・風・光・闇・無の七つの属性が存在している。

大体は一人に一つの属性だけど二つや三つと属性を持っている人もいるそうだ。

僕の属性は水だから光属性とは違い、傷や病気を治す治癒魔法は使えない。だけど、水属性でも体力や気力の助力になる癒し魔法を使うことはできる。

僕はその魔法が得意だった。特に大好きな歌を歌えば魔力消費も少なくずっと使うことができる。

「大丈夫ですからね」

苦しげに顔を歪めている男の人にまたそっと優しく囁いた。そして、苦痛が和《やわ》らぐことを祈って、静かに歌を歌った。

それから、僕は時間があれば歌と魔法で男の人を癒すようにした。

お世話を全て自分一人でしながら、当番のお仕事をこなしつつ魔法を使うのは少し大変だったけれど苦痛は感じなかった。

「これで合ってるのかな？」

男の人を助けてから三日目の夜。包帯代わりに布を巻きつけ、終わったところで男の人の左足を見ながら首を傾げた。

胸の傷や他の細かな傷以外にも、足の骨が折れていたようで、拾った木を添木代わりに固定して布を巻いているけれど、いまいちやり方が合っているのかわからない。誰に聞いても教えてはくれず、たぶんこうだろうと一人で首を傾げるしかなかった。

椅子に座り、まだ目覚めない男の人に向かって歌を歌う。

「――♪」

優しく歌うつもりが滲む期待に少し声が跳ねてしまう。それは、熱も下がってずいぶん顔色のよくなった男の人がそろそろ目覚めるかもしれないと思っているから。

早くこの人とお話ししてみたいな。

そう思った時、男の人からいつもと違う呻き声が聞こえた。

「ん……」

男の人の瞼がピクピクと動いている。そして、瞬きをする隙間から翠色の瞳が見えた。

「……ここは？」

「め、目が覚めましたか？」

思わず叫びそうになるのをなんとか呑み込み尋ねた。

「ここは……。私は……」

男の人は目を何度も瞬かせる。なかなか目の焦点が合わない。

それはそうだよね。四日も眠ってたんだもん。

そんな男の人に僕は息を落ち着け、できるだけゆっくりと事情を話そうとした。

「えと、あのっ、こ、ここはジーラル王国の貧民街孤児院です。あ、あなたは酷い怪我をしてゴミ捨て場に倒れていたんですが……お、覚えていますか？」

でも、緊張で言葉が上擦って全然うまく言えなかった。少し熱くなる頬に顔を俯けていると、男の人はハッとした様子で勢いよく起き上がろうとした。

「孤児院……。怪我……っ、そうだ！　私は、っつ！」

「だ、大丈夫ですか!?」

だけどそれは失敗して、胸を押さえまたベッドの上へと戻ってしまう。男の人は痛みを逃すよう数度息を吐き出し「そうか……」と呟くと、僕を見た。

「……ここは孤児院なんだな。声からして少年のようだが——君が助けてくれたのか？」

「は、はい！」

「そうか、ありがとう。重ね重ねすまないが、私はどれくらい眠っていた？　それと、辺りが暗くてよく見えないんだが、今はどういう状況なんだろうか？」

「えっ——」

暗い……？

周囲を見回す。確かに薄暗いけれど、蝋燭に照らされているから周囲が見えない程ではない。

男の人を見れば答えない僕に困惑したような表情を向けている。だけど、その視線は僕とは合わない。

その様子にごくりと唾を呑んで答えた。

「……今日は十二月の十二日で、あなたを見つけてから四日程経っています。でも……確かに今は夜で暗いですが蝋燭をつけているので……」

そこまで言うと、男の人の視線が弾かれたように上がる。だけどやっぱりその目が僕を捉えることはなく、どこか遠い。

目が見えないんだ。男の人の様子から初めから目が見えなかったわけではなさそうだ。

「そうかあの時……」

男の人は何か心当たりがあるのか息を吐き、目を閉じた。

そんな男の人の様子に、僕は沈痛な思いで項垂《うなだ》れた。

「……ごめんなさい。僕が上手く手当てできなかったから……」

あれだけの傷を負い、苦しんだのに、目を開けると何も見えなくなっている。それはどれだけ不安で悲しいことなんだろう。

だけど、僕の言葉に男の人は一瞬驚いたように目を開き、そして目元を和《やわ》らげた。

「……大丈夫だ。これは怪我のせいではなく、魔法のせいだと思う。専門の者に見せれば元に戻るだろう」

「ま、魔法？　本当に大丈夫なんですか？」

「ああ、心配ない」

不安のない声で言うと、男の人はもう一度僕に向かって微笑んでくれる。それはどこか僕を安心させてくれているように見えて、きっとこの人は悪い人じゃないと思った。

「そうですか……それならよかったです」

「心配してくれてありがとう。……しかし申し訳ないのだが、もう少し身体が回復するまでここに置いてくれないだろうか」

「はい、それはもちろんです！　しっかりお世話しますので頼りにしてください！」

身体の前で両手をグッと握り締め、力強く頷いた。

そうすれば男の人は「ありがとう……」と言って再び目を閉じてまった。

慌てて確認すれば寝息が聞こえる。まだ怪我も治ってないし熱も下がったばかりだ。

ホッと息を吐き出し、男の人から言われた「ありがとう」という言葉を思い出し、クスッと笑みがこぼれる。

「……次起きた時にも、僕とお話ししてくれるかな？」

静かな部屋に、願いにも似た言葉がぽつりとこぼれた。

この孤児院では、アルト以外誰も僕とは話をしてくれない。当番決めは気づけば終わっていて、誰かと組んでも無視される。ご飯も僕だけこの部屋で食べている。みんな僕を避け、嫌い、陰で笑っている。だからこそこの人の目が見えないと知った時、ちょっとだけ、ほんの少しだけ僕を嫌わないで、お話ししてくれるんじゃないかと期待してしまった。

目が見えなければ、醜い僕を嫌うことはないかもしれないと。

「……そんなこと本当は思っちゃダメなのに」

前髪を掴んで自分を隠すように引っ張った。それから気持ちを切り替えるように、両頬を手でパチンと叩く。

「よし！　明日からも頑張るぞ！」

暗い気持ちを振り切るよう、明日のため早く寝ようと床に寝転び目を瞑った。


お盆を手に裏庭を駆ける。外の朝の空気は殊更冷えているけれど、へっちゃらだった。

苦戦しながら自分の部屋の扉を開けば、男の人――アランさんがこっちを向き微笑んでくれる。

「ソラノか？　おはよう」

「はい！　アランさんおはようございます！」

彼が目を覚ました日から今日で六日目。アランさんは普通に起き上がれるようになっていた。そして僕とたくさんお話をしてくれる。

名前はアランさん。二十歳で、黒騎士団に所属しているそうだ。この国には白と黒の騎士団が存在している。王族やお城、王都の治安を守る白騎士団と、主に犯罪や魔物に関する事案で動く黒騎士団だ。

アランさんは、黒騎士団の一員としてある犯罪集団を追い詰める際に油断してしまい、気づけばあのゴミ置き場に倒れていたという。

「アランさん、朝ご飯持ってきました」

「ありがとう」

向けられる笑顔を嬉しく思いながらアランさんの前に食事を運ぶ。

大きなお盆の上には、パンが四つとスープの皿が二枚。きちんとアランさんの分のご飯も載っている。それまでは僕の分を分け、なんとか食べさせていたけれど、アランさんが目を覚ました次の日に、アランさんから聞いた話を院長に伝えると対応を変えてくれたんだ。

もっといい部屋へ移ることも提案していたようだけれど、アランさんの「ここがいい」との言葉に、今も僕と同じ部屋で過ごしている。それが嬉しくてニコニコしてしまったのは内緒だ。

あの黒の服は騎士団の制服だったらしく、院長には「何故服を見て気づかない！」とたくさん怒られてしまった。院長が部屋に来た時、脱がした後だったから……

でもそれ以降、食べ物や薬を渡してくれるようになったおかげか、アランさんの回復は驚くほどに早い。

初めは目の見えないアランさんに僕がスープを飲ませていたけれど、今ではまるで見えているかのように一人で飲んでいる。すごい！

「ソラノ、これは君が食べなさい」

テーブルの上を探るように触れたアランさんは、パンを一つ掴み僕の方に差し出す。

「だ、だから大丈夫です！　アランさんが食べてください！」

「私は大丈夫だから食べなさい。これで二つずつだろう？」

「ダメです！　アランさんは怪我人なんですから！」

これはアランさんが起きてから毎朝繰り返される会話。アランさんの食事は僕達と同じ硬いパンとほとんど具のないスープ。でも、僕のパンは一つにアランさんのパンは三つ。大人で怪我人であるアランさんが多く食べることは当然のことだし、いつも僕はパン一つだから慣れっこだ。

お腹いっぱいに食べて、早く元気になってほしいのに、アランさんは毎回こうやって僕に自分のパンを分けようとする。断ってもいつも押し切られてしまうが、今日こそはと強気な言葉で返した。

——しかし、その瞬間に僕のお腹が鳴ってしまう。

アランさんと顔が合い、熱くなった顔を隠すように慌てて俯くと、アランさんがふっと笑う声がした。

「いいから食べなさい。ソラノは夢の中までお腹を空かせているようだしな。食べ盛りだろう？」

「え？」

顔を上げると、アランさんは思い出し笑いをするようにくすくす笑っている。

……もしかして僕、何か寝言で言っちゃってたのかな⁉

さっきよりも頬が熱くなり、恥ずかしさのままそっとパンを受け取った。

「……ありがとうございます。いただきます」

「ふ、く、ふふ」

ついに堪えられなくなったらしい笑い声に、頬を膨らませる。でも、受け取ったパンを齧ると、その美味しさに頬が緩んでしまった。

「……ありがとうございます」

「ああ」

今までは向けられたこともない優しい顔に、嬉しく、また恥ずかしくなった。

「ソラノ。何か私に手伝えることはあるか？」

裏庭掃除をしていると、僕が拾ってきた長い木の棒を支えに、アランさんが僕の元まで歩いてくる。目が見えないからできることが限られている、とアランさんは少し悔しそうだけど、僕からすれば見えてないなんて思えないほどの動きに驚いてばかりだ。

「大丈夫ですよ。ゆっくり休んでいてください」

「いや、何か動いていないと身体が鈍《なま》りそうなんだ」

「身体が……」

そう言われて、どうしようと考える。

アランさんは騎士だ。身体が鈍《なま》るのはよくないんだろう。だけど、まだ怪我も治っていないのだから手伝いなんてさせられないし、安静にしていてほしい。

かといって部屋に戻ってもらうにしても、あの寒い部屋では身体が悴《かじか》み、固まってしまうだろう。

「あ、そうだ。ちょっと待っててくださいね」

目に映った落ち葉に、アランさんにそう声をかけ、僕は自分の部屋から椅子を持ってくる。

「ここに座ってください」

「わかった」

素直に座ってくれたアランさんの前に、集めた落ち葉や枯れ木を用意し、焚き火の準備を始める。

「……これは何をしているんだ？」

パチパチと響く音に、されるがままにいたアランさんは困惑した表情だ。

「アランさんはここで火を感じていてください」

「……それは何もしていないのと同じでは？」

「違います。火を感じる訓練です」

あとは椅子と同じく、持ってきていた毛布をアランさんの背にかける。これで少しは暖かいはずだ。これは火を感じて寒さを感じないようにする訓練だ。うん！

「……いや、これは……」

「訓練です！」

何か言おうとするアランさんにすかさず訓練で押し通した。

するとアランさんはため息を吐いて苦笑した。

「……わかった。君はたまに頑固になるな……」

「ふふ。よろしくお願いします！」

勝った！　とホクホク笑顔を浮かべる。嬉しさのままに鼻歌を歌いながら掃除に戻ると、建物の方から僕の名前を呼ぶ大きな声が聞こえた。

「ソラノ!!」

「アルト？」

その声に急いで歌うのをやめる。振り返れば、眉を吊り上げて、どこか怒っている様子のアルトがこちらへと駆けてきた。

「ソラノ何してるの？　皿洗いサボっちゃダメでしょう！」

「え？　僕？」

「そうだよ！　今日の当番代わってくれるって言ったじゃない！」

身に覚えのない話に目が丸くなった。今日アルトと会ったのは、朝食を取りに行った時くらい。その間に挨拶はしたけど、それ以外に約束なんてしていないはず。だけどアルトは言ったと譲らない。

首をかしげる僕にアルトの表情が険しくなった。

「もう！　またとぼけるつもり？　ほら早く！　院長怒ってるよ!?」

「え？　ま、待って！　でも掃除が……」

院長が怒っているのなら行かないといけない。でもその院長に言われた庭掃除がまだ途中だ。どうしたら……と、悩む僕を急かすよう、アルトは苛々した声で言う。

「庭より僕の用が先！　庭掃除なんて体《てい》よく院長に外に追い出されてるだけなんだからどうでもいいよ！」

「え!?」

そうだったの？

「ほらもうさっさとしてよ！」

「う、うん」

「ちょっと待て」

まさかの事実に衝撃を受けつつ、歩き出そうとすれば、アランさんが声を上げた。

ああ、そうだアランさんに部屋に戻っておいてもらわないと。

流石に火があるところに目が見えないアランさんを一人置いてはいけない。僕の部屋にと思ったけれど、それはやっぱり寒いだろうから院の方にいてもらおう。

そう思って振り返ると、アランさんは厳しい顔をしてアルトの方を見ていた。

「っ……アランさんいたんですか？」

「何故君の分の仕事をソラノがしなければいけないんだ」

アランさんはアルトの問いに答えることなく、僕達の前まで来ると僕を隠すようアルトに向き合った。

僕の前には鍛え上げられた逞しい背中がある。なんだかすごく大きく見えた。

「っ、それはソラノが代わってくれるって言ったから……」

「ソラノが？　それはいつの話だ？」

「いつって……この間です」

「この間か。ソラノ、覚えはあるか？」

「え!?」

話を振られ、慌てて考える。

約束は今日したものじゃなかった。だからと言ってアルトと当番を変わると約束を交わした覚えもなかった。

「……してないです」

「ソラノ！」

大きなアルトの声にビクッと肩が跳ねる。それに慌てて僕が忘れているだけかもしれない、と言おうとしたところで、アランさんが再びアルトへと問いかけた。

「ソラノは約束していないと言っているが？」

「ソラノが嘘をついてるだけです！」

「嘘？　そうやって声を荒らげている君の方が疾《やま》しいことがあるように見えるが？　彼の言葉が嘘だと言うのなら、もっと具体的に、いつ、何処で交わした約束なのか教えてほしい」

「っ」

アランさんの言葉に、完全にアルトは言葉を詰まらせた。そしてそのまま何も言わないアルトに、アランさんは冷たく告げる。

「君の声は不愉快だ。早くどこかに行ってくれ」

「っもういい！」

「あ、アルト！」

アルトが走り去ってしまう。追いかけようとしたけれど、アランさんに「ソラノ」と名前を呼ばれて立ち止まる。振り向くと、アランさんは申し訳なさそうな顔をしていた。

「……すまない。余計なお世話だったか？」

「……いえ、信じてくれてありがとうございます」

さっきまで強気にアルトに対峙していたのに、と思って、肩の力が抜けた。

こういうことはたまにあって、でも今までは誰も信じてくれず、僕も流されることが多かった。

だからアルトの様子は気になるけど、アランさんが僕を信じてくれたことの方が嬉しい。

僕の言葉にアランさんは表情を和《やわ》らげてくれた。

「そうか……。少しは君の役に立てていればいいんだが」

「役に立つだなんて！　そんなこと気にしないでください！　アランさんのおかげで沢山ご飯を食べられるようになりましたし、怒られる回数も少なくなりました！」

「ソラノ……。そんなにいつも怒られているのか？」

「うっ」

どうしよう、アランさんにできない奴だって思われた。

言葉が詰まってしまうも本当のことだから仕方がないと肩が落ちた。

「はい……。僕、要領悪くてみんなのお仕事の足を引っ張っちゃったり邪魔しちゃうことが多くて。それに前髪もたくさん伸びてるから鬱陶しいとか気持ち悪いって嫌われてて……」

「髪が……」

じっとアランさんが僕の声の方を見る。だけど僕はもうちょっと下です。

「切らないのか？」

「僕、不細工だからあんまり顔を見せたくないんです」

「そうか……」

「えと、はい、だからっ……僕、こうしてアランさんとお話しできてすごく嬉しいんです。僕なんかにも優しくしてくれて、心配して沢山お話もしてくれて……すごく、すごく嬉しくて楽しいんです。なので、役に立つとか立たないとかそんなこと考えないでくださいね」

そう言って、照れた顔を俯かせながらアランさんの手を引っ張って、さっきの椅子に座らせた。

「……ありがとうソラノ。君は本当に優しい子だな」

言われたことがない言葉に目を瞠《みは》る。そして、ツキンと痛んだ胸から目を逸らし、「そんなことないですよ」とアランさんから顔を背けた。


次の日の朝、食べ終えた食器を洗い場まで持っていく。そして、そのまま皿洗いをする。結局、昨日は次の日の皿洗い当番を代わると言うことでアルトには許してもらった。

「ソラノ」

「はい！」

腕まくりをして、「さあ！」と思ったところで後ろからかかった声に驚いて大きな声を出してしまった。恐る恐る振り返ると、不機嫌な顔をしたサルバ院長が立っていた。

「……今日のお前の当番はなしだ。アルトにも話は通してある。部屋に戻れ」

要件だけ言うと僕に背を向ける院長。ポカンと呆気にとられるも、慌ててその背中を呼び止めた。

「あ、あの！　どうして……」

「うるさい。さっさと部屋に戻れ。今日は庭掃除も必要ない」

チラリと僕を見て、それだけを言うと院長は去ってしまう。

こんなことは初めてだ。

だけど仕事がないのなら、今日は一日ずっとアランさんと一緒にいられる！

「アランさん！」

「おかえり」

自分の部屋へ戻り、扉を開けると、まるで僕がすぐに帰ってくることがわかっていたかのように、アランさんは驚くことなく僕に微笑んでくれる。そして「たくさん話をしよう」と言ってくれた。

嬉しくて、ベッド横の椅子にすぐ座り、お喋りを始めた。

「――えぇ！　アランさん、双子の弟さんがいるの？」

しばらく話していると、アランさんは自分に弟がいることを教えてくれた。

シアンさんという双子の弟さんだそうだ。双子といっても、雰囲気が違うからあまり間違えられることはないらしい。

「面白いことや冗談が好きで、お調子者な面もあるが器用な奴でな。要領もいいし、実は思慮深く、私よりも観察力があって優しい奴なんだ」

「いい弟さんなんですね」

弟さんをベタ褒めするアランさんに向かってそう言えば、アランさんは一瞬、虚をつかれたような表情になった。そして、照れたように頬を掻く。自覚がなかったみたいだ。

そんなアランさんにクスクス笑いながら、僕はシアンさんに思いを馳せた。

アランさんからは、その弟さんを大切に思っていることが伝わってくる。優しいアランさんがここまで信頼して大切に思う人。

僕も一度会ってみたい……

「ソラノ」

「はい？」

アランさんの方を向けば、目が合ったような気がした。

「助けてくれてありがとう」

「っ……アランさん？」

深く頭を下げ、改めて言われたお礼に息を呑んだ。

「あの日、君が助けてくれなければ、私は生きていられたかわからない。……暗闇の中でずっと苦しかった。だが、そんな時、誰かが私の手を握ってくれた。そして『大丈夫』だと言われ、苦しいと思う度に優しい歌声が聞こえた。その歌声と温かさに安心して、何度救われたかわからない」

アランさんの手が僕の手に重ねられる。

「……ずっと君の声が聞こえていた。優しく歌い、私を勇気づけてくれる声が。昨日私と話せることが嬉しいと言ってくれたな。私もずっと君と話をしてみたいと思っていた」

「っ、アランさん……」

ギュッと胸が熱くなった。僕の歌はアランさんに届いていた。僕と同じことを思ってくれていた。嬉しい。だけど、どうして今こんな話をするのかがわかってしまって、苦しかった。

「ソラノ、本当にありがとう。君の優しさに、歌にどれだけ救われたかわからない。私が今生きていられるのは君のおかげだ」

微笑むアランさんに息が詰まる。また、「優しい」だ。違う、違うよアランさん。僕は優しくなんてない。だって――

「……アランさん、違います。僕全然優しくなんてないです。だって、だって僕っアランさんの目が見えなくてよかったってずっと思っていたから！」

もし目が見えていたら、みんなみたいにきっとアランさんも僕を嫌いになる。

早く目が治ったらいいのになって思っているのは本当だ。でも、このまま目が見えなければ優しいアランさんのままでいてくれるかなと期待している僕がいた。こんな僕が優しいわけがない。

「ごめんなさい……っ」

アランさんから手を離して、溢れる涙を拭う。目が見えなくなったアランさんにそのままがいいと思うなんて自分勝手すぎる。酷いことを言っているのは僕で泣く資格なんてない。

だけど、そんな嫌われてしまったかもとの恐怖に染まっていく中で、明るい笑い声が響いた。

「っふ、はは！　なんだソラノ。そんなことを気にしていたのか？」

「……え？」

顔を上げると、アランさんが笑っていた。怒るのではなく、納得がいったとばかりに頷いていた。

「そうか、楽しそうな声に混じって、たまに物憂げだったから何か悩んでいるんだろうとは思っていたが……いいか？　私は君のことを綺麗だと思っているぞ？」

また驚いて目が丸くなる。綺麗だなんて初めて言われた。

アランさんはそっと僕の顔に触れると涙を拭うように指を動かした。

「目が見えていないから納得するのは難しいかもしれない。だが、たとえソラノの外見が醜くとも、私が君を嫌う要素はひとつもない。どんな姿をしていてもソラノはソラノだ。こうやって泣くのも君が優しく綺麗な心を持つ子だという証拠だろう？」

「アランさん……」

「だからソラノ、改めて言わせてくれ。あの時、私を助けてくれてありがとう。苦痛の中で、私が生きる希望を持ち続けられていたのは君の励ます声や歌に元気をもらえたからだ。君は私の命の恩人で……かけがえのない大切な人だ」

「っ。ありがとう、ございます」

全てを受け止めるような柔らかな声と言葉にまた涙があふれた。

そして、アランさんは告げる。

「……ソラノ、君は聡い。だからもう分かっているかもしれないが――私はそろそろ戻らないといけない。……たぶん明日には迎えが来るだろう」

「明日っ？」

ずっと一緒にいられないことはわかっていた。アランさんがお礼を言った時から、別れの予感も感じていた。

　でも、それがまさか明日だなんて思わなかった。そして、それと同時にこの時間は、アランさんが最後に僕と話すために作ってくれたものだとわかった。

「すまない」

「……いえ、大丈夫です。だってアランさん、大事なお仕事中だったんですよね」

　アランさんは大切な任務中にここに飛ばされたと言っていた。見せないようにしていたみたいだけれど、後悔しているアランさんの姿を僕は知っている。だからアランさんが早く戻らなければと思っていたことも知っているんだ。でも――

「頑張ってください」も「元気で」とも、僕の口からは出てきてくれなかった。

　明日だなんて急すぎると、感情が追いついてくれない。それほど楽しい日々だった。

　またあの寂しい日々に戻るの？　みんなから嫌われて誰も僕と話してくれない、関わってくれない。そんな一人ぼっちの日々に戻るの……？　そう、小さな嗚咽が漏れそうになった時。

「泣くな、ソラノ。――また会いに来る」

「……え？」

　ぼやける眼を上げた。

「私はまだまだ君と話し足りないからな。君さえよければまた会ってほしい。そして、その時また歌ってくれないか？」

「つい、いいです！　はい！　う、歌います!!　だからまた会いに来てほしいです！」

重く開かなかった口が、嘘みたいに軽く開いた。そんな僕に、アランさんは声を上げて笑う。

「ああ、必ず会いにくる。約束だ。……それまで元気でなソラノ」

「はい！　約束です！　アランさんも、元気でっ……！」

涙が溢れ出る。悲しい。でもそれだけじゃない。嬉しい感情も宿した涙が頬を伝った。


それから、翌日の早朝には騎士団から迎えが来て、アランさんは孤児院を去っていった。

サルバ院長に出てくるなと言われ、側での見送りはできなかったけれど、迎えが来るまでの時間たくさん話をし、見つからないよう木の影からアランさんが見えなくなるまでその姿を見送った。

そして、アランさんが孤児院を去った日から、僕は毎日のように暇さえあれば院の門の前でアランさんを待つようになった。

流石に早すぎるかなと思ったけれど、気になってついつい見に行ってしまう。

でも、それから一ヶ月が過ぎ、二ヶ月三ヶ月と過ぎてもアランさんが孤児院に来ることはなかった。

……忙しいのかな？　それとも僕のことなんて忘れちゃったのかも。

そんなことを思いながらも待ち続けた。

「……おい、あいつまたサボって門の外見てるぞ」

「ほんと。あんなかっこいい人があんな奴にわざわざ会いに来るわけないじゃん」

「なのに期待して毎日可哀想～」

そうやって何度も嗤《わら》われながらも待っていた。……だけどアランさんは来なかった。

それは、隣国との関係が悪化し、始まった戦争のせいだ。それにアランさんが所属する黒騎士団が派遣されたから。けれどそのことを、僕が知ったのは随分後になってからのことになる。

十六歳になると孤児院を出て行かなくてはいけなくなる。僕はその時までアランさんを待つ気でいた。

だけど、アランさんと別れて二年目の冬。三月生まれの僕があと数ヶ月で十五歳になり、院から出ていかなければならない年まで、あと一年と少しと迫った頃。

「ねぇソラノ、僕と一緒に孤児院を出ない？」

僕より早く十六歳になり、院から出て行くことになったアルトがそう僕を誘った。そして、断ってもいつの間にか僕はアルトと院を出ることになっていた。

……嫌だと言っても、アランさんを待ちたいと言っても誰も聞いてくれなかった。聞こうともせず、話を打ち切られた。僕の置かれる状況は、気づけば全て決まっている。

そして、僕の存在に触れることなく、ただみんなアルトが去ることだけを悲しんだ。

孤児院を出る日、僕とアルトはお互い外套のフードを被り、院を後にした。

僕の前を歩くアルトは不安でいっぱいの僕とは違い、なぜか機嫌がよかった。そして、貧民街を出て市街地の方に歩いていく。

ほとんど貧民街から出た事がない僕にとって、そこは未知の場所だ。誰も道に蹲《うずくま》っていない。並ぶ家々も道に並ぶ露店も行きかう人達の服もみんな綺麗だ。

そうしてみると、ボロボロのフードを纏う自分が酷く街から浮いているように見えて、恥ずかしくてフードをより深く被った。窺うようにアルトを見てみれば、同じ格好をしているはずなのに自然に街に溶け込んでいて不思議だった。

「――ここが僕達の新しい家だよ！」

「え？　僕達？」

市街地を離れ、建つ家もまばらになってきた頃、緩やかな丘を上った先にポツンと建つ小さな古家。その前でアルトは大きく手を広げた。

「そう。今日からここに住むの！　ちょっと伝手があって、すっごく格安で譲ってもらえたんだ！」

「ゆずっ⁉　そ、そんなお金どこからっ」

所々草が生え、崩れて木板が剥がれているところはあれど、修繕すればまだまだ住めそうだ。

アルトは簡単に言うけど、モノがモノだ。格安とはいえ、家を買うようなお金をどこから用意したんだろう。そう聞く僕に、アルトはすぐにわかるよと微笑むだけだった。

そんなアルトに眉を下げ、次に自分を見下ろした。アルトとは違って、僕には何もない。小さな鞄を一つ掛けてはいるけれど、ほとんど身一つの状態。

ど、どうしよう。僕、何もアルトに返せるものが……

血の気が引く僕に、アルトはわかってるというように凪《な》いだ目で頷いた。

「大丈夫だよ。ソラノが何も持ってないことくらいわかってるって。一緒に孤児院を出ようって言ったのは僕なんだからこれくらい僕にやらせて？」

「そ、それでも……っ」

「大丈夫だってば。これから一緒に住むんだから遠慮しないで！　あ！　言っておくけど悪いお金で買ったものじゃないからね！　もしそれで不安になってるんなら安心して？」

「う、うん」

綺麗な顔に慈悲めいた笑みを浮かべるアルトに、戸惑い気味に頷けばパッと明るく手を差し出される。

「じゃ！　そういうことだからソラノ、今日から二人でよろしくね？」

「え？　あ、うん！」

差し出された手を握り返すと、アルトがにっこり笑う。……アルトはやっぱりすごい。

こうして並び立つと、アルトと僕はよく似ているように思える。目の色や髪の色、髪型も背丈も声も似通っているのに、アルトは僕とは全てが違って輝いている。

たまにきつい言葉を使う時もあるけれど、アルトはこうして僕を気にかけてくれている。院を出ることは少し強引だったけど、でも――

握った手を離し、家を見上げた。

……ここが今日から僕達が住む家。そっか、アランさんもここで……

絶対に、アランさんを孤児院で待たないといけないと思っていた。だけど、ここの方が孤児院とは違い情報が入りやすいかもしれない。そうなれば、アランさんが任務から帰ってきた時、待つだけではなく、自分から会いに行くこともできるかもしれない。

そう思えば、心がふっと軽くなるような気がした。

「ほらソラノ、中を見ておいでよ。ベッドは二つあるからどっちを使ってもいいよ」

「うん。わかったありがとう。じゃあ、見てくるね！」

アルトにそう声をかけてから、新しい家の中へと入る。

中は傷《いた》みと埃だらけだけど、これこそ腕の見せ所だ。

掃除は山ほどやってきたもん！　アルトが準備を整えてくれた分、掃除や家事で役に立たなくちゃ。

「うん。ほんとこれからよろしくね？　――アルト」

気合に満ち溢れる僕の耳に、後ろで言うアルトのすごく楽しそうな声が聞こえた。そう、すごく楽しそうだったから、気のせいだと思った。

「うん！」

なんだか、アルトの言った名前が僕ではなく、アルトと聞こえたような気がしたことは――

第二章　ふたり暮らし

アルトと暮らし始めてから一週間。この家に来てから、アルトは機嫌がいい。

小さく鼻歌を歌っていると木の軋《きし》む音がした。その音にビクッと肩を揺らし、鼻歌を止める。

朝食を用意する手を止めて振り向けばアルトが眠たそうに二階から下りてきていた。

「おはようアルト」

「ふぁ～、おはようソラノ。……さっき鼻歌歌ってたでしょ。やめてって言ったよね？」

「うっ、ご、ごめん」

「……いいよ！」

いつからか、アルトに歌は歌うなと禁止されていた。それでもつい歌ってしまう。

ジロッと睨まれるものの、謝るとすぐにアルトは笑顔を見せてくれた。それにホッとしつつお皿とパンをテーブルの上に並べた。

「今日もまたお出かけするの？」

「うん」

アルトは毎日どこかに出掛けては、夕方近くに帰ってくるを繰り返していた。どこに行っているのかなんの仕事をしているのか聞いても、いつも秘密だと笑って誤魔化されてしまう。

僕も何か仕事を探した方がいいんじゃないかと思っているんだけど、戦争があり治安も悪くなっているから危ないと言って、アルトは僕を外に出したがらない。

……うーん、僕よりアルトの方が危ないと思うんだけどな。……うん。

僕はチラッとアルトに視線を向けた。

「……アルトあのね？　お野菜がなくなるから買い足したいんだ。他にも食材とかその、生活に必要な物とかあるから僕、買いに行きたいなって……」

今は、必要な物は言えばアルトが買ってきてくれる。アルトばかりに負担をかけてしまっていて申し訳ない。僕だって何か役に……と思っているのは本当だけど、街に行ってみたい気持ちが大きかった。せっかくこうやって孤児院から出てきたんだもん。

「……やっぱりダメ？」

無言のアルトにちょっと弱気になる。

しかし、アルトは頷いた。

「……いいよ」

「え？　本当!?」

「うん、いいよ。僕もそろそろこの生活限界だなって思ってたし。なんかごめんね？　気を遣わせちゃってたみたいで」

「そんなことない！　ありがとう！」

限界だなんてやっぱりアルトには負担をかけすぎていたようだ。

僕も早くお仕事探さなくっちゃ！

アルトは「ちょっと待ってて」と言うと席を立って二階の部屋に行く。それからすぐに階段を下りてくると、僕に黄色の可愛くて小さなポーチを差し出した。

「なにこれ？　――っ⁉」

受け取ると、ずいぶん重たい。中を見てみるとたくさんのお金が入っていて、危うくポーチを落としそうになった。

「それ、ソラノの分だから好きに使ってもいいよ」

「え！　なんで⁉」

ポーチの中には小銀貨が五枚と数枚の銅貨が入っている。

この国で使われている硬貨は、小銅貨・大銅貨・小銀貨・大銀貨・金貨・白金貨の六種類。小銅貨十枚で大銅貨、大銅貨十枚で小銀貨と変わっていく。

確かパンを一つ買うのに大体小銅貨十二枚前後だったと思う。つまり銀貨の価値は大体――、と考えて、慌ててこんな大金は受け取れない！　と断れば、アルトは憂い顔を浮かべた。

「……僕はさ、孤児院にいた時にも欲しい物をたまに買ってもらえたりしてたけど、ソラノは全然そういうことがなかったでしょう？　院を出る時の荷物も少なかったし、これで買い物をして余ったお金はソラノが自由に使っていいよ」

「い、いやそんなわけには……っ」

アルトにはたくさんお世話になっているのに、お金までもらうなんて流石にアルトに悪すぎる。

なのにアルトは「いいからいいから。じゃあ僕は仕事に行ってくるから」と言って僕に手を振るとさっさと家から出て行ってしまった。

そんなアルトを呆然と見送る。そして、慌ててテーブルの上にあるお皿を洗いにかかった。

お皿を洗うスピードがいつもより速い。こんな沢山のお金を持ったのなんて初めてだ。街に出たとしても盗まれないかドキドキして今から不安でいっぱいだ。

「ふふ」

だけど、それとは別にワクワクしたような気持ちに、口元が緩んだ。

家事を素早く済ませると、自分が持っている服を自分のベッドに並べて、どちらを着ていくか吟味する。といっても二着しかないし、どっちもアルトから貰ったものだ。

僕が孤児院から持ってきた服はアルトが汚いと言って全て捨ててしまった。

その代わり僕が持っていた服よりもずっと綺麗で、どこにも繕った痕や穴の開いていない服をアルトは譲ってくれた。

服を着替えて、外套を羽織る。これもアルトがくれたものだ。アルトはなんでも持っている。

「よし！」

外套には深いフードがついていて、鼻の下辺りまですっぽり隠れる。いつもなら、出来るだけ深くフードを被るんだけど……

せっかくの街だもん。今日ぐらいは被らないでおこう。

そう思って、掴んだフードから手を離した。そして軽く髪を整え前髪で顔が隠れていることを確認すれば、ポケットに入ってあるポーチをなくさないように握りしめ、期待に外へと足を踏み出す。

孤児院にいた時、数ヶ月に一度、貧民街の市場に行き、子ども達だけで買い物をするという日があった。だけど僕はそのほとんどを荷物持ちとして後をついて行くだけで終わってしまっていた。だから自分で買い物をするなんて初めてだった。

昔、何度か遠くから見た街はとてもキラキラ輝いているように見えた。だから、一週間前通った道を思い出しながら多分こっちと道を進んで、市場へと繰り出した僕は驚いた。もっと人がたくさんいて活気に満ち溢れているイメージがあったんだ。だけど……

「……暗い？」

想像していたよりも街の雰囲気が暗く、人通りも少なかった。

孤児院を出て今の家に行く際に街を通ったはず。だけど貧民街とは違う周りの景色に気を取られ街の雰囲気までは見られていなかったみたいだ。

とりあえず街中を歩いていくと、ポツリポツリといる人達の会話から街が暗い理由がわかった。思っているよりも隣国との戦争が長引いているのが原因のようだ。

「……アランさん」

隣国との戦争にはアランさんが所属する黒の騎士団が参加していると聞いた。そのせいでアランさんは僕に会いに来られないでいたんだと思う。忘れられてはいないはず……たぶん。

……どうか無事でいてください。

周りの雰囲気につられて僕も不安になっていく。

「……野菜買いに行かなくちゃ」

気弱になる心を頭を振ることでなんとか持ち直し、野菜を売っていて、できるだけ話しやすそうな人のお店を探した。

「す、すみません！」

少し歩き、僕が声を掛けたのは体が大きく、ツルンとした頭をした厳《いか》ついおじさん。

鼻下のくるんとした「ハ」の字型のお髭がどこか可愛い人だ。

「はいよ、いらっしゃい！」

声をかけたおじさんは明るく返事を返してくれる。でも僕を見ると顔を顰《しか》め、怪しそうな顔をした。

……やっぱり、僕変かな？

「えっと……あの、コレとコレ買ってもいいですか？」

顔を覆う前髪を摘んで下へと引っ張りながら、野菜を指差す。

「ん？　なんだ客か。ボロボロだから、物乞いでも来たのかと思ったぜ。ハナナとレダスだな。大銅貨四枚だ」

「あ、ありがとうございます」

怪しい顔から一変、おじさんはすぐに笑顔になって、指差した野菜を持ち上げてくれる。それに僕はポケットからお金が入ったポーチを取り出しつつ、こっそり自分の服を見下ろした。

アルトが着ている時や眺めていた時は綺麗な服に見えたけど、僕が着たらやっぱり似合わないのかな？

軽くショックを受けつつも、硬貨を数えて、おじさんに渡した。

「お！　ちゃんと金を数えられんのか。ガキにしてはやるな！」

「えへへ。前に騎士さんに教えてもらったんです」

アランさんとは少ししか一緒に過ごすことはできなかったけれど、その間に色々な事を教えてもらった。お金のこともその一つ。

褒められ、照れつつやった！　と喜んだ。

「騎士様に！　そりゃいい経験ができたな。はいよ。品物」

「ありがとうございます！」

おじさんから渡された袋を笑顔で受け取れば、おじさんもまた笑みを深めた。

「おう。元気がいいな。あんま見ない顔だけど最近この街に来たのか？」

「いえ、一応生まれも育ちもここです。でも、街の市場に来るのは今日が初めてで……」

「ほーそうなんだな。もしかして俺の店が初めての買い物か？」

「はい！」

頷くと、おじさんは「じゃあ」と笑って赤い果物を一つ籠から取ると、僕に渡してくれた。

「これは初めてに俺の店を選んでくれた記念だ。これからも贔屓《ひいき》にしてくれよ？」

「っは、はい！　ありがとうございます！」

すっごく優しい人だ！

嬉しくなって何度もお礼を言えば、おじさんは「やめろよ」と照れるように笑った。

そんな時――

「おっちゃん！　おっちゃん！　聞いてよ！」

「ん？　どうした？」

僕より少し年下くらいの赤茶髪をした男の子が、興奮した様子で走ってくる。

「聞いて驚けよおっちゃん！　ソラノが今日ルルム食堂で歌を歌ってくれるんだって！」

「何!?　ロン、まじかそれは！」

おじさんが転がりそうな勢いで驚く。僕は「ソラノ？」と、思わず出た自分の名前に不思議に繰り返すと、おじさんと男の子――ロンというらしい――に二人揃って驚いた顔を向けられた。

「なんだ坊主、ソラノのこと知らねぇのか？」

「は、はい」

「ええ!?　兄ちゃん、ソラノを知らねぇの!?　遅れてんな〜」

どうやらソラノさんのことを知らないのは変なことみたいだ。僕に、歌を歌う予定なんてないから、たぶんここに僕と同じ名前の人がいるんだ。いったいどんな人なんだろう？

そう考えていれば、ロンという子が自慢げにソラノさんについて話し出した。

「ソラノは今街でめちゃくちゃ有名なんだぜ！　男だけど美人で可愛くって、歌がめちゃくちゃ上手いんだ！」

「歌が……」

「そう！　ほらこの国ってずっと隣の国と仲悪かっただろ？　しかもついに戦争まで始まっちゃってさ。それでみんなが不安がってた時に、ソラノがここの広場で歌ってくれたんだよ！」

ロンが身振り手振りを交えながら叫ぶ。そんなロンの言葉を八百屋のおじさんが引き継いだ。

「その歌ってのがな、そりゃーいい歌声でなぁ。戦争は他人事《ひとごと》じゃねぇし、心がささくれ立ってた奴らも多かったんだが、ソラノの歌を聞くと元気がもらえてなあ。優しい性格と相まって今では俺やこの街連中みんな、ソラノの大ファンなんだよ」

「へぇー。すごい人なんですね」

感心しながら頷けば「すごいなんてもんじゃない！」とすぐにロンに訂正された。

気が付くと、周りにいた人達もロンの話を聞いていたのか、みんな頷いていた。さっきまで暗かった表情が、『ソラノ』さんの話をしていると、どこか明るいものに見えた。

……すごい。僕と同じ名前で、こんなにも人から望まれて好かれている人がいるなんて。

それも歌でなんて。

歌で人を元気にする、というのは僕がずっとやりたかったことだ。昔、僕が歌えば病気がちだった両親が笑ってくれた。僕の歌を聞くと元気になる、幸せだ、と本当に幸せそうに笑って言ってくれた言葉に抱いた夢。

それを実現させている人がいるなんて本当にすごいと思った。

「なぁ兄ちゃんもソラノの歌聞きに行こうよ。俺が連れてってやるからさ！」

「え？」

僕の手を、ロンが掴む。

驚いてその手とロンを交互に見るも、ロンは気にせず笑顔で「行こう」と手を引っ張り続ける。

今まで同年代の子達からは嫌われていたから、こうやって誰かと手を繋ぐことは久しぶりだった。……嬉しい。

「う、うん！　ありがとう！　お願いできるかな？」

「任せとけ！　そういえば兄ちゃんの名前は？　俺はロンって言うんだ。ロンって呼んでいいぜ」

「えと、僕は……ソラノ」

この状況で自分の名前は少し言い辛かった。

「えぇ!?　ソラノと同じ名前なのか？　珍しいな～」

「う、うん。そうみたい」

まじまじと見てくる二人に居た堪れなくなり、身を縮こめているとおじさんが一度頷いた。

「まぁ、あっちのソラノはめちゃくちゃ可愛いからな。こっちの坊主はなんか見た目モサモサで暗そうだし……似てるとこは声くらいか？　いや、ちょっと喋った感じ性格も……」

「おっちゃん……それ本当の事だけど失礼だぞ？」

「ロンも失礼だよ……」

ぶつぶつと呟くおじさんを遮り言ったロンの、その内容に肩を落としながら言った。

二人ともそんな当たり前のように言わなくても……

「はは、悪い、悪い！　じゃあ行こう！」

「あ、う、うん」

「くそー！　店さえなければ俺も聞きに行ったのに！　いや、誰かに任せて聞きに行くか？」

ロンに手を引かれて走り出せば、そんな声が後ろから聞こえてくる。クスッと笑って、前を向く。

……街に出てきてよかった。不安も多かったけど優しい人達がたくさんで楽しい！


「――げっ！　いっぱいいるな……」

「ほんとだね……」

ルルム食堂に着くと、中はたくさんの人で溢れかえっていた。外観から中も広そうだと思ったけどこれじゃあよくわからない。

「よし！　行くぞ！」

「えぇ⁉」

ロンが僕の手を握り直し、その人混みの中に入っていく。出来るだけ前の方に行こうと進んでいくロンのあとを僕は必死について行った。

「ま、この辺でいいかな？　兄ちゃん大丈夫？」

「な、なんとか」

最前列近くまで来てようやくロンが立ち止まった。ロンに答えた後、息を整え顔を上げると、周りの人達は皆、僕よりも背が高い。その隙間からなんとかその先に少しの空間とステージのような台が見えた。たぶんあそこにソラノさんが来るんだろう。

今度は集まっている人達に目をやれば、みんな楽しそうに笑っていて、ソラノさんの歌を楽しみにしていることがわかる。

その様子になんだか僕まで楽しくなってきて「ふふっ」と笑い声が漏れてしまった。

「ん？　何急に笑ってんの兄ちゃん？」

「ごめんなさい。なんだかみんなが楽しそうなのを見て、楽しくなっちゃって」

「あ～確かにみんな笑ってるけど、兄ちゃんがその見た目で急に笑い出したら結構怖いぞ？」

「……ロンって結構言うよね」

ジト目を向けるも、ロンは笑うばかりだった。

そうやって、ソラノさんがやってくるまでの間、ロンと雑談を交わして時間を潰した。

すごく楽しい時間で、次、遊ぶ約束まで交わすほどだった。

そして、周囲から大きな歓声が上がった。

「──みなさんお待たせしました。ソラノです！　こんなに来てくれて……ありがとうございます。すごく嬉しいです！　少しの間ですがよろしくお願いします」

「え……？」

聞き覚えのある声に驚いて顔を上げる。台の上にはいつの間にか人が立っていた。それは……

「「ソラノ～！」」

「ほら兄ちゃん来たぞ！」

歓声が上がり、ロンに服を引っ張られる。でも僕はそれに答えられなかった。

――ソラノさん？　ううん、違う。

「じゃあ早速歌わせてもらいます！」

そこから台に立っているソラノさんが歌い出す。

テンポがよく元気が湧くような力強い歌にその場の空気が盛り上がる。

その声は僕によく似ていた。

「なんで……」

大きな歓声が響いているはずなのにどこか遠くに感じ、自分の心臓の音だけが大きく感じられた。

二曲目が始まる。さっきと違って優しく安心するような歌。これも僕の声にそっくりだった。

ううん。そっくりじゃなくて、この歌声は僕のだと思った。

僕の名前と僕の声で歌う茶色い髪に蒼い瞳の人。もし、知らない人ならただ驚くだけで終わったかもしれない。だけど、その人を僕はよく知っていた。だって、ずっと一緒に育って来た人だもん。

「…………どういうこと？　アルト」

ゴクリと唾を飲み込む。

身体の奥底から、じわじわと得体の知れない恐怖が侵食してくる気配を感じた。

「――はぁ～やっぱりソラノの歌すっごくいいよな！　なぁ、兄ちゃんもそう思うだろ？」

ロンが話しかけてきてくれるけど、返事ができなかった。

「どうしたんだ兄ちゃん？　……なんかあったの？」

「あ……」

腕を引かれてようやく声が出る。ロンは心配そうな表情を浮かべていた。それに「大丈夫」と言おうとしたところで、大きな声が僕を遮った。

「アルト！」

その声は舞台からかかっていた。

ビクッと肩が跳ね、視線を上げると、アルトは慌てた様子で台から降り、僕に向かって駆けてくる。その様子は少し怯えているように見える。

「アル――」

「どうしてここにいるの？　アルト」

アルトは、僕の呼ぶ『アルト』の名前をかき消すように、僕に向かって自分の名前を呼ぶ。

そして芝居がかった仕草で僕の手元を見ると、おびえたように眉を下げる。

「あ、買い物してくれたんだ……。ごめんね、僕がするはずだったのに……。すぐに帰るから、許してくれる？」

「っ」

息が詰まって、心臓の鼓動が苦しいほど速くなる。

どうして自分がここまで焦っているのかわからない。アルトに聞きたいことがたくさんあるはずなのに聞けない。言葉がうまく出てくれなかった。

買い物はもともと僕が行くはずだったでしょ？　なのにどうしてそんなことを言うの？　……どうしてそんな怯えた表情を僕に向けるの？

「……なんだあいつ」

聞こえた声にその場の空気が変わったのを感じた。

ハッと周囲を見回すと、みんな怪訝な表情を浮かべている。

「ソラノの知り合い？」

「あんな汚ねぇ奴と？」

「てか、なんでソラノが謝ってんだよ」

だんだんとその目に敵意が宿っていっている気がして、困惑と共に怯む。アルトに視線を向け直すと、アルトはびくっと肩を縮めた。

「ごめんねアルト……。やっぱり怒ってる？」

「……怒ってないよ。それよりどうしてここにいるの？　それにその歌は……アルトって……」

アルトはおどおどと怯えた姿で、頭まで下げて僕に謝ってくる。

「ごめんなさい！　アルトには歌うなって言われていたけど、僕どうしても我慢が出来なくて！」

歌うな。

それはアルトが僕に言っていた言葉だ。なのに、まるで僕が強制していたかのような言い方に思わず手を握り締めた。

「やめて！　頭を上げて。さっきから意味がわからないよ。どういうことなのかちゃんと説明をっ」

「っご、ごめんなさい！」

勢いのまま一歩足を踏み出すと、アルトは肩を跳ねさせ、まるで殴られることを恐れるようにサッと頭を守るよう手を掲げた。

その反応に周りの騒《ざわ》めきが一層強くなる。慌てて頭を上げてもらおうとアルトに手を伸ばせば……

「お前何してんだよ!!」

「いッ！」

その腕を、近くにいた男の人が強い力で掴んだ。

男の人の表情は怒りに染まっていて、血の気が引く。

「は、離してください！　僕は何もっ」

「嘘つけ！　ならなんでこんなにもソラノが怯えてんだよ！」

「そうだ！　そうだ！」

「ソラノさん、可哀想に……」

何人かが僕に怒鳴り声を上げて、アルトに心配そうに近づく。そんな中でアルトはバッと顔を上げた。その表情は今にも泣き出しそうに見えるような、悲痛なものだった。

「待ってください！　アルトは悪くないんです！　手を離してあげてください。お願いします……」

「でもよ……」

懇願する様子のアルトに、男の人は周りの人達と共に困ったようにアルトを見る。

でも――

「――そういえばアルトって前にソラノが言ってた奴じゃないか？」

「……確かにそうだ。もしかしてこいつが……」

呟かれた言葉に、その場にいた人達がハッとした様子になる。そして、さっきとは比べ物にならないほどの強い敵意に満ちた視線を僕へと向けてくる。

その目にヒュッと息が引きつり、無意識に足が一歩後ろへと下がった。

「お前もしかして――」

「おい！　おっさんそいつの手離してやれよ！」

その目から目を離せないでいた時、ロンが僕を捕らえていた男の人の手を掴んだ。

そして、男の人の手が緩んだと同時に今度はアルトが僕の腕を掴み、外へと走り出した。

「ソラノ⁉」

「兄ちゃん⁉」

腕を引かれるまま走る。訳のわからないまま走るアルトを見ると、一瞬だけ見えた口元が嗤《わら》っているように見えた。

●

「はぁはぁ、はぁぁ……ここまで来れば大丈夫でしょ」

アルトは僕達の家の前までつくと、あっけらかんと言った。その言葉に思わず叫ぶ。

「っアルト！　大丈夫、じゃない！　どういうことなの？　なんで‼」

楽しかったんだ。街に出て、思っているよりも人と話すことができたことが。こんな僕でも受け入れてもらうことができるんじゃないかと希望を抱いたんだ。

なのに、食堂を去る時に見た周囲の表情に、思い描いた未来が崩れていく恐怖を感じた。

「あーもう、うるさいな。ちゃんと話すから中に入りなよ。外で僕を『アルト』って呼ばないで」

アルトは鬱陶しそうに指を耳に入れ、栓をすると、僕を促した。

早く理由が聞きたい。でもそのためには素直に言うことを聞いた方がいいと思って中に入る。

アルトが椅子に座ったのを見て、すぐに話を切り出した。

「それでどういうことなの？　なんでアルトが僕の名前で呼ばれてるの？　アルトが歌う声が僕に似てたのはなんで？　それにあの態度はっ――」

「ふふ。聞きたいことがいっぱいあるね」

「話を逸らさないで！」

「わかってるよ～」

僕は真剣に話をしているのに、アルトはどこか楽しそうにテーブルに肘をつき、僕を見る。

「まずさぁ、この国って今戦争中でしょう？　それで街の様子見た？　活気なんてなくてすっごく辛気臭かったでしょう？」

「……うん」

「そう、だからこれだよ！」

嬉しそうに、アルトは髪に隠れていた左耳を僕に見せつけた。先の尖った六角柱の形をした紫色のガラスのイヤリングが付けられている。

「……何それ？」

「この中にある石。これが、魔石。録音具《ろくおんぐ》っていってね、これは声を録音できて、後からその声を流すことができる魔道具なんだ」

「声を録音？　流す？　……じゃあやっぱりあの歌と声は！」

「そう！　ソラノのだよ！」

あっけらかんと「正解！」と笑うアルトに呆気に取られた。

「ほら、僕とソラノの声って似てるじゃない。魔法でちょっと工夫しながら流すだけで全然誰にも気づかれないんだよ？　すごくない？」

そう、自慢げに語るアルトに困惑と混乱が増す。

まさかここまで簡単に認めるとは思わなかったし、本当にアルトが僕の歌を流しているだけだということに驚いた。

僕は歌を歌う時、知っている歌を歌ったり、その場その場で思い浮かぶ言葉を紡いで歌ったりする。アルトが食堂で流していたのは後者だった。だから声と歌詞に聞き覚えはあっても、それが自分の歌った歌だと断定はできなかった。

……いくら似ているとは言っても、僕とアルトは他人だ。アルトの言う『ちょっとした工夫』だけで、他人の歌を自分が歌っているように見せられるものなのかな？

「……そんなのどこで手に入れたの？」

「露店。貧民街っていっても馬鹿にできないよね。拾ったのか盗んだのかわかんないけど、こんなすごい掘り出し物が売り出されてるんだからさ。まぁ、魔道具だから、流石に少し値は張ったけど……これもソラノのおかげだね」

「僕？」

チラリと僕を見たアルトは、イヤリングをいじくりながらふっと憫笑《びんしょう》した。

「アランさんを助けたお礼にって、侯爵家から孤児院に多額の寄付があったんだよ」

「侯爵家から……って、え!? それってもしかしてっ」

まさかアランさんって貴族だったの？ それに侯爵って!?

「ふっ！ ははっ、何？ 今アランさんが貴族だって知ったの？ アランさんってガーディア侯爵家の次男らしいよ？ だからアランさんがいなくなってから出されるご飯も服もちょっといいものになったんじゃない。あ、ソラノのはそんな変わらなかったっけ？ 可哀想～！」

アルトが馬鹿にしたように笑う。

でもアランさんが貴族だという衝撃の方が大きくて気にならなかった。

びっくりしたけど、納得もできる。礼儀正しかったし、所作っていうのか、なんだかきちっとしていて綺麗でかっこよかったんだ。でも、それでも侯爵……と、思考に沈んでしまいそうな頭を振り、続きを尋ねた。

「そのイヤリングが魔道具だっていうことはわかったよ。あの歌が僕のだってことも。でも、どうしてそんなのを使って歌ってるの？」

「わかんない？　ソラノも街に出たのなら僕がどれだけ人気者でみんなの心を救い、感謝され、期待されている存在かわかったでしょう？」

「感謝……」

その言葉に、アルトの話をしていたロン達の様子を思い出した。暗かった街が明るくなったと言っていた。

もしかしてアルトは街の人達を元気づけるために歌ったってことなのかな？　でも、それなら……

「別に魔道具なんて使わなくてもアルトが自分で歌えば……」

「は？　そんなの僕の勝手でしょ。別にさ、誰が歌ってようがあいつらにとっては関係ないんだからいいじゃない。誰一人気づかないんだし」

「それは……」

困惑から言った言葉に早口かつ強気で返されて口籠ってしまう。

僕が黙ったのを見ると、アルトは「はあ」とため息を吐いて、肩を竦めた。

「それに今大切なのは街連中の気持ちでしょ。歌が僕の声じゃないとしても、あいつらにとって今、僕の存在こそが希望になってるんだからさ、そんな細かいことどうでもいいでしょう」

そう言って、悪気もないアルトに俯き……──無意識に自分の口から不満のような声が零れた。

「……でもアルト、僕には歌うなっていっぱい怒ってたのに」

アルトは僕の歌が嫌いで、歌うと僕をよく怒鳴った。そして、院の子達や院長にまで話を広め、僕が悪いのだと一方的に責め立て続けた。

「は？　だから何？」

険を帯びた声が返ってくる。一瞬怯むも、アルトの歌に笑顔を浮かべていた人達と僕を見る冷たい目を思い出して溢れる気持ちを止められなかった。

「自分じゃなくて……僕の声を使うのなら僕が歌いたかったっ。僕だってずっと歌いたかったのに!!」

そう叫んだと同時にガンッ、と強くテーブルが揺れた。

ビクッと体を揺らし、アルトを見ると、テーブルを蹴り上げた彼は鋭い目で僕を睨みつけていた。

「……言っとくけど、僕はソラノには感謝されてもいいぐらいなんだよ？」

「……え？」

「昔言ってたよね？　歌を歌って人を笑顔にしたい。幸せな気持ちになってほしいって。それを代わりに叶えてあげたんだよ？　歌いたかった？　僕が言った言葉を馬鹿正直に守っていたのはソラノだよね？　ソラノが僕の言うことを聞くって決めて従ってたんだよね？　それで自分勝手に僕を責めるだなんて……はああ、嫉妬しないでほしいなー」

「し、嫉妬なんかじゃ……」

最後、間延びした作り物めいた声で、アルトがチラリと僕を見る。

……嫉妬なんかじゃないとは言い切れなかった。

昔から抱いていた夢。そして、僕の歌を喜び、希望を持てた、励まされたと笑ってくれたアランさんに強めた想い。すごく嬉しくて、いくら醜くて汚い僕でも歌でなら……と、いつかはを夢見て、希望を持ち続けていた。なのに、実際は……

街の人達を思い出す。僕の歌を聞いて、僕には向けられたことのないような笑顔をたくさんアルトへと向けていた。それが羨ましくないわけがなかった。

ぎゅっと手を握り締める。アルトの言う通りだ。アルトは間違ってない。何もしなかった僕が悪い。怒られるのが怖いからと人前で歌わないようにしていたのは僕だ。

本当に叶えたいと思うのなら行動すればよかった。そうすれば街の様子を知った時、僕も……うん……、これじゃあ誰かのためじゃない全部自分のためだ。

もう一度、街の人達がアルトへと向けていた笑顔を思い出した。

みんな笑って喜んでいた。明るくなったと言っていた。ならいいことなんだ。アルトがどうして魔道具を使ったのかはわからないけど、僕の歌が人の役に立てた。僕はそれを喜ぶべきなんだ。

深く息を吐き、下がっていた顔を上げた。

「……ごめん。アルトの言いたいことはわかった。アルトが街の人達のためにやったなら僕はもう何も言えない」

反対に、僕はここからアルトを見習わないといけないんだ。街の人達のために動いたアルトを。

「だけど、どうして僕の名前を使ってたの？」

最後にこれだけが疑問だった。アルトはみんなからソラノだと呼ばれ、認識されていた。これは僕の名前で歌ってたってことだよね？

尋ねた僕に、アルトは目を細め嫣然《えんぜん》と微笑んだ。

「ふふ、それはね。僕はソラノだから。そして、今日からあんたがアルトになるからだよ？」

「……どういう意味？」

「そのままだよ？　今日からあんたはアルト、僕がソラノ。これは僕が決めたことだから」

「っなんで！」

ガタッと大きな音が鳴る。椅子から勢いよく立ち上がり叫ぶ僕に、アルトは当然だと足を組んだ。

「だってソラノがソラノのままじゃ、ここにソラノが二人いるって変に思われちゃうじゃん。あ、ちなみに『アルト』は長年僕を虐《しいた》げてきた存在ってことで、皆には通してるから！」

「なっ！　それって入れ替わるってこと？　そんなことする必要がどこにあるの!?　わざわざ自分の名前じゃなくて僕の名前を使って、それで虐《しいた》げてるだなんて言ってなんの意味が……っ」

だからあの食堂にいた人達の僕を見る目が厳しかったんだ。

街の人達を元気づけるためだとしても、そんなことをする理由がわからない。

「だからさっきも言ったけど僕が決めたから。それが理由。あ、もし、この事を誰かに言おうとしても無駄だからね」

「え？」

さらに問いただそうとしていた勢いが止まる。

「ふふ、本当にソラノって馬鹿だよね。何のために今日あんたを外に出したと思ってるの？」

「何のため？　理由があったの……？」

立ち上がった僕とは違い、アルトは椅子に腰掛けたままだ。なのにアルトに見下ろされているように感じる。

「当たり前でしょう？　今日は街のみんなの前で歌を歌う日。あんたを外に出せば必ず来ると思ってたんだよ。ほら、僕って有名人だからどこにいても絶対あんたの耳に入るし、そしたらあんたは馬鹿みたいに気になって、来るんだろうなって。……それで予想通りやってきたでしょう？」

笑っちゃいそうだったとアルトは笑う。そして――

「そこで、僕はどうした？」

ひたりとアルトが僕を見据える。

僕を見つけたアルトは、ずっと怯えた様子だった。

震えて謝って頭を下げ、まるで暴行を恐れるように頭を庇い、涙を滲ませていた。

「そう！　今あんたが思ったことであってるよ」

パンっとアルトは手を叩く。

「さっきも言ったけどさ、街の連中には僕はあんたに虐められてるって話を広げてあるの。でも、今まで『アルト』がどんな姿のやつなのかまではさすがに教えられてなかったんだよね」

どくどくと心臓が鳴る。ここまで聞けば僕にだってアルトが言おうとしていることがわかった。

「今回の件で、『アルト』の名前と姿を印象づけられたし、後からあんたが僕はアルトじゃないです、本当のソラノは僕です！　歌も全部嘘です！　……なんて言って信じてもらえると思う？」

「……っ」

目を細め、声を高くして僕を真似るアルトに、じわりと目に涙が滲んだ。指先にも力が入って爪が手のひらに食い込む。

悔しい。……悔しいけど街の人達のあの敵意の眼差しを思い出すと、アルトの言う通り誰も信じてくれないと思った。

「あ、試したいのなら試してもいいよ？　あんたが誤解を解こうとする隣で僕もあんたの話を肯定してあげる。震えていかにも脅されてるって感じで『はい、そうです』って！　あはっ、それも面白そうかも！」

やろうやろうと手を叩いてアルトは心底楽しそうに笑う。

そんな声に、ついにポロポロと涙が零れた。

「……なんで、なんでこんなこと……っ」

酷い。これじゃあ僕、また……っ。

「なんでって嫌いだからだけど？　あんたのこと。まさかまだ僕の好意で～とか夢見てないよね？」

「嫌いなら……嫌いならなんで僕を孤児院から連れ出したの!!」

ここまで言われてまだアルトに好かれているなんて馬鹿な事を考えるはずがない。それどころかやっぱりと思う自分がいる。……夢を見ている。本当にそうだったんだ。

アルトが他の皆と同じように僕のことを嫌っていることに、心の底では気づいていた。ずっと一緒にいたんだ。それでも嫌われ者の僕とも話してくれるからと、一緒にいてくれるからとアルトに淡い希望を抱いていた。

そんなわずかな希望すら、アルトの嘲笑が打ち砕く。

「あんたを引き取ったのは、僕の人気を今以上に高めるいい踏み台になってくれるかと思ってだよ。僕ね、常にみんなの中心に居たいんだ。それにソラノは僕の言うことなんでも聞いてくれるし、いいストレス発散道具にもなるし？　あと一応本物が近くにいた方が何かと便利かと思ってね」

「そんなことで……っ」

僕の気持ちなんて全く考えてない、自分勝手な言葉にアルトを睨みつけた。

でも、アルトは余裕の笑みを崩さない。それどころか僕を憐れむように見下し笑う。

「なあに？　不満なら出て行く？　別にいいよ。——あんたにまだここ以外の居場所があると思ってるなら、だけど」

「……え？」

「なに驚いてるの？　今回のことでソラノは完全に僕の敵になってるんだよ？　あいつらの話が回る速さを舐めない方がいいよ。今頃さっきの僕達の話でもちきりじゃないかな？　そんな中で誰があんたを受け入れてくれるの？」

サッと血の気が引いた。

「それとも孤児院に戻る？　それでもいいけど戻ってもあんたの居場所まだあるかな？　あ！　もともとなかったっけ？」

食堂での僕を見る皆の眼差し。誰にも話を聞いてもらえずに決まった孤児院の退所。そして院を去る日、誰も僕に声すらかけてくれなかったことを思い出して絶望した。

「あーあ。これじゃあソラノ野垂れ死に一直線じゃん。誰も助けてくれる人もいない中どれだけ惨めに哀れにぼろぼろになって死んじゃうんだろうね」

まるで他人事《ひとごと》だった。ワクワクしたような嬉しそうな声。

「ねぇどうするソラノ。街に行く？　孤児院に戻る？　それとも別の場所に行く？　――どこに行っても無駄だよ。あんたみたいな存在自体が目障りな奴、どこに行っても変わらない。誰も助けてくれるわけなんかない。あんたの価値は僕の元でしか発揮されないし、足掻けば足掻くほどまた人が離れていくよ？　孤児院で十分身に染みてるでしょう？」

蔑むように、吐き捨てるようにアルトが言う。

街、楽しかったんだ。でも、次に街へ行けば向けられるであろう感情に足元が崩れていく感覚がし、蹲《うずくま》ってしまう。

目の前だけでなく、思いを馳せていた未来まで黒く塗り潰されていくような感覚だった。

……僕はこれからどうなるんだろう。想像できない。想像したくない。だってアルトが言う言葉は全部簡単に想像できてしまうから。

どうしようどうしようどうしよ僕……どこにも居場所が……っ。

「ソラノ」

「!!」

大きく肩が跳ねる。アルトが僕の前にしゃがんで、さっきまでが嘘のように優しげな声をかけた。

「大丈夫だよソラノ。僕の言うことをちゃんと聞くのなら追い出したりはしないからさ。それにソラノはアランさんにまた会いたいんでしょう？」

「っアランさん……？」

絶望の中、一つ希望が灯ったような気がした。アルトにもそれがわかったのか、目を細めて笑う。

「そう。会いたいんでしょう。なら、ちゃんとここで待っててあげなくちゃ。でもね、僕に逆らえばもう二度とアランさんに会えなく、ううん、できなくしてあげるよ？」

「い、いやだ！」

それだけは嫌だ。アランさんにまた会いたい。またお話ししたい。

孤児院でも、街でもアルトの一挙一動でみんなの様子が変わっていった。アルトが出来なくするというのならできるんだろう。

「なら大人しく僕の言うことを聞いてそれ以外は何もしないでね？　わかった？」

俯き、震えながら黙って頷けばアルトはパッと明るく笑った。そして言い聞かせるように囁く。

「よかった！　――ねぇ、この結果は全部ソラノが選んだ結果なんだよ」

「僕の……？」

「そうだよ？　これは全部ソラノが選んで決めた結果で、ソラノが悪いんだよ。だから文句を言ったらダメだよ。逆らったらダメなんだ。だって全部ソラノが悪いんだから」

もう何も言い返すことができなかった。頷く僕の肩にアルトの手が優しく置かれる。

「じゃ、これからよろしくね――アルト」

「……うん」

そうして、僕達の暮らしは再スタートを切った。

第三章　絶望と気づきと

朝、王都の街。温かい陽射しが差す市場では、行き交う人達の音やお店の人達のお客さんを呼び込む声などのたくさんの音が溢れていた。

みんなが笑顔で活気に満ち溢れている。そして、ソラノがそこに現れれば歓喜の声を上げた。

「あ、ソラノくんじゃないか！　おはよう！」

「おはようございます！」

「昨日の歌聞いたよ！　やっぱりソラノくんの歌を聞くと元気になってくる」

「ほんとですか？　よかったぁ。ありがとうございます！」

『ソラノ』と呼ばれたアルトが笑う。

……僕がアルトになってから約一年半が経った。

『ソラノ』と『アルト』が入れ替わってからすぐに、隣国との戦争は僕達の国が勝利を収めて終わった。

みんな喜んで、アルトもあちこちから声がかかって楽しそうに歌を歌っていた。街の雰囲気が明るくなっていくとともに、アルトの人気は高まり、この街で『ソラノ』の名前を知らない人は居ないんじゃないかと思うほどだ。

そんな、アルトを中心とした通りで交わされる楽しそうな会話。それを僕は陰差す路地に隠れ、その影をぼうっと見ながら聞いていた。

僕がここにいるのは、アルトが隠れながら自分の後ろをついてこいと言ったから。数日に一度、アルトは街を散歩するとき、こんなふうに自分の後ろをついてこさせる。

でも、今日は買い出しのために出てきていた。アルトが食べたいと言っていた食材がなかったから、アルトがわざわざ買いに行ってくれたんだ。

「……おい、あれ見ろよ」

「うわっ。あいつあんな所で何してんだ」

「やだ、怖い。もしかしてソラノの後をつけて来てたの？　気持ち悪い」

聞こえた囁き声に、フードを深く被る。

アルトの人気と反比例して、街の人達が僕を見る目は日に日に厳しいものになっていった。もう今では普通に話しかけてくれる人はほとんどいない。

アルトを窺えばちょうど帰ろうとしていた。僕も帰ろうとその場から逃げるように背を向ける。

空を見上げれば髪の隙間から晴れた青い空が見える。なのにどこかボヤけていて、自分とは隔絶された遠いものに見えた。

「ふん、ふふん、ふーん♪」

「……あの、アルト。……こんなことしてなんの意味があるの？」

家の前で合流したアルトに、後ろを隠れてついていく理由を尋ねた。でも、アルトはそんな僕を無視して、さっさと扉を開けると家の中に入ってしまった。肩を落としながら玄関の扉をくぐると、扉が閉まったと同時に僕の頬を強い衝撃が襲った。

「ッ……」

そのまま床の上に倒れ込込んでしまう。

――またやっちゃった……

視界にはアルトが持っていた袋が転がっていた。見上げれば、冷たく僕を見下ろすアルトがいる。

「あのさぁ、外でその名前で呼ぶなって言ったよね？　何回言わせれば気が済むの」

「……ごめんなさい」

「頭悪すぎ。ちゃんと気をつけてくれる？　それともわざと？」

「う、ううん、そんなことは……っ」

アルトが僕に向かって落とした袋を蹴りつける。庇うように腕を前に出すも、袋の中身は蹴り付けられた衝撃で散乱していたため、当たっても痛くはなかった。

「ブツブツうるさい。そこはすぐにごめんなさいでしょ。買っといてねって頼んだものも買ってないし、そのせいで朝から喧しい奴らのために愛想を振りまかないといけないしでほんとに最悪」

「……ごめん」

そう言って俯いた視界の隅に散乱した、街の人達が『ソラノ』へと渡していたモノ達が映った。アルトを『ソラノ』と呼んで笑っていた人達。僕を『あいつ』と言って嫌悪の表情を向ける人達。

悲しいようような虚しいようなそんなどうしようもない気持ちが心を満たした。

「ほら、さっさと朝ごはん作ってよ。僕、この後も忙しいんだから」

「……うん。ごめん」

そっぽを向くアルトに立ち上がろうとすれば、身体が重たく感じ、緩慢な動きになってしまう。

そんな背中をアルトに「遅い」と蹴り付けられた。

朝食を食べ終えればタイミングよく玄関の扉を叩く音がする。

その音にアルトは「はーい！」と、嬉しそうに椅子から立ち上がり扉を開けに行った。それとは対照的に僕は黙って俯く。

朝食の途中から、アルトがどこかそわそわして機嫌が良かったから、なんでだろうと思っていたけれど理由がようやく分かった。

……『ソラノ』は街の人達の間で有名だ。それはもちろん、歌い手としてもだけれど、実はそれだけじゃない。

アルトが扉を開ける。そこには――

「――おはよう。ソラノ」

「はい！　おはようございます。――アランさん！」

私服を身に纏った、翠色の瞳をした男の人。アランさんが立っていた。

アランさんは、まっすぐアルトを『ソラノ』と言って微笑む。そんなアランさんに、アルトは嬉しそうに抱きつく。

……『ソラノ』の名前が有名になったもう一つの理由、それは、ソラノがこの国を勝利に導いた立役者の一人でもあるアラン・ガーディアの命の恩人で恋人だからだ。

「待たせてしまったか？」

「全然です！　ピッタリでしたよ？」

「そうか」

楽しそうな二人に下を向く。

本当はずっと……ずっと僕が会いたかった人なのに。

●

半年前、アランさんが僕に会いに来てくれた。

それは、アルトがいつものように大衆食堂で歌を歌って、僕がその手伝いや水魔法での演出を裏でサポートしていた時だった。演出といっても、魔力量も少なく、それほど魔力制御が上手いわけでもない僕に大した魔法は使えない。

でも、アルトはそれでいいみたいだった。失敗すれば僕がアルトに嫉妬して妨害したと街の人達には取られるから。

「――ありがとうございました!!」

その日、アルトの感謝の声にお店の奥に隠れていた僕は、今日はうまくいったと、ホッと息を吐いていた。すると観客の人達が入口の方を見てざわめき出した。

なんだろうと入口の方を隠れて見ていると、一人の男の人に食堂にいた人達が慌てて道を開けた。

その男の人こそが約三年半ぶりに見たアランさんだった。

「――ソラノ」

身に纏う黒の衣装には、昔と違う華々しい意匠が施されていて、精悍な顔つきはより深さを増し凛々しく落ち着いて見えた。目に光も見える。怪我もしていない。

兄のように憧れを抱いていた人はどこか違う世界の人に見えた。でも、僕の名前を親しみを込めて呼んでくれる声と笑みは昔と同じで、喜びに打ち震える。

「っ、アランさ――」

「アランさん!!」

奥から駆け出して、アランさんに駆け寄ろうとした。

でも、そんな僕よりも早くアルトが駆け出し、アランさんに抱きついた。

「アランさん……よかった……ずっと心配してたんです。本当に無事でよかった!」

そう言ってアルトは目に涙を滲ませる。そんなアルトをアランさんも目元を緩めて抱き返した。

「ああ。久しぶりだなソラノ。ずっと会いに行けずすまなかった」

その光景に声を失った。そして、さっきアランさんが『ソラノ』と言った先にいたのは僕じゃなかったことに気がついた。

「そんなことといいんですっ。アランさんは何も悪くないです。覚えてくれていたことだけで嬉しいです。……目は治ったんですか？」

「ああ……戻ってすぐに治してもらうことができた」

「そっか……良かった」

アルトがそっとアランさんの目元を白い指でなぞると、アランさんはその手を取り笑みを深めた。

「心配してくれてありがとう。君を忘れたことなど一度もなかった。国に帰ってきてからソラノが歌を歌って街の人達を支えていたと知って、どれだけ私がお前のことを想ったか……」

「アランさんが戦争に行って、何か僕にもできることはないかっていっぱい考えたんです。それで、アランさんの励まされたって、元気になったって言葉を思い出して歌ったんだ。僕もアランさんのこと忘れたことなんてなかった……――お帰りなさい！」

「そうか……ああ、ただいま」

目尻に涙を溜めつつパッと笑うアルトに目を細め微笑み返すアランさん。

そんな二人の再会の姿はすごく絵になっていた。

……お帰りなさいって僕が言いたかった。目が治ってよかったですって僕が言いたかった。

アランさんどうして、と悲しむ気持ちもあった。だけど当然だと思う自分もいる。

あの時のアランさんは目が見えていなくて、それでみんなからソラノと呼ばれているアルトを僕だと思っても不思議じゃない。……だけど、認めたくはなかった。

アランさん……、と消え入りそうな声が零れた。

「それにしてもソラノが美人で驚いた。髪は切ったのか？」

「そんなっ！　僕は男ですよ」

アルトの頬が薄い赤に色づく。そして、アルトは恥ずかしそうに視線を下げながら前髪を摘まんだ。

「……怖かったんですけど、それでもアランさんが去ってから僕も頑張ろうって思って……思い切って切ったんです」

「そうか」

またアランさんがアルトに向かって優しい笑みを向ける。その光景に酷く胸が痛んだ。

僕はどうして無条件に、理由もなくアランさんならと思っていたんだろう。

さっきアランさんが言った、街の人達を支えてという言葉が耳に痛かった。僕は何もせず、ずっと見窄《みすぼ》らしいままの自分が恥ずかしかった。

「ん？　あの子は……」

「あ……アルト……」

アランさんの目が僕に向く。だけどそれに気づいたアルトが僕を見て「アルト」と言った。その瞬間からアランさんにとっても僕はソラノではなくアルトになった。

「彼がそうなのか」

アランさんから向けられた眼差しは拒絶の色を帯びていた。それを認めたくなくて縋るように手を伸ばせば……

「アランさ……」

「触るな」

それすらも拒絶される。息を呑み、そんなアランさんに僕はもう何も言えなかった。

そうして僕とアランさんとの再会は驚くほど簡単に終わってしまった。

……いつまでも覚えている。アルトをソラノと呼び、僕から庇うようにして去っていく二人の姿を。

●

「――じゃあ行こうか、ソラノ。ん？　手が赤く……」

「あ、ちょっとテーブルにぶつけちゃって……」

サッと、アルトがアランさんから右手を隠す。でもその一瞬僕に視線を向けた。それに気づいたアランさんは、僕を見て眉間に皺を寄せた。

「……この傷は君が？」

「……ぁ、えと……」

思わず視線を彷徨《さまよ》わせてしまう。なんて答えればいいのか悩んでいるうちにアルトが「アランさん……」と怯えるようにアランさんの服の袖を引いた。

するとアランさんは難しい顔をしたまま僕から視線を外し、アルトを見た。

「……わかった。怪我は大丈夫なのか？」

「はい、このくらい平気です。なので行きましょう！　アランさんとのお出かけ、僕すごく楽しみにしていたんです！」

「……そうか。では行こうか」

笑うアルトを見て、アランさんの目元も緩む。

「うん！　えと……じゃあアルト行ってきます」

恐る恐る僕を窺うアルトを、僕は黙ったまま眺めた。ここで返事をすれば、空気を読めとアルトに後で叱られてしまう。

そうして、アルトは肩を落とし、アランさんは何か言いたげな表情を僕に向けてから二人は去って行った。いなくなった二人に詰まっていた息をホッとこぼせば、昨日アルトに叩かれて切れた唇がツキンと痛んだ。

アランさんと再会した日、消えた二人を見て僕は一人家に帰って泣いた。そんな僕を、一人帰ってきたアルトはすごく楽しそうに嗤《わら》った。アランさんに怪我はなかったか、どんな話をしたのか、聞きたいことはたくさんあった。聞かずともアルトはその全てを教えてくれた。聞きたかったはずなのにどうしようもなく悲しくなった。

あれだけ願っていたのに、アランさんを前にすると無意識に体に力が入る。そして、本当のことを言おうとするも何も言葉がでなくなる。初めに受けた拒絶に、アランさんの全てが関わりたくないと僕を嫌いだと言っているように感じるんだ。

そのままぼーっとしていると、気づけば結構な時間が経ってしまっていた。

慌ててテーブルの上のお皿を片付け、他の家事を行う。お昼前になれば今日の夕食の食材を確認する。できていなかったらまた怒られる。でも、家にはほとんど何もなかった。

「そうだった……、だからアルトが買い出しに行ってくれたんだった」

それは朝食ですべて使ってしまった。脱力し、その場で蹲《うずくま》る。

……なんのために僕はさっきアルトの後をついて行ってたんだろう。なんのためにアルトは僕をついて来させるのかな？　……たぶん街の人達の反応がその答えなんだろうな。

「…………買い出し……行かなくちゃ」

重い体を引きずるように立ち上がり、フードを被り外に出た。

……アルトは僕が嫌い。存在自体が癇《かん》に障《さわ》って大嫌いなんだって。でも僕と一緒にいてくれる。アランさんが別に家を用意すると言ってくれたらしいけど、僕が一人ぼっちになるからと断ったと聞いた。嫌いなら側に居てくれようとしなければいいのに。

街についたところで一層フードを目深に被って、身をできるだけ小さくした。

周囲の人達がひそひそと囁く声がする。

「おいアイツ、また来たぞ」

「気持ち悪りぃ。まだソラノの家に居座ってるんだろ。今朝ソラノをつけ回してたの見たぞ。何がしてぇんだろうな」

「あいつ捕まえられないの？　せっかくアラン様と恋人になれたっていうのに。あんな邪魔者さっさと消えればいいのに」

ぎゅっと唇を噛み締め、足早に買い物を始めた。だけどどこに行っても嫌そうな顔を向けられる。いつものことなのに全然慣れない。

抱えた荷物に顔を埋めるよう、僕は最後のお店へと向かった。僕が街に出て初めて買い物をした八百屋さんだ。

「あの……すみません」

「へい！　いらっしゃ……ってなんだ坊主か。買い物か？」

「……はい。コレとコレお願いします」

「……ちょっと待ってな」

おじさんは僕を見て眉を下げた。でも、これは僕を嫌がる目じゃない。ホッとしつつ、返事を返そうとしたところで誰かに後ろからぶつかられた。

「邪魔なんだよ！　こんなとこでボサっとつっ立ってんじゃねぇよ！」

「……すみません」

振り返ると、三十代くらいの柄の悪そうな男の人が目を吊り上げ、怒りを露《あら》わにしていた。

初めて見る人だ。でもこんなことはよくあることだった。男の人は去ることなく、その場で僕に不平不満を吐き出し始める。

「本当によー、ここでも邪魔だし、ソラノにも迷惑がかかってんのわかんねーのかなぁ!!」

そんな、罵る声から隠れるようにフードの端を握って小さく前へと引っ張った。どれだけ深く被ろうとしても、もうこれ以上引っ張っても隠せない。それでも隠れたかった。

「汚ねぇ服に汚ねぇ容姿！　おまけに陰気臭い空気そこら中に漂わせやがって、お前見てるとこっちまで――」

「はいよ!!　お待ち!!」

八百屋さんのおじさんの大きな声に、男の人の言葉が止まる。おじさんは僕に野菜の入った袋を押し付けると、男の人を凄むように睨んだ。

「おい、あんちゃん。店先で大声出すのやめてくれねぇか？　商売の邪魔になんだろうが」

「っ、チッ」

男の人は僕を忌々しげに見ると、この場から去っていく。それにそっと息を吐き出した。

「あの……、ありがとうございます」

「……別にこれくらい大したことねぇよ。気にすんな」

おじさんは僕の方を見ない。でも庇ってくれた。「はい……」と返事を返してふと手元の袋を見ると買った覚えのない個装されたサンドイッチが一つ入っていた。

「あのっ、これ……」

「ああー、間違って入れちまったんだな。しょうがねぇからそのまま持っていけ」

「え？」

おじさんは棒読みでそう言うと僕を見ないのはそのままに小さな声で呟く。

「……ちゃんと食え」

「っおじ――」

「ほら、もういいからさっさと行け。坊主にいられるのも商売の邪魔なんだよ」

「っ……はい。すみません……ありがとうございます」

足早にその場から立ち去る。でも、嬉しくてぎゅっと袋を抱きしめた。

それから広場近くの路地に隠れるように座った。おじさんからもらったサンドイッチの包み紙を解けば、シャキシャキのレダスに、パリッと焼かれた鶏肉が挟まれていた。

「いただきます」

……美味しい。

広場から楽しげな笑い声が聞こえてくる。いつもならいいなと羨ましく、そして悲しくなるのにパンが美味しくて、嬉しくて今は気にならなかった。

「おい!!」

「ッグッ!?」

三口目を頬張ろうとした時、横から大きな声が聞こえた。驚いて危うくパンを喉に詰まらせそうになった。

「ご、ごめん兄ちゃん大丈夫？　そんなに驚かなくても……」

「う、ううん僕の方こそごめん…………どうしたのロン」

なんとか持ち直し顔を上げると、ロンがオロオロと僕を見下ろしていた。

「いや、どうしたのじゃなくて。それはこっちの台詞だから。全然見つけられなかったじゃん。……なんでこんな所で食べてんの？」

少し口を尖らせたロンは、八百屋のおじさんと同じように眉を下げた。

その視線に目を合わせられず、下を向く。

「……その、ここだとあんまり誰も来ないから……」

「……そっか」

「え？　ロ、ロン？」

ロンが僕の隣に座る。驚く僕を無視してロンは地面を手で弄《いじ》り始めた。そのまま立ち去る様子も見せない。

「……いいの？」

「……まぁ誰も見てないし、ちょっとくらいなら」

その言葉に泣きそうになったのを、僕はパンに齧り付くことで誤魔化した。

ロンと仲良く話したのは一年半前のあの日だけ。結局遊ぶことはなかったけれど、ロンは街の人達が僕を避けるようになった今でも、たまにこうして隠れて話しかけてくれる。

「……街の連中はさ、兄ちゃんにとっては嫌な連中かもしれないけど、本当はいい奴等ばっかりなんだ」

しばらくの沈黙の後、ロンがポツリとそう言った。

「……うん」

「八百屋のおっちゃんもさ、なんも言わないけどお前のこと結構心配してんだぞ」

「……うん」

それは知ってる。おじさんは他のお店の人のようにお釣りを誤魔化そうとしたり、嫌な態度をとって買わせてくれなかったりなんてしない。さっきだって庇ってくれて、このパンだって分けてくれた。

「大丈夫。知ってるよ……」

そう言えばロンはホッとしたように眉を下げた。たぶんロンは、さっき僕が絡まれていたところをどこかで見ていたんだろう。そして、心配して僕を追いかけて来てくれた。

結局、ロンは僕が食べ終わるまで側にいてくれた。

「ロン。そろそろ……」

「……そうだな。もう行くよ」

ロンは立ち上がり、ズボンの土を払う。そんなロンを見上げて僕はお礼を言った。

「本当にありがとうロン。こんな僕に声をかけてくれて。でも無理はしないでね」

僕がソラノを虐《しいた》げているという話は街中に広がっている。おじさんもロンも、ソラノのことを尊敬していると言っていた。なのに、こんな酷い噂ばかりの僕に嫌な態度を取ったりしない。

それどころか、僕と一緒にいるのが他の人に見つかれば周りからどんな奇異の目を向けられるかもわからないのに、こうして気にかけてくれている。だから無理をしないでねと言ったのにロンは泣きそうな顔をした。

「っ俺は無理なんてッ……兄ちゃん……ごめん……っ」

……何に対して謝っているんだろう。

わからないけど、こんな僕を気にしてくれていることだけはわかってまたお礼を言った。そして、手を振る。

「じゃあね」

「……うん、じゃあ……」

走り去っていくロンの背中を見送り、僕はそっと俯いた。

……最近もういいやって思うんだ。何をしても無駄だから。僕に味方なんて誰もいないから。聞こえる声に、僕を嗤《わら》う声にもうなにも考えたくなくてその方がきっと楽なんだろうなと思うんだ。

でも……

「今日、すごくいい日だな……」

庇ってくれた、側にいてくれた。そんなおじさんやロンの存在にもう少し頑張ろうと、手を握り締めた。そして、帰ろう、と思って立ち上がろうとした時——

「ングッ⁉」

誰かに口を塞がれ、路地の奥へと連れていかれた。

「——ッぐ！　げほっけほっ‼」

勢いよくお腹を蹴り上げられ、咳き込む。その後何度も蹴りつけられる。

「コイツほんと汚ねぇな」

「ソラノにくっつくゴミの癖にふらふら街ん中歩きやがって」

「いちいち鼻につく野郎だぜ！」

身体中が痛くて立ち上がることができない。僕を蹴りつけているのは、さっきおじさんに追い払われていた人だった。他に、男の人が二人いる。

今までも何度か、アルトの側にいる僕が気に食わないと、軽く小突いたり、蹴りつけられたりすることはあったけれど、ここまでの暴力は初めてだった。

「なぁ、こいつ。こっからどうする？」

「お前はどうしたいの？　こないだソラノと話せたんだろ？」

「そうだよ！　その時、ソラノ泣いてたんだぜ。怖いって震えてさ！」

その人はアルトの熱狂的なファンのようだった。アルトに会って、僕のことを相談されたらしい。

「いなくなりゃいいんだよこんなゴミ屑！」

だんだんと声の調子が上擦り、血走った目を僕に向けると、彼は懐からナイフを取り出した。

「お、おい。それはまずいって」

「流石にそれは……」

「大丈夫だって、殺しはしない。ちょっとわからせてやるだけだ」

他の男の人二人は止めようとするが、ナイフを持っている男の人は僕から目を離さない。

光る刃に息を呑む。怖い。だけど、抵抗すればもっと酷い目に遭わされるかもしれないと思って入った体の力を抜こうとした。

このまま大人しくしていた方がいい。早く終わる方がいい。僕が傷ついても誰も悲しまないし、アルトは多分喜んでくれる。

そうなればしばらくの間、アルトは僕に優しくしてくれるかもしれない。ご飯を抜きにしたり、大声を出して暴力を振るったりしない。きっと優しく微笑んでくれる。それは簡単に想像できる。

――なのにどうしてだろう？

「うわっ！　てめぇ!!」

気づけばナイフを持つ男の人に体当たりをしていた。そして、走り出す。

「待てコラ!!」

身体のあちこちが痛い。後ろから迫り来る怒声に、強い恐怖が込み上げてくる。

息が上がって、涙で前がよく見えない。それでもひたすらに走った。

なんで僕は逃げてるんだろう。もっと酷いことをされる、もっと嫌われる。逆らってもいいことなんかないのに。

そんな考えが頭を巡るのに、足は止まらない。だって、頑張ろうと思ったんだ。

――何に？

わからない。怖い。怖い怖い怖い怖いっ……誰か……

「……けて。はぁっ、はぁっ――助けて！　誰か助けて!!」

助けてなんて初めて言う言葉だった。でも、誰が助けてくれるんだろう。

みんな僕のこと嫌いなのに。みんな僕のことなんか見てくれないのに。誰が……

「やっと捕まえたぞ！　このクソガキが!!」

腕を掴まれ、奥へと引き摺り戻される。そして、思いっきり脇腹を蹴りつけられた。

「ゴミのくせに逃げやがって!!」

酷い音が鳴り、息が上手く吸えず、蹴りつけられた場所を手で庇うように丸くなった。

そんな僕を、男の人は踏みつけ、蔑みながらナイフを振り上げる。

僕は、それを抵抗せず涙で滲む目でぼんやりと見上げた。

……なんで逃げたんだろう。なんで助けてなんて言ったんだろう。ダメなのに。やっぱり無理なのに。無駄なのに。……頭の中で、アルトが「ほらね」と嗤《わら》う。

だけど――

「そこまでだ!!」

「ガハッ!?」

突然現れた、明るい髪をした男の人がナイフを持っていた人に飛び蹴りをした。

「お前らこんな子ども相手に大人三人で、しかも凶器まで持って襲って恥ずかしくないのかよ」

「はあ!?　ぐっ!?」

「ギャッ!!」

倒れたまま涙にぼやけた目で飛び蹴りをした男の人を見る。

慣れた手つきで男の人達を倒したその人は僕に近づき……

「遅くなって悪いな。よく頑張った。すげぇよお前。もう大丈夫だから安心しろよ」

そう言って僕の頭を撫でて笑ってくれた。

頑張った？　すごい？　……その言葉の意味はよくわからなかった。ただ呆然として涙が流れた。

変わらず目に涙が滲んで前はよく見えない。でも、さっきとは違って目の前がとても明るく感じた。

強い安堵を感じて、瞼が重くなっていく。そして静かに僕は目を閉じた。

最後に見た男の人は、どこかで見たことがあるような薄い翠色の目をしていた。

●

「ん……」

意識が浮上する。自分でも驚くほどの気持ちのいい目覚めだった。でも、起き上がろうとすれば、途端に全身、特に左胸辺りに激痛が走ってベッドに倒れ込んでしまう。

「いっ！　づぅ〜〜」

痛い。目を瞑って痛みに耐える。けれど、手に触れるサラッとした感触にゆっくり目を開けた。

柔らかな真っ白いベッド。僕のベッドじゃない。

そっと自分の体を確認してみると、あちこち手当てが施されていた。

「ここは……」

天井を見上げながら考える。なんだか知らない場所にいるのに、酷く安心してゆっくりと考えている自分がいた。

……そうだ。確か怖い人達に襲われて、誰かが助けてくれたんだ。もしかしてその人が手当てしてくれたのかな？　……あれは誰なんだろう。

ううん、そんなことよりお礼を――

「……言わなくちゃ」

「何を？」

「お礼を――え？　いっ!?」

突然聞こえた声に飛び起き、再び激痛に襲われた。あまりの痛さにベッドの中へと戻り、目をきつく瞑る。

「おい、大丈夫か？」

「はっぅ、はい……え？　ア、ランさ……？　あれ？」

駆け寄ってくる足音に薄く目を開けば、アランさんによく似た山吹色の髪と薄い翠色の目をした男の人がそこにいた。

「水飲むか？」

呆然としていると、男の人は手に持つコップと水差しを掲げた。頷くと、コップに水を入れる。そして、僕の体を支え起こして水を飲ませてくれた。

これはどういう状況なんだろう……？

水を飲みながらチラッと男の人を見た。一瞬アランさんだと思ったけど、喋り方も髪型も違う。アランさんは硬派で凛々しい感じだけど、この人はなんだか柔らかい雰囲気だ。

僕が水を飲み終えると、男の人は僕をベッドに戻してくれた。そのまま男の人を見上げていると、その人の手が僕の額へと伸びてきた。

……襲ってきた男の人達や顔を見られることの恐怖を思い出し、反射的に身を縮こませてしまう。

そんな僕に、男の人は伸ばした手を止めてそっと僕の首筋に触れた。

「ん。熱は下がってんな」

「……熱？」

「ああ。今なんでここにいるか状況把握できてるか？　なんかブツブツ言ったり、ボーッとしてたけど」

「……っ聞いて！」

独り言を全て聞かれていたことに顔が熱くなった。

男の人はクスクスと笑うとベッド横にある椅子に腰かけた。

「お前さっきアランの名前出してたよな？　アランの知り合いか？」

「あ、えと……」

「いや、あいつ有名だから当然か？　じゃあ俺のこともわかるよな！」

矢継ぎ早に言って、胸を張る男の人にきょとんとする。

正直に言って、アランさんによく似ている以上のことが分からない。

「……その様子じゃあ知らねぇな」

「あ、いや、えとっ……」

大変だっ。

肩を落とすその人に焦りが増した。

知らない。だけど知ってるような気がするんだ。思い出して僕の頭っ！

「うぅ……」

「ははっ、冗談だ。んな焦んなくっていいって！」

あ……

笑うその人の姿が、昔見たアランさんの笑顔と重なった。

「もしかしてアランさんの双子の弟さん？」

確か名前は――

「シアンさん？」

「お！　正解！」

「やっ――ッ!?」

ニカッと笑う男の人――シアンさんに嬉しくなり、動いた瞬間、左胸にまた激痛が走った。

「あ、悪い、ちょっとふざけすぎたな。大丈夫か？」

大丈夫ですとの意味を込め頷く。

痛い。だけど不思議だった。

……なんだろう。この人とお話ししていても怖いと思わない。

誰かと話していて、こんなにも安心できるのは久しぶりだった。そして、こんなにも明るく話せている自分にも驚いた。

この人が僕を助けてくれたからかな？

「それじゃあ、改めて自己紹介するか。俺の名前はシアン・ガーディア。ジーラル王国黒騎士団の副団長を務めてる、知っての通りアランの双子の弟だ。お前は？」

「僕は……」

言いかけて、口を噤む。なんて答えればいいのか悩んだ。シアンさんは、僕のこと知らないのかな？

そっと窺えば、シアンさんはにこやかに僕を見ていた。きっとシアンさんは、『ソラノ』と『アルト』という名前は知っているだろう。でも、僕を嫌う素振りはないから『アルト』の顔は知らないのかも。……僕のことを知らないのなら、『アルト』とは名乗りたくない。

言ってしまえばこの人も街の人達やアランさんと同じようになるかもしれない。

そう思って悩んでいると、シアンさんは首を傾げた。

「どうした？　言いにくいのか？　別に無理には聞かないから安心しろ」

「……いいんですか？」

「言いたくないんだろ？」

あっさりと肩を竦めるシアンさんに、そんな簡単にいいんだろうかと思う。でも、その言葉に甘えるしかなかった。教えてもらったのに僕は言えない。自分の名前すら悩んで言えないなんて、と気持ちが沈んでしまう。

だけど、シアンさんは気にした様子ひとつ見せず、僕を見つめた。

「まあ、それは置いておくとして。お前、丸一日眠ってた割には元気そうだな」

「え？　丸一に⁉　っつ……」

また左胸に激痛が走った。

「あんま大声だすな。傷に響くぞ。肋骨折れてるからな」

「折れて……」

道理ですごく痛いと思った。

シアンさんは「まぁあれだけボロボロにやられてりゃな」と言って、僕が意識を失ってから何があったのかを軽く話してくれた。

シアンさんは非番の日に、街を出歩きあの場に遭遇したらしい。そして、あの後遅れてやってきた白の騎士さん達にその場を任せ、僕を近くの診療所まで運んでくれたようだった。そうしたら肋骨が折れており、打撲含め全治約二ヶ月はかかる怪我だったそう。

……まさか、助けてくれるだけではなく診療所にまで連れて、手当てしてくれてたなんて。

「えと、シアンさ……様」

「別に様付けじゃなくてシアンでいいぞ？　アランにも敬称なんてつけてなかっただろ？」

「え？　でも……」

さっきは思わず、「さん」と呼んでしまったけれど、アランさんの兄弟ということはシアンさんも貴族のはず。

「気にしなくっていい。堅苦しいのは苦手なんだ。ここにはそんなこと気にする奴もいないし、気楽に呼んでくれ」

「……わかりました」

軽く笑うシアンさんに頷き、僕はなんとか身体を起き上がらせた。

そんな僕をシアンさんが慌てて止めようとする。でも、それよりも早く体を起こして、僕はシアンさんに向かって頭を下げた。

「シアンさん、迷惑をかけてしまって、すみませんでした。昨日は……助けてくれてありがとうございます。治療にかかったお金は必ずお返しします。でも……本当にっありがとうございました」

最後は、声が震えてしまった。

「……いいって。ああいう奴らを捕まえんのも俺らの仕事だしな。だからほら、頭上げろ」

ふるふると頭を振る。

そして、もう一度「ありがとうございます」と言うと、僕の頭を上げようとしていたシアンさんの手が止まった気配がした。

「……いや、まぁうん。お前がどんだけ俺に感謝してんのかはなんとなく伝わったけどさ。俺があの場に向かえたのは、お前が頑張ったからだからな」

「え？」

その声に顔を上げる。

頑張った？

「お前めちゃくちゃ頑張って『助けて』って叫んでただろ？」

その言葉に、ハッと息が詰まった。

「俺はその声を聞いて走ってっただけだ。おっきい男が三人、それも刃物を持ってる相手なんて相当怖かっただろ？　……よく声を上げたな」

ポンと僕の頭に優しく手が置かれる。ポタポタと涙が零れ落ちた。

『よく頑張ったな。すげぇよお前』

意識を失う前に聞こえた言葉は、そういう意味だったんだ。

「ふ……ぅ……っ」

ベッドに涙がシミをつくる。

ダメだと思って自分の涙を拭いながらベッドを拭く。けれど、次から次へと溢れる涙のせいで全然追いつかず余計に汚してしまう。

「何気にしてんだよ。布団なんか気にしなくていいから、泣きたいだけ泣け」

「で、でもっ……」

「我慢すれば余計苦しくなるぞ。ほら口元緩めろ」

シアンさんはそう言って、僕の頬を掴みニーっと横に引っ張った。そして、ニヤッと悪戯っ子のような笑みを浮かべる。

「あと金のことなら心配するなよ。ちゃんとお前をボコった奴らから慰謝料としてもらっといたからな」

騎士さんとはちょっと思えない言葉に目を丸くする。固く結ばれていたはずの僕の口元はいつの間にか緩んでいた。

「……はい……っ」

また目に涙が滲む。泣くたびに体に振動が伝わって痛い。でも、そんなのに負けないほど心が喜びに満ちていた。

「助けて」なんて咄嗟に出た言葉だった。誰が聞いてくれるんだろうと、誰が助けてくれるんだろうと思っていた。言っておいて、誰にも届きっこないと思っていたんだ。なのに、届いた。

「シアンさ……ありがっ……とう……本当に……っありがとう……ございます……」

……僕、頑張ったんだ。

痛みと涙に呼吸の仕方を忘れたかのような、変な息の仕方になる。だけど、シアンさんは何も言わず受け入れるように側にいてくれた。


しばらく時間が経ち、僕の涙はようやく止まった。

「……すみません」

「構わねぇよ。落ち着いたか？」

「はい」

頷くと、シアンさんは僕をベッドに戻した。向けられる優しげな目に胸がじんわりと温かくなる。

それと同時に照れ臭くもあって、僕はそっと視線を逸らし、話を変えるように尋ねた。

「あの、そういえばここって……」

「ん？　俺の家だぞ」

「俺の？　家？　……えぇ!?　っつ!!」

「おいっ大丈夫か!?　お前……、そうすぐ起き上がろうとすんのやめろよ。折れてるって言ってるだろ？」

「……す、すみません」

呆れるシアンさんに恥ずかしく、毛布を深く被った。

シアンさんが言うには、本当なら僕はそのまま診療所に二ヶ月ほど入院するはずだったのだけれど、ちょうど空いているベッドがなかったそうだ。そこでシアンさんが僕を引き取り、一人暮らしをしている自分の家に連れて帰ってきてくれたとのこと。

もうシアンさんには頭があがらないほど、迷惑をかけてしまっている。だと言うのに、シアンさんはさらにとんでもないことを言った。

「だから治るまではここで安静にしてろよ」

「え？　そ、そんな流石にそこまでは……っ」

「そんな怪我で外に出すと思うか？　全治二ヶ月だぞ。格好もボロボロで名前も言えないと来たら、なんか訳ありだろう。今は怪我を治す事だけを優先しろ。まあ、帰る場所があって帰りたいって言うんなら話は別だけどな？」

そう言って、シアンさんは僕を見つめる。アランさんよりも色の薄い翠の目。

僕の頭の中で与えられた選択肢がくるくると回った。

――帰らないと。夕ご飯の準備ができてない。きっと帰ったらアルトに怒られる。でも、怪我をしているから怒らずに優しくしてくる。笑ってくれる。

……その笑みを浮かべ思った。

――僕は本当に帰りたいのかな？

ふと、シアンさんを見上げる。

「ん？　どうした？　言っとくけど俺はこう見えて面倒見がいいぞ。俺が拾ったんだ。ちゃんと最後まで面倒見てやるぜ？」

そう言って、ニカっと自信満々に笑うシアンさんに帰りたくないと強く思った。

「……よろしく、お願いします」

「おう」

小さな声で言うとすかさず返事があって、ホッと口元が綻んだ。

……もっとこの人と一緒にいられるんだ。

そう思った瞬間、肩の力が抜けて、瞼が重たくなる。

「……寝起きに話し過ぎたな。ゆっくり休めよ」

そんな僕に気づいたのかシアンさんが優しく言う。

「……はい。……ありがとう……ござい……ま……す……」

瞼が落ちる。もっとシアンさんとお話ししたい。でも、今はこのまま眠りたかった。

……次、目を開けた時にもシアンさんは笑顔を向けてくれるかな。お話ししてくれるかな。楽しみで、そして絶対僕のことはバレちゃいけないと思いながら僕は眠りに落ちた。

――だから、僕が目を閉じた後に、シアンさんが僕を見て呟いた言葉に気が付かなかった。

●

「こいつが噂の『アルト』、ねぇ……」

横にある小机に肘をつき、その手に頬をつきながら俺は痩せこけた子供を眺めた。そして、腕を組み椅子の背にもたれかかると、約三年半前のことを思い出した。

今から三年半程前、兄のアランは俺の目の前から何処かへと消え去った。

騎士団の任務で、『ラン』という盗賊団の討伐にあたり、その頭領であるゴーランを追い詰めた先での出来事だった。

『ラン』は隣国と繋がり、長年天然魔石や魔道具の密輸を主に、略奪・人身売買などの犯罪を行っていた組織だ。だが、その頭であるゴーランは闇属性の持ち主で、姿を隠すのが上手く、騎士団も手を焼いていた。

その時は、ようやくそのアジトを突き止めることに成功し、この組織を潰すために黒騎士団の中から選ばれた少数精鋭で任務に当たっていたのだ。

そのメンバーの中にケビンという男がいた。敵対心バリバリの任務中ずっと俺とアランを睨んできたような男。アランは真面目で仲間だと思う相手をあまり疑うことをしない。敵対心剥き出しなのに、競争心があることはいいことだとか言うような奴だ。

——だけど、その競争心も過ぎれば害となる。

ゴーラン、およびその幹部を追い詰めた際、ケビンが魔物に襲われた。それをアランが助けに入ったのだが、プライドを傷つけられたんだろう。ケビンはあろうことか、アランへと火の魔法を放った。

アランはなんとかそれを避けたが、その一瞬できた隙をゴーランは見逃さなかった。ゴーランはなんらかの魔法をアランに使い、様子がおかしくなったアランの胸元を切りつけた。そして、転移の魔法陣が描かれた転移紙陣《てんいしじん》をアランへと翳《かざ》し、どこかへと飛ばした。

ゴーラン自身も転移具《てんいぐ》を使ってとんずら。

すぐにアランを探すも、なかなか見つからなかった。結局は王都の端にある貧民街の孤児院に匿《かくま》われていることがわかったが、それがわかるまでは生きた心地がしなかった。

戻ってきたアランは、魔法で目が見えなくなっていたものの、思ったよりも元気そうでホッとしたのをよく覚えている。

——でだ。

帰ってきたのはいいが、そこからアランはソラノソラノソラノ、とソラノの話しかしなかった。

聞くと、その『ソラノ』という子どもが、怪我を負って寒空の中放置されていたアランを助けてくれたという。

怪我が治ってすぐにアランは孤児院に行きたがったが、後始末やらなにやらを放り出して孤児院に行くわけにもいかない。そのうち、隣国との関係が急激に悪化。戦争が起こり、それが終われば後始末や団長副団長への昇格引き継ぎやらやるべきことが多く、やっぱり会いにいけない。

そうした状況により、アランはまた会いたいと言ってから約三年、ソラノに会うまでに時間がかかったのだ。

その間、アランは暇さえあればどれだけソラノが優しかったか、自分を勇気づけてくれたかを延々と話していた。

それが親愛か恋愛の情からかは微妙なところ。

もう何回も聞いたって、と苦笑しながらも俺もだんだんとソラノに興味が湧いていた。家族を助けてもらったんだ。礼ぐらい言いたいと思うのは当然のこと。

やっと会えたと嬉しそうに俺に報告して来たアラン。『ソラノ』から告白され、付き合うことになったと照れ臭そうに笑うアランに、よかったなと俺も喜ばしく思っていた。

——なのに、ソラノには影《アルト》がいた。アランとソラノの二人の仲を邪魔するこいつがいたんだ。

「——……安心しきってんなぁ」

俺は過去を思い出すのをやめて、眠っている子どもをじっと眺めた。

熱が出ていた時は魘《うな》され、必死に布団の中に埋まろうとしては痛みに呻いていたくせに、今は気持ちよさそうな寝息を立てている。

邪魔に見える前髪に手を伸ばせば、嫌なのか小さく唸って身を捩《よじ》る。そして痛みに呻きながらまた毛布の中へと潜ろうとする。

「はは、悪りぃ悪りぃ」

寝てもわかるものなんだなと手を離せば、アルトはすぐにまた寝息を立て始めた。

……面白い。

「まさかお前がアルトだとはなぁ」

アルト。曰く、人気者であるソラノを長年暴言や暴力で虐《しいた》げ、ソラノが貰ったものや、稼いだ金を我が物顔のように使っている男。そしてソラノに執着し、離れようとしない陰険な男だとか。

暴漢共を白の騎士団に任せ、診療所で治療を施してもらった時に、俺はこの子どもの正体を治癒師の男から教えられた。アルトのことはアランからも話を聞いたことがあるし、街でもソラノと同等くらいに話されている奴だ。知らない方がおかしい。

厄介な奴がソラノの側にいるなと思っていたが——実際のアルトは俺の想像とは違って小さく、浮浪児かと見間違うかのような姿をしていた。

いや、違うと言うかこれ……

「……別人じゃねぇ？」

アルトの頬をつつくと、またむずかるように身を縮めて逃げられた。

アルトには診療所に空きがなかったからだと言ったが、本当のところは受け入れ拒否だ。

治癒師のヒョロっとした男は、こいつを置くことを拒否した。

包帯だらけで体も細く、ボロボロのガキを前に嫌悪と侮蔑の目を向けてだ。

だから連れ帰ってきた。

まったく知らない人間なら、別の受け入れ場所を探してもよかった。けど、こいつがアランの恋人を虐《しいた》げている男だというのなら、監視も含めて側に置いてみようと思ったんだ。なのに――

「んん……」

「あ、やべ」

聞こえた声に両手を上げる。

アルトを見ればすぅーすぅー息を立てて眠っていた。その姿になんとも言えない顔になる。目を覚ました時に、助けられたことをひたすら驚いていた姿。助けを求めたことを褒めたら、喜びと涙に結ばれた口元。その後に見せた笑みといい、あんなふうに驚いて、泣いて笑う奴が誰かを虐《しいた》げたりするのか？

どういう反応をするか試すために知らない振りを通したけど、俺が名前を知っているとなれば今度こそベッドから落ちるんじゃないのかこいつ。

……どうしても、目の前の子どもと噂の『アルト』が結び付かない。今は暴行を受けたからしおらしくなっているのか、それとも今見ているのはこいつの演技で、後から本性を見せてくるのか。

どっちなんだろうなと肩をすくめた。

そしてまた自然とアルトへ伸ばそうとしていた手を止め、立ち上がった。

向かうのは、ソラノの住む家だ。

暗い夜道を歩き、扉を叩くと、中からソラノ――続いて、アランが顔を出した。

「はーい。あれ、シアンさん？」

「シアン？　どうしたんだ？」

「いたのかアラン。いや、ちょっとソラノに用事」

俺は、お前じゃないとアランに手を振りながらソラノに目を戻した。ソラノはキョトンとした表情を浮かべて、首を傾げている。

「僕に？　えーと、とりあえず中に入ってください」

招きに応じて中に入り、勧められた椅子に座る。それから俺は、ソラノにアルトの話を始めた。

流石に一緒に住んでいるんだから、アルトの身に起こったことは話しておいたほうがいいだろう。

そう思って、ソラノの家に来た。だけど、なんとなく既にアルトが目覚めたことや名前を知らない振りをしたことなどは話さなかった。

「そんな！」

ソラノは俺の話を聞くなり、嘆くような声を上げ、俯いた。聞けばアランがソラノの家にいた理由は、アルトが昨日から帰っていないと言うソラノの様子を見に来ていたためだそうだ。

アランを見てみれば、目を見開いている。そんなアランに少しの違和感を感じた。

「アラン？」

「っあ……いや、すまない。なんでもない。それでアルトは……」

「ああ、命に関わるほどじゃないから、そんな心配しなくても大丈夫だぞ」

そう言えばアランは少しホッとした表情を見せた。基本アランは優しい奴だし、嫌っている相手が暴行を受けたことを喜ぶような奴じゃない。

「そんなわけだから、しばらく俺の家でアルトの面倒を見ることにするから」

「お前はそれでいいのか？」

「ああ、乗り掛かった船だしな」

「……そうか」

思ったよりもアランがあっさりと頷いた。アランはアルトを嫌っている。暴行を受けたことに対し心配はしてもそれは話が別だと嫌な顔をされるかと思ったが、何か迷っているように見える。

それがなぜか尋ねる前に……

「待って!!」

ソラノが大きな声を上げた。目を向ければ、ソラノはどこか緊張をはらんだ表情で、俺を見つめていた。そしてゆっくりと口を開く。

「……アルトを預かってもらうなんて、そんなのシアンさんに悪いです。僕がちゃんと、ここでお世話をします。わざわざシアンさんに面倒を見てもらわなくても大丈夫ですよ」

「気にするなって。助けたのは俺だし、これでも面倒見がいい方だからな。俺に任せとけ」

「でも、そんなご迷惑なこと……あ、じゃあ僕もお手伝いをしにシアンさんのお家に行きます！」

「え？」

「ソラノ？」

俺とアラン、二人して驚いた。どこかソラノの様子は必死に見える。

「め、迷惑はかけませんし、だから僕も……っ」

「いや、お前、アルトが怖いんだろ？　それならいい機会だし、いっぺん距離を置いた方がいいと思うぞ？」

「私もシアンに同意見だ。ソラノ、そんなに焦ってどうしたんだ？」

アランがわずかに顔を顰《しか》める。

そんなアランにソラノは息を詰まらせ目を伏せると、胸元をきつく握りしめた。

「……すみません。……なんだか不安で。アルトには、色々と酷いこともたくさんされているけど、こんな僕の側にずっと一緒にいてくれてた幼馴染だから……そ、それにっ、怪我をしているなら僕も何か役に立たないとっ。帰ってきたときに何を言われるかわからないっ……！」

「ソラノ……」

顔を青ざめさせて震えるソラノの肩を、アランが心配げに抱いた。

俺はそんなソラノの様子をじっと見つめた。

「……大丈夫だ。俺がアルトの側にいるからな。ソラノには手出しさせねぇよ」

「シアンさん……でもっ」

「ソラノ、大丈夫だ。ここはシアンに任せよう」

「アランさん………わかりました。シアンさん。アルトをよろしくお願いします……」

「おう、任せとけ」

それから二言三言軽く話して、俺はソラノの家を後にした。最後にアルトが起きた時に「心配している」と伝えてくれとソラノから言われたけど……

うん、今は知らない振りしてるし、一旦保留だな。

「……でもソラノかぁ」

暗い静かな夜道に、声がこぼれる。俺は立ち止まり、もう見えないソラノの家を振り返った。

……ソラノの奴、なんとなく俺の元にアルトを置いておくのが嫌そうだったよな。

たまに、ソラノに対して違和感がある。でもその正体が何なのかわからない。怯えるソラノの言い分や姿を見ると俺の気のせいかとも思う。

けど、アルトと接し、噂との違いに抱いた違和感にも首を傾げた。

ソラノとアルト。清廉潔白と佞悪醜穢《ねいあくしゅうわい》で正反対、何かと話題の多い二人。まあ、アルトとの方とは一緒に住むことにもなったし、これなら何か見えてくるものがあるかもしれない。

ソラノは、アランの命の恩人で恋人だ。もし、アルトが噂のような人物ならアラン達の幸せを邪魔させないためにも……

『……よろしくお願いします』

ふと、アルトが浮かべた小さな笑みを思い出した。それにまた、自分の顔が難しくなるのを感じる。

なんで初めて会った奴にここまで庇護欲に似た感情を抱くんだ？

……アルトは家に帰りたくなさそうだった。ソラノはアルトを家に連れ戻したそうだった。

「……一応防犯具《ぼうはんぐ》見直しとくか」

そう呟いて、再び前を向いて歩き出す。なんとなく、帰路へと歩む足が早くなった。

第四章　べつのふたりぐらし

僕がテーブルに朝食を並べていると、リビングの扉が開く音がした。

「あ、シアンさん！　おはようございます」

「ああ、おはようさん」

扉の向こうから欠伸《あくび》をしながら、シアンさんが顔を出す。

「朝ごはん、もうすぐ用意できるので少し待っていてくださいね」

「助かる。でもあんま無理すんなよ」

「はい」

僕を気遣う言葉に頬が緩んでしまう。

僕が怪我をしてからもうすぐ二ヶ月が経つ。もう、怪我もほとんど治った。

シアンさんは僕が動けない間、言っていた通り本当に面倒見よく、甲斐甲斐しく僕のお世話をしてくれた。それは、驚いて呆気にとられ、されるがままになってしまうほど。

でも、流石にこのままお世話になりっぱなしはダメだと、動けるようになった頃からお家のお手伝いをさせてもらっている。

本当は「まだ怪我が治ってないだろ」と言われていたのだけれど、無理に許可をもらった。だからシアンさんには時々心配そうに声をかけられる。

それはしばらく経った今も変わらなくて、声を掛けられるたびに心が擽《くすぐ》ったくなる。

「――んじゃあ仕事行ってくるな。家のことは無理せず気楽に頼む」

「はい。お仕事頑張ってきてくださいね。えと……いってらっしゃい」

「……おう。行ってきます」

朝食を済ませると、シアンさんはお仕事に行ってしまう。

それを見送ってから僕はリビングに戻り、椅子に腰かけると、ふう、と息を吐き出した。

「……今日こそはちゃんと、シアンさんとお話ししよう」

この二ヶ月の間、本当に信じられないほど穏やかだった。

アルトと住んでいる時はずっとアルトの機嫌ばかり気にしていた。でも、シアンさんと一緒にいると自分が自然体でいられている気がする。毎日重苦しかったはずの体が日に日に軽くなっていくんだ。

お世話になった初めの頃は、何も告げずに家を空けてしまっていることに焦っていた。でも怪我をした体では満足に動けず、ベッドから落ちては蹲《うずくま》ってしまうことが多かった。その度に、シアンさんは慌てて僕を抱き起こしてくれた。

動けるようになってからは一度だけ外に出た。だけど、帰る道がわからず、人を見れば自分でも驚く程に恐怖を感じて、誰もいない脇道で動けなくなっていたところを仕事終わりのシアンさんに見つけられた。

シアンさんのお家のすぐ近くで蹲《うずくま》っていたようで、シアンさんは近い迷子だなと笑っていた。

そして、それ以上は何も言わず、ゆっくりしてろとだけ言われた。

シアンさんが住んでいるこのお家は僕がアルトと一緒に住んでいた家と同じ二階建てだった。でもどこも壊れておらず、大きさも置いてあるものも全てにおいて違う。

塀に囲まれ、お庭があって、そして、浸かることのできるお風呂や冷蔵具《れいぞうぐ》と言う大きな食材を保管できる魔道具もあった。防犯用の魔道具も設置されているそうだ。他にもたくさんの便利なもので溢れている。

この住まいはどうやら富裕層区にあるらしく、それを教えられた時には、そんな場所にいる事実に緊張して、カクカクとした動きになってしまった。

シアンさんはそんな僕を見てたくさん笑っていたけど、その最中に僕が見つけた溜まった洗濯物や洗えていない食器を恥ずかしそうに隠していた。

だからつい僕も笑ってしまって、暫く二人で笑い合った。

……この家は温かい。孤児院やアルトと暮らしていた家とは違って、温かさに満ちている。

楽しい、楽しかった。だけど、もう怪我は治ってしまった。

いまだに、シアンさんに僕は自分が『アルト』だと言えていない。

僕がアルトだとバレたら、きっとシアンさんは僕を嫌いになる。それがいつになるだろうという恐怖がずっと僕に付き纏う。そしてその前にシアンさんとお別れしなければと思うんだ。

でも、いざ話を切り出そうとするたびに勇気が出なくて、今日まで来てしまった。またあの生活に戻るのかと思うと身体が震える。

あの状態が当たり前だと思っていたのに、今となってはアルトの元に戻ることが怖かった。

……でも、シアンさんに僕のことがバレる方がもっと怖い。

「……──♩」

床に落としていた視線を上げる。

そして自分を勇気づけるように小さく歌を口ずさみ、家のお掃除を始めた。静かな部屋で耳を澄まさなければ聞こえないくらいの小さな歌。それでも身体の緊張が緩む。

大好きな歌。アルトと一緒に暮らしている時は、一人でも鼻歌でさえ歌う気力も湧かなかった。

でも、今は歌えている。

「──ただいまー」

「お、お帰りなさい！」

夜、シアンさんが帰ってきた。急いで玄関まで駆けていく。さっきまでは今日こそはと緊張していたはずなのに、シアンさんの声を聞くと嬉しくなってしまうんだ。

だけど、帰ってきたシアンさんの様子はいつもとどこか違っていた。

「えと……、ご飯できてますよ。先にお風呂でもいいですが、どうしますか？」

返事を待つも反応がなく、不安な気持ちでシアンさんを見上げた。いつもならすぐに答えて笑ってくれるのに、今日のシアンさんはじっと僕を見ているだけ。

「……やっぱ見えねぇ」

「え？」

「……いや、なんでもない。それより――」

「わっ」

シアンさんはパッと笑うと、僕の頬を嬉しそうに両手でうりうり挟んで揉みだした。

「お前はーいっつも嬉しそうに出迎えてくれんな～。帰ってきがいがあるわ！」

「っそ、そうですか？」

喜んで駆けつけてしまっている自覚がある分、自分の頬が熱くなる。シアンさんから視線をずらすと、それすらも気づかれたのか笑みを含んだ声で揶揄《からか》われた。

「おうおう照れたかー？」

「っな、なんで！」

さっきよりも顔が熱くなった。慌てて前髪を押さえシアンさんの手から逃げる。

え？　み、見えてないよね？

「はは！　大丈夫。お前の前髪長すぎて全く顔なんて見えないって。ちゃんと前見えてるかそれ？」

手で前髪を確認していれば、シアンさんが僕の顔の前で手を振る。その手に僕は大きく頷いた。

「大丈夫です」

もう何年もこの髪型だ。顔を隠すことだけには自信がある。これは唯一アルトにも褒められたことがあるくらいだ。

「……そっか」

シアンさんは、そういうと僕の前髪に手を伸ばして、触れた。一瞬ピクッと体が動いてしまうもシアンさんはただ僕の髪をクリクリ弄《いじ》るだけだった。

「なぁ、前髪切らないのには、なにか理由があるのか？」

「あ、えーと……」

なんて言おう。

後ろの髪はシアンさんに一度整えてもらったことがあるけれど、前髪だけは断った。

本当にどうしてこんなことまでお世話になっているんだろう。でもダメなんだ。

「……顔を、見せたら嫌われちゃうから」

「嫌われる？」

少し俯き、コクっと頷いた。

「……僕の顔、気持ち悪いですから……」

孤児院で何度も言われ、揶揄《からか》われた。

こっちを見るな、笑うなと何人にも言われた。それからいっぱい意地悪をされるようになった。

アルトに相談したら、僕が不細工で気持ち悪いからだと教えられた。それがすごくショックで、
僕は顔を隠すようになった。今でも思い出すと、胸が痛む。

「あー確かにんな噂もあったな」

「……え？」

シアンさんが言った言葉に心臓が嫌な音を立てた。手に嫌な汗が滲んで、そして――

「でもお前笑うと結構可愛いと思うんだけどな」

呆けた。

想像とは違う言葉にびっくりして顔を上げる。シアンさんは「ほら、ニコッてしてみろ。絶対似合うから」と言って僕の頬を髪の上から引っ張った。ちょっぴり痛い。だから、夢じゃない。

「……あの、シアンさん大丈夫ですか？　もしかして目が悪いんですか？」

「……なんでそうなるんだよ」

だって僕なんかを可愛いだなんて。

「両目ともバッチリだぞ。こう、なんか雰囲気があるんだよ。そういう可愛い雰囲気が」

こう、と頬から手を離したシアンさんが僕の周りに靄《もや》を描くように手を動かす。

よく意味がわからず首を傾げた。シアンさんはそんな僕に苦笑した後、片手を自分の顎に当ててじーっと僕の顔を見つめ始めた。

「一回ちゃんと見てみたい気がするけどなぁ」

「それはちょっと……」

そっと前髪を両手で押さえた。押さえたのは絶対ダメだという意思表示でもあった。

だけど……

「いや、今度絶対見る」

「なんで!?」

即主張された。

「いや、だって見たいし」

「そ、それでもダメです！」

「えー。でもなぁ……」

拗ねたように口を尖らせたシアンさんは、またそこで黙り込んだ。

な、なにを考えているんだろう……？

「あ、あのシアンさん……？」

声をかけても、シアンさんは反応してくれない。

どうしたんだろう？　僕の顔に何かあるのかな？　それとも生意気な態度だと嫌に思われた？　っどうしよう……どうしようどうしようどうし——

「なぁ」

「っ、は、はい！」

「お前もうここに住まねぇか？」

「……な、なんで⁉」

今の沈黙の間に何があったの⁉

驚きに目を見開けば、シアンさんの淡い翠の瞳と目が合う。そこには冗談の色が一切なくて混乱が増した。

今日こそ、この温かい家を出ていかなければと思っていた。それなのに、与えられた選択肢にどうすればいいか分からなくなる。

「……だめか？」

「だ、だめじゃ——……でも僕ここにいたら迷惑を、それにっ……怪我も治ったんなら早く出て行かないと……」

「俺はこれっぽっちも迷惑だと思ってないぞ？　逆に助かってるくらいだしな。俺に迷惑がかかるから出て行くって言ってんなら、ここにいてくれ。この二ヶ月、お前といるの楽しかったからな」

そう言ってニカッと笑うシアンさんに胸がキュウッと熱くなった。

なんて言えばいいかわからず下を向く。……違う、下を向いて隠した。表面ではダメだと悩んでいるようにみせて、心ではすごく喜んでる自分がいたから。

このまま側にいれば僕のことがバレる。それはダメだ。でもここにいたい。

「だって」「でも」というどっちつかずの言葉が自分の口から溢れる。

そうやって何も言えず、しまいには涙ぐんでしまう僕に、シアンさんは「……まあ、考えてみてくれ」と言って、落ち着くためにお風呂に入って来いと僕の背中を押した。

落ち着けって、こんなに悩ませてるのはシアンさんなのに。

……でも、そうやって僕に時間をくれ、話を聞いてくれようとするシアンさんだからこそ僕が『アルト』だと言うことを話したい。ここにいてくれと言ってくれるシアンさんだからこそ、本当のことを話さなければと思った。

「シアンさん」

「ん？」

震える唇を引き結んで、シアンさんの方へと向き直る。

そして、不思議そうに僕を見るシアンさんに、とうとう僕はずっと隠していた秘密を口にした。

「あ、あの……お話嬉しいです。で、でも僕の名前……アルト、っていうんです」

……言った。ついに言った。でも——

「ん？　ああ、知ってるぞ？　まだバレてないって思ってたのか」

「……へ？」

気の抜けた声が出る。

さらりと言われた言葉に一瞬、何を言われたのか分からず、ポカンとシアンさんを見上げた。

……え、知ってた？

「俺は全部知ったうえで、お前と一緒に過ごしたいと思ったんだよ。ちなみに最初っから知ってた」

「え⁉」

そうなの⁉　愕然とする僕を見て、シアンさんは「悪い」と目を逸らす。

……冷たくされることは覚悟していた。黙っていたなと責められることも覚悟していた。でも、「ああ……」ってちょっと気まずそうに笑って照れられるだなんて想像もしていなかった。

確かに、一緒に暮らし始めて二ケ月。僕のことがバレてないって都合が良すぎる話だ。

困惑する僕をそのままに、シアンさんはぽんと手を叩く。

「そうだ、名前教えてくれたってことはそろそろお前のこと名前で呼んでいいよな？」

「で、でもっ……」

「言っとくけど、俺だってお前が噂みたいな奴ならこんなこと絶対言わなかったぜ。でも、お前がお前だからこそもっと一緒にいたいって思ったんだ。――だからこれからよろしくな、アルト！」

パッと、すごく喜ぶような笑顔を見せるシアンさん。その笑顔が何故だか強烈に僕の目を焼いた。

そして、一気に体中が熱くなる。

息が詰まって、心臓は跳ね、口はパクパクと動くだけで何も言えない。

「アルト⁉」

とうとうシアンさんの顔すらも見れなくなり、驚くシアンさんを置いて、僕は急いで貸してもらっている自分の部屋へと戻った。そしてベッドの中に潜り込む。

……心配も不安も、漠然とした恐怖も変わらずある。なのに、それとは違う湧き上がってくる訳のわからない強い感情に、頭も気持ちもぐちゃぐちゃになって涙がたくさん溢れてくる。

……でも、苦しいのに嫌な涙じゃない。

その後、シアンさんが何度も僕の様子を見に来てくれた。だけど、「大丈夫か？」と聞かれる声も、布団にそっと置かれる手にも、シアンさんの優しさを感じる度に胸が苦しくなる。

それでごめんなさいと思いながらも、ずっと布団の中に篭って寝た振りをしてしまった。

気がつくと、いつの間にか朝になっていた。

……一階から物音がする。多分シアンさんがお仕事に行く準備をしているんだ。

そっと起き上った視界に、ベッド横の小机に水受のトレーの上に濡れたタオル、そしてコップが置かれているのが映った。触れれば、まだ冷たい。

いっぱい泣いちゃったもん。気づかないはずないよね。

その優しさにまた泣きそうになりながらも、タオルを手に取ってギュッと目に押し付けた。そして、タオルを戻すと湧き上がる感情のまま急いで階段を駆け下りた。

嫌な態度とっちゃった。シアンさんもう僕のこと嫌だと思ったかな？　ううん、それでも……！

まだ完全には感情の整理ができていない。頭の中ではアルトの嗤《わら》い声がする。怖い。だけど、シアンさんは僕だから一緒に暮らしたいと言ってくれた。それに、自然と口元が緩んでしまう。

こんな僕でもまだ側にいていいと言ってくれるのなら、僕はシアンさんの手を取りたい。もっとシアンさんと一緒にいたい。そう、自分で思うんだ。

「シアンさん！」

キッチンにシアンさんはいた。騎士服を着ていて、もうお仕事に行く準備も万端だ。

シアンさんは、扉をバンっと開けた僕に驚き目を丸くする。でも、すぐにばつが悪そうな顔を浮かべた。

その表情に、やっぱりもうだめかな、と悲しさに自分の顔が歪みそうになる。でも――

「あのっ……僕、シアンさんともう少し一緒にいてもいいですか？」

「え？」

「僕のことでっ、迷惑をかけてしまうかもしれません。でもっ…、僕も、シアンさんともっと一緒にいたいです！」

情けないほどに声が震えた。俯く。それでもちゃんと言えたという嬉しさが湧き上がった。

シアンさんの反応だけが怖くて、両手でズボンを握り締めてシアンさんからの言葉を待った。

「……いいのか？」

聞こえた声は、どこか呆気にとられたような声だった。頷き、恐る恐る顔を上げれば、シアンさんは膝に手をつき、安堵の声を上げていた。

「よかったぁっ。嫌われて断られるかと思った！」

そして、僕を見ると綻ぶように笑った。

「迷惑だなんて気にするな。これからよろしくな、アルト！」

「……っ……はい」

うっ、と言葉が詰まり熱くなる頬。

こんなにも喜んでくれるんだと嬉しく思うと同時に、やっぱり心臓がドキドキした。


それから始まったシアンさんとの同居生活は、ずっと楽しかった。

僕らの暮らしが『同居生活』になった日の夜、シアンさんは「改めてよろしくな」と、クッキーをお仕事帰りに買ってきてくれた。

見たことはあっても、初めて食べるそのお菓子はサクッとした食感と甘さがあって驚いた。勿体無くてなかなか食べ切れない僕に、シアンさんは笑いながら「また買って来てやるよ」と言ってくれた。それからシアンさんは本当に毎日のように色々なお菓子を買ってきてくれる。

流石にそれはと止めれば、今度は手を替え品を替えで色んなものを買ってくるんだ。それは二ヶ月経った今でも同じだ。

そんなある日のこと、シアンさんに出かけないかと誘われた。

「怪我してから碌に外に出てないだろ？　明後日非番だし一緒にどっか出かけないか？」

朝食を食べながらシアンさんが言う。

シアンさんと一緒にいると今までの辛いこと全てが夢だったんじゃないのかと思うほど幸せだ。でも、それはただシアンさんに甘えているだけなのはわかっている。

外にある現実に戻りたくない気持ちを知っているからか、シアンさんは今まで無理に僕を外に出そうとしなかった。そんなシアンさんが外に出ようと誘ってくれている。

「街に出かけるんじゃなくてどっか遠く、川とか山とかその辺にピクニックとかどうだ？　そのあたりなら人も少ないだろうから、弁当とか釣り道具とか色々持って行って気分転換しようぜ！」

楽しそうに笑うシアンさんに、外と聞いて入っていた肩の力が抜けた。気を遣わせてる。そう思うのにその気遣いが嬉しかった。

「……そうですね。……ピクニック、僕もシアンさんと一緒にお出かけしたいです」

「よし！　んじゃあ決まりだな！」

「はい！　お弁当張り切って作りますね！」

握りこぶしを作って言う僕に、シアンさんは楽しみだと笑って、お皿を片付けるとお仕事に向かった。

玄関までシアンさんを見送り、扉が閉まったのを見てから僕は自分の胸を押さえた。

……怖い。

明るく返したものの、外に出ればまた何か言われるんじゃないのか、暴力を受けるんじゃないのかと考えてしまって、怖くてたまらない。

「大丈夫、大丈夫だよ……」

楽しいことを考えよう。

弁当だって。どんなの作ろう？　人がいない場所だって。どこに行くんだろう？　シアンさん楽しそうだった。それは僕が一緒だから？　そんな浮かれた考えに震えが落ち着き、口元が緩んだ。

「よし！」

両手でパンッと頬を挟む。怖い、だけど大丈夫！

昔は怖いと思えば、それだけで何も考えられなくなっていた。でも今は違う。少しずつ、少しずつその先が広がっている。

二日後の朝、一階にある鏡の前で、僕は小さく鼻歌を歌いながら身嗜みを整えていた。

フードは被った。お着替えも済んだ。お弁当の用意も完璧。顔もちゃんと隠れてる。

「お、アルト用意できてるな」

二階から降りてきたシアンさんが顔を覗かせて言う。

「うん！」

今日は王都から少し離れた、ちょっとした隠れスポットみたいな場所に行くようだった。詳しくはついてからだと言われた。

隠れスポットだって。何だかワクワクする響きだ。

「じゃあ行くか」

「はい！」

元気よく返事をして、シアンさんと玄関に向かう。今日のことがすごく楽しみだった。だから早くお出かけしたい。そう、したいのに――

「アルト？」

扉の前まで来てピタリと僕の足が止まる。

本当に、シアンさんとのお出かけをすごく楽しみにしていたんだ。沢山鼻歌を歌って、事前の用意や着て行く服を決める間は怖いだなんて思わなかった。なのに今、すごく緊張している。

止まってしまった足に、心臓の鼓動が速くなる。そして、その音が大きくなるにつれて街の人達から向けられた目を思い出し、体が恐怖に固まる。

「……ほら、行くぞ」

「！」

ポン、と僕の頭にシアンさんの手が乗る。

シアンさんが僕と同じようにフードを被って先に外へ出る。そして、振り返ったかと思うとニヤっと僕へ悪戯っ子の笑みを浮かべると、トントンと自分の外套を指差した。

「お揃い」

一瞬、フードを被っていることがお揃いかと思った。だけど羽織る外套の丈の長さは違うけれど、同じデザインなことに気がついた。

きょとんとしていればシアンさんは前を向く。

「おいていくぞ」

「ま、待ってっ」

歩き出そうとするシアンさんに不思議と足が動いた。驚くままにシアンさんの隣に並べばまるで褒めるかのように髪をかき混ぜられる。

「目的んとこに向かうのに乗合馬車に乗らないといけないんだけど大丈夫そうか？」

「……はい。平気です」

「よし！　何かあったら言えよ」

「はい」

ニカッと僕へと向けられる笑顔に、フードの端を握って前へ引っ張った。

これは怖いからじゃない、なんとなくシアンさんが見られなかったからだ。

それからシアンさんは大通りを避け、人通りが少ない道を通って目的地へと歩いていく。こんな所にもシアンさんの気遣いを感じた。

初めて乗る乗合馬車には数人、人がいた。少し怖くて、シアンさんにぺったりとくっついて座ってしまった。

「可愛っ！」

「え？」

聞こえた声にシアンさんを見上げれば、片手で口元を覆っていた。

……もしかしてダメだったかな？

「あの……、ダメですか？」

「いや、大丈夫。好きなだけくっついとけ」

「は、はい！」

言われた言葉に喜ぶ。

外、人、馬車、どれも緊張する。だけど、いざ馬車が出発すれば流れる外の景色に夢中になった。

シアンさんに身体をくっつけたのはそのままに、膝立ちになって小窓から顔を覗かせ外の景色を眺める。あまりにもずっと眺めているからシアンさんが「同じような景色ばっかで飽きるだろ？」と小さな声で笑った。

それに「ううん」と僕は首を横に振った。全然同じじゃないよって。

過ぎる木々と広がる緑は同じかもしれない。だけど、初めて見る景色はどの景色もキラキラと輝いて見えた。日差しは暑いが吹く風は気持ちいい。

……外ってこんなにも広いんだ。

それから、一時間くらいした場所でシアンさんは馬車から降りた。

そこは道の途中だった。両側には鬱蒼とした森が広がっている。その間の砂利道をシアンさんと一緒に歩く。そして、シアンさんが立ち止まった。

「この中を通るぞ」

「え？」

シアンさんが「こっちだ」と指すのは道ではなかった。正確には手前に獣道があってなんとか通れそうだけれど、その奥は僕の腰下程ある長い草が生い茂り、木々にも隠れてよく見えない。

「こ、こっち？」

「ああ、隠れスポットって言っただろ？」

……聞いてたけどちょっと想像していた行き方と違う。

シアンさんは「大丈夫。この道で合ってるから」と自信ありげに頷く。

心配しているわけじゃないよ？　ちょっと先が見えないなって思っているだけで。

「熊とか狼、あとないとは思うけど魔物が出てくるかもしれない。まあ、俺がいれば大抵のやつは大丈夫だから安心しろよ」

「魔物!?」

「アルト？」

ギョッとシアンさんを見る。そして、また森へと顔を戻した。

それは想像してなかった。出るんだ……

「おい、アルトどうし……あ、もしかして怖がって……」

隣にいるシアンさんがどうしてか慌て出す。

だけど、僕は目の前の森から目が離せなかった。

覆う木々にどこか薄暗い森。その先から聞こえる虫や動物の鳴き声が、少し不気味に聞こえる。

それに加えて熊や狼、魔物が出る可能性もあるなんて……ちょっと怖い。でも魔物だよ？　それって――

「やべぇ……場所選び失敗したかも……」

「冒険みたい……」

「へ？」

ポツリと僕の口から漏れ出た言葉。

目の前の暗い森が、馬車から見た景色と同じようにキラキラとして僕の目に映る。

僕達が目指しているのは隠れた地。目的地に辿り着くために道なき道を進み魔物を倒す！　そんなお話、昔、孤児院の絵本で読んだ事がある！

「シアンさん早く、早く行きましょう！」

ポカンと口を開けているシアンさんの服を引っ張る。

「……なぁ、アルト楽しい？」

「うん！」

元気に頷けば、シアンさんは「はぁぁ……！」と息を吐くと蹲《うずくま》ってしまう。そんなシアンさんを不思議に思って見下ろせば、シアンさんも顔だけを上げてじーっと僕を見る。

「……意外にこういうのが好きなのか」

「ん？」

「そっか。そういえば隠れスポットって言った時なんかちょっと反応してたもんな。……あれは人がいないからかと思ってたけど、なるほどこういうのが……」

シアンさんは、今度は顎に手を当てて、下を向きぶつぶつ言いだしてしまった。そして「よし！」と立ち上がった。

驚く僕にシアンさんはニヤっと笑う。

「アルト、この先期待しとけよ。初めての冒険に相応しい『神秘的な』場所だからな」

神秘！　自分の目がキラキラと光ったのが分かった。

「ふはっ！　お前も男だな」

吹き出すように笑ったシアンさんは、僕の手を掴む。

「よし、行くぞ！　しっかりついてこいよ！」

「う、うん！」

掴まれる手に、心臓が跳ねる。さっきまでは冒険みたいだとワクワクしていた心臓がドキドキと少し苦しくなった。


「――ここだ」

「うわぁ～～!!　すごく綺麗……」

「だろ？」

シアンさんが得意げに胸を張る。

森の中にぽっかりと空いた広い空間。草木を分け、進み、辿り着いた先には少しの草原が広がった後、エメラルドグリーンから青に輝く泉があった。

後ろを振り返れば暗い森なのに、前を向けばこの空間にだけ太陽の光が入り込んでいる。水面はキラキラと輝き、木々は明るく照らされ、草花は気持ちよさそうに光を浴びている。ひっそりと、でも輝くように存在しているような場所だった。

「あっシアンさん！　リスがいます！　他にも！」

「ああ、ここには小動物系も多いしアルトも楽しめ……っておい！　話聞けよ……！」

シアンさんが何か言っている。でも泉の周りにいる可愛い小動物達に待てずに飛び出してしまった。でも、そんな音にびっくりしたのか、動物達はすごいスピードで森へと逃げていく。

「ああ～……逃げちゃった……」

「そりゃ走って行けば逃げられるわな」

ニヤニヤ笑いながらシアンさんが僕に近づいてくる。……さっき話を聞かなかった仕返しだ。

「ま、その内戻ってくんだろ」

「ほ、本当ですか？　次は気をつけます！」

「おおー、頑張れ」

気合いを入れつつ、そっと僕は泉の中を覗き込んだ。

「アルト、落ちんなよ」

「はい」

透き通った綺麗な水面に、自分のモサッとした髪に覆われた顔が映る。

深い……入ったら僕の胸元辺りくらいかな？

顔を上げ、奥にある水面を見れば映る木々が気持ちよさそうにそよいでいた。お魚さんが気持ちよさそうに泳いでいるのも目に入る。

もう一度、目を水面へと落とせば、さっきは気づかなかったけれど、そこにもお魚さんが泳いでいた。そして、同じように鬱屈とした自分が映っている。

だけど、どうしてかいつもと違った自分に見え、口元が綻んだ。

「危ねぇぞ」

クシャッと頭を撫でられる。そういえばいつの間にかフードが外れていた。見上げればシアンさんが何かの道具を掲げてニカッと笑った。

「ついて早速だけど作るか！」

「はい！　……ん？」

一体何を作るんだろうと思っていたけれど、まさか釣竿を一から作るとは思わなかった。

「んっ！　お魚、美味しいです！」

水辺から離れた木の側で、正面に座ってお昼のお弁当を食べるシアンさんに、僕は笑顔で伝えた。

材料を探し歩き、作った竿で釣った魚。

シアンさんは何匹か釣り上げていたけど、僕は一匹だけ。でも、すごく楽しかった。

「だろ？　――ん？　……アルト、そっと後ろ見てみろ」

小声でシアンさんが僕の後ろを指差す。

首を傾げつつそっと振り向くと、草むらから兎さんが一匹こっちを見ていた。

「……これあげてみろ」

シアンさんからお弁当に入っていた野菜を手渡される。

「いいの？」

シアンさんが頷いたのを見て、そっと兎さんがいる方に野菜を持つ手を向けた。すると兎さんは警戒しつつも、野菜と僕を交互に見て少しずつ近づいてくる。

……緊張する。

だんだん近づくその距離に、さっきのように逃げてしまわないよう、息を詰める。

兎さんが野菜に齧り付く。

食べた！　シアンさ——っ。

嬉しくなって、シアンさんを振り返れば、すごく優しい目で僕を見ていた。なんだか顔が一気に熱くなって兎さんへと顔を戻した。

心臓がドキドキする。落ち着くために小さく息を吐き出し、僕は兎さんに意識を集中させることにした。モシャモシャ食べている兎さんはすごく可愛く、真剣に食べているように見える。

…これなら触れるかも？

触ってみたい衝動が抑えられず、慎重に兎さんへと手を伸ばした。

……あともうちょっと、あと少し、もう少しで触れる……、とあと数センチのところで。

「ハックックション!!」

「え!?　あ！　えぇ??」

急に響いた大きな音に、驚きキョロキョロと辺りを見回す。そして、逃げていった兎さんを呆気に見た。そっと音の方を振り返れば、ばつの悪そうなシアンさんがいる。

「…………悪い」

じっと見ていれば、ズズッとシアンさんが鼻を啜った。

「…………ぷ」

「……アルト？」

「ふ、ふふっ、あはははは!!　酷いよシアンさん！　あともうちょっとだったのに！」

何が起こったか理解すればすごく面白い出来事だった。

シアンさんが、おっきなくしゃみをしたんだ！

「あはははは!!」

「……そんな笑わなくてもいいだろ」

「だってっ……ふ、ふふっ！」

頑張って口元を押さえるけど、恥ずかしそうに口を尖らせるシアンさんにやっぱり耐えきれず笑ってしまう。そんな僕に、シアンさんもつられて笑い出す。

……シアンさんと一緒にいると楽しいことや嬉しいことで心が溢れる。こんなに声を出して笑ったのなんていつぶりだろう？

お昼ご飯を食べ終われば、足を水につからせて遊んだり、泉周りの森を探検して、木の実を取って食べたりした。シアンさんはどんな険しい道でも踏みつけて歩いていくし、木にもスイスイ登ったりしてなんだかすごかった。全然貴族に見えないんだ。

それからは、二人、木を背に並んでシアンさんのお仕事やそこにいるお友達の話を聞いた。そして、その話の中で、シアンさんが僕の話をその人達にしていることを知った。

今日のことを勘付かれ、ニヤニヤ笑っているって揶揄《からか》われてしまったらしい。僕《アルト》と住んでいるなんて知られていれば、シアンさんも僕と同じような目を向けられているんじゃないのか。何をしているんだと奇異の目に晒されているんじゃないのかと不安になった。

でも、その人達の話をしている時のシアンさんは、愚痴っぽく言いながらもその眼差しが穏やかだった。

それは昔、アランさんがシアンさんのことを話していた眼差しと似ていた。だからたぶん大丈夫なんだろう。そして、そんな人達がいるんだと、僕は内心驚いた。

「シアンさんニヤニヤしてたんですか？　どうしてですか？」

何気なく聞いた言葉だった。そんな僕にシアンさんは動揺した。

「え？　あーいや、まぁこうやって遠出するのは久しぶりだからな。それに……お前とのデート、楽しみにするだろ？」

「デッ!?」

チラッと僕を見るシアンさんの顔は悪戯っ子の笑みだ。揶揄《からか》われてる。それはわかっているのに顔が熱くなった。その熱を誤魔化すようシアンさんを睨みつける。

「揶揄《からか》ってますよね？」

「はは！　睨むな睨むな」

僕は、片手で自分の前髪を引っ張った。

どんな表情をしても、前髪で僕の表情なんて見えないはずなのに、シアンさんは全部わかっているように笑う。それに、また照れてしまうんだ。

「……睨んでないですよ」

「そっか」

穏やかな時間が流れた。こうやって話していても、シアンさんは僕に『ソラノ』やアランさんの話をしない。アランさんとの仲が悪いことはないと思うし、きっと僕に気を遣ってくれているんだろう。

……もう随分アルトに会ってない。こんな僕にアルトは怒り狂っているだろう。いや、帰ってこない僕にせいせいしているかな？

アランさんはどうなんだろう。僕とシアンさんが一緒に暮らしていることを知っているんだろうか。

……ううん、きっと知っているだろうな。

そして、知っているのなら僕と暮らすシアンさんを心配しているんじゃないのかなと思った。

「アルト、そろそろ帰るか」

「え？　……あ、もうそんな時間……」

空を見上げると日が傾きはじめていた。

「帰る……」

「ああ、今から帰らねぇと暗くなっちまうからな」

「うん……」

楽しかった今日がもう終わってしまうんだと思うと、名残惜しくて寂しかった。

「楽しかったか？」

「うん……」

「そうだな俺も楽しかった。——だからまた来ような」

「うん……え？」

弾かれたように顔を上げる。

「嫌か？」

「い、いえ！　来たい、またここに来たいです！」

「ああ。他にもいろんないい場所知ってるからな。また連れてってやるよ。期待しとけよ？」

「～～はい!!」

躍り上がりそうになった。顔が笑顔から戻らなくなって両頬に手を当てて埋める。

嬉しい。また来たい。でもそれよりもまたシアンさんと一緒にお出掛けをしたい。

帰るぞ、と差し出された手を握る。来た時と同じようにシアンさんと手を繋いで帰り道を歩いた。

帰るとなった時は悲しかったけど、シアンさんと一緒だと帰り道も楽しいことを知った。それに次の約束もある。でも……

「——アルト!!」

シアンさんではない、僕を呼ぶ声に夢から醒めたような気持ちになった。

街に戻り、馬車から降りた時に聞こえたのは僕のよく知る声。まるで冷水を浴びせられたかのように身体が竦む。

恐る恐る視線を向けると、そこにはアルトがいた。その後ろには難しい顔をしたアランさんもいる。

「……こんな所で何してんだアラン」

「……それはこっちのセリフだ」

交わされる会話を聞きながら俯くと、アルトが心配そうに僕の元にやってきた。

「アルトよかった。心配してたんだよ？　本当に……——よくも逃げたね」

最後、僕にだけ聞こえる声で低く囁かれ、ひゅっと息が詰まった。

「な、なんでここに……」

なんとかそう絞り出した僕に、アルトはチラッとシアンさん達の方へ視線を向けた。それから二人が話しているのを確認して、僕に視線を戻す。

「僕の情報網を舐めないでくれる？　目はそこら中にあるんだよ。それより……」

アルトは僕を下から上まで見て、忌々しそうに顔を歪めた。

「怪我、治ってるじゃん。なのにいつまで逃げ回ってるつもり？」

「そ、そんなつもりは……」

「この僕を無視して、そんなにいい服着て、楽しそうにしてなんの言い訳があるの？　誰が自由にしていいって言った？」

そう言ってアルトは小さく周りに視線をやった。その視線を追うと、僕達を見て何かを話す街の人達が目に映った。

アルトが僕のことを大声で呼んだから、バレたんだ。

「ねえ、シアンさんに優しくされてるからって調子に乗っちゃだめだよ」

血の気が引く僕に、アルトは囁く。

「あんたみたいな役立たずが図々しくシアンさんのところに居座るなんてありえない。さっさとシアンさんを解放してあげなよ。これ以上僕を怒らせないで。不愉快にさせないでよ。……じゃないと、シアンさんもあんたと同じような目に遭うよ」

「っそれは!!」

「嫌なの？　ならさっさと――」

「おい、大丈夫か？」

「「っ」」

アルトと揃って肩が跳ねる。アルトの声に被さるようなシアンさんの声に、恐る恐る顔を上げる。

僕を見たシアンさんは一瞬眉を顰《ひそ》めると、難しい顔でアルトを見た。

「何かこいつに変なこと言ったか？」

「……何も言ってないですよ？　その、怪我大丈夫かなって、お世話できなくてごめんさないって謝っていただけです。ね？」

振られた言葉に、恐怖から頷く。

シアンさんは何か言いたそうに僕を見るも、なにも言わずアルトへと視線を戻した。

「……そうか。アルトのことは俺に任せとけって言っただろ」

「そうだけどやっぱり……」

物憂げな表情を浮かべるアルトに、周りからの僕に刺さる視線の強さが増したような気がした。

「……久しぶりだな」

「っ……あ、は、はい……」

いつの間にか、アランさんが僕の前にいて、声をかけられる。

一瞬顔を上げるも顔を合わせづらく、目を逸らしたまま小さく頷いた。

「そういえばシアンさん達どこに行っていたんですか？」

聞こえてきた会話に、体が強張る。

「あー、まぁ、ちょっとな」

「ちょっとなって？」

「別にどこでもいいだろ？　それよりお前ら今から飯行くんだろ。早く行ってこい」

誤魔化したシアンさんにホッとした。

今日のお出かけは、楽しくて嬉しくて大切なものだから、アルトに知られたくなかった。顔を少し上げてアルトを確認すると、まだ何かを聞きたそうにシアンさんを見ていた。でも……

「そうですね……。あ、じゃあシアンさん達も一緒に行きませんか？　……僕も久しぶりにアルトとお話がしたいですし……。どうかなアルト？」

恐る恐る尋ねてくるアルトに焦る。その目の奥には有無を言わさない圧がある。早く答えないと。――でも、僕が答える前に、シアンさんが僕の手を握り歩き出した。

「悪いけど、やめとく。俺達は帰るわ」

「え⁉　まっ」

アルトが驚いたように僕へと手を伸ばす。でも、その手が僕へと触れる寸前に、シアンさんは僕の手を引き、庇うようにその肩を抱いた。そして、パッと明るくアルト達へと笑う。

「じゃあな！」

そんな、シアンさんを呆然と見上げる。後ろを振り返ると、凄く怖い顔をしたアルトと複雑そうに僕達を見るアランさんがいた。アルトの表情に、恐怖でブルッと震えた僕の肩を、シアンさんは優しく抱きしめてくれた。

「……今日は無理させて悪かったな」

「え……？」

シアンさんを見れば、申し訳なさそうに眉を下げていた。

「疲れただろ？　帰ったら久々に俺が飯を作るからゆっくりしておけよ」

気を遣わせてる。そう思って焦る僕にシアンさんはニカッと笑う。

「いっぱい作ってやるからどんどん食えよ？　……んで次への英気を蓄えろ」

「っ、うんっ」

その優しさに、涙が滲む。僕は目に強く袖を押し当てた。

……何をしてるんだろう僕は。こんなにもシアンさんに気を遣わせて情けない。

シアンさんの手から伝わる温もりと、周りから突き刺さる視線に考えないとと思った。

街の人達やアルトのこと、自分のこと、ちゃんと考えなくちゃ。このままでいいはずがないんだと、強く、初めてそう思った……


「――んじゃあ、行ってくるけど無理はせずゆっくり休んどけよ」

「はい……ありがとうございます。気をつけて行ってきてくださいね」

朝、心配そうなシアンさんを見送る。アルトと会ってから一週間が過ぎた。

あれから、アルトや街の人達のことが頭から離れず、いつも通りに振る舞おうとしては失敗しシアンさんに心配をかけてしまっている。

閉まる扉に自己嫌悪から溜息が出た。この間のことで、僕がシアンさんと一緒に暮らしていることは、きっと街の人達にはバレているはずだ。もしかしたら、それ以前から知られていたかもしれない。囁かれていた声の中に「ほんとうに」という言葉が混ざっていたような気がする。

これだけ長い間シアンさんにお世話になっているんだ。おかしくないといえばおかしくないのかもしれない。だけど脳裏にアルトが浮かぶ。

リビングに戻り、椅子に座りテーブルに両肘をついて頭を抱える。

本当は、僕とアルトの入れ替わりについてシアンさんに相談しようかと思った。でも、話そうとする度にアルトを思い出す。そして、信じてもらえないかもと恐怖に声が出なくなる。

こんなにも優しく、よくしてもらっているのに、シアンさんに何も言うことができない。なのに、シアンさんの側にいたいと思う自分がいる。

シアンさんが僕といることで受ける誹謗の眼差しをわかっていながら離れることが嫌だと思う。そんな自分がいることが本当に嫌だった。

「……っ」

じわっと滲む涙を袖で拭う。

——その時、初めてこの家の扉がノックされた。

「え？」

ガタッと椅子から立ち上がり、リビングから玄関の方を覗く。もう一度、ノック音が響いた。

やっぱりこの家の扉がノックされている。

……どうしよう。出てもいいのかな？

この家はシアンさんの家だ。勝手に出てもいいものか悩むも……

「……アルト。そこにいるんだろ？　私だ。——アランだ」

「え……？」

聞こえた声に、一瞬時が止まったような気がした。

「……話がしたい。開けてくれ」

その言葉に、ゴクリと唾を飲み、恐る恐る玄関の扉を開けた。

そこには、本当にアランさんが立っていた。どこか思いつめたような表情をしている。

「あの、おはようございます……」

「ああ、おはよう……」

どことなくお互いぎこちない挨拶。

中へと案内し、お茶を用意した後テーブルを挟んでアランさんと向き合うように座る。

席についたもののアランさんの顔を見る事ができず、無言の時間が気まずい。居心地悪く、ソワソワしていると、アランさんが口を開いた。

「……怪我は、大丈夫なのか？」

耳に届いたその声の小ささに驚いた。アランさんのこんな弱々しそうな声、初めて聞いた。

「は、はい。もう大丈夫です」

「……そうか」

コクコクと頷けば、アランさんの様子がどこかホッとしたものに変わって混乱が増した。再会してからのアランさんは、ずっと僕に拒絶と冷たい表情を向けてばかりだった。だけど、今のアランさんからはそのどちらも感じない。

なのに、僕がアランさんへと抱いたのは罪悪感だった。

「……あの、すみません。怪我……治っているのにシアンさんのお家に居座って……」

きっとアランさんはそれを言いに来たんだろうと。怪我が治っているなら出ていけるなと安心したのだろうと思った。

しかし、アランさんは僕の言葉に困惑した表情を見せた。

「いや……私は別に……シアンが決めたことなのだろう？　あいつから一緒に住むことになった話は聞いている」

「そ、そうなんですか？　じゃあ、あの他の人は……」

「知っている」

やっぱりと息を呑んだ。

「あ、あのっぽ、僕のことでシアンさんなにか言われていたり……っ」

僕の言葉に、アランさんはピクリと片眉を動かした。

「ああ、シアン自身は気にしていないみたいだが、アルトにたぶらかされたなどの噂はあちこちで……、いや、まぁシアンはあの性格だからな。本人は軽く流しているし気にしなくていい」

「で、でもっ！」

「あいつも貴族で黒騎士団の副団長だ。直接手を出される心配はないだろう」

それでもやっぱり僕のせいで……

ギュッとテーブルの下で、ズボンを握り締める。

わかっていたことなのに、落ち込んだ。ただただ、自分を責める気持ちだけが湧き上がる。——

そうやって自分のことばかり考えているから、この時の僕はアランさんの気遣いにも気づけなかったのだ。

「……君はいつも暗い顔をしているな」

「え？」

アランさんの言葉に、無意識に俯いていた顔を上げた。

そこには暗く複雑そうな面持ちで僕を見ているアランさんがいた。

あれ？　……この表情……どこかで……

ふと抱いた違和感。でも、それはアランさんが話し出したことで消えてしまった。

「……あの孤児院で、君の声を聞いていた時はそんな印象は受けなかった。君は自分本位な物言いで常に他人を見下していただろう？」

「それは……」

「今笑っているのはシアンに庇護してもらい、ここが安全地帯だと確信しているからか？　だからその場所が脅かされないために他人を心配するのか？　何も言わずに手に握りしめて耐えているのは屈辱に憤っているからじゃないのか？」

そう言うと、アランさんは眉間にきつく皺を寄せ、テーブルの上に視線を落とした。

その表情は憤っていると言うよりどこか葛藤からのように見えた。

「散々、あれだけソラノを見下す言動をしていたじゃないか。院を出た後も、時折ソラノの家から怒鳴り声や物が壊れる音が聞こえると耳にした。ソラノも、私と会う時には怯える様子を見せることが多い。それは君が原因なんじゃないのか？」

「それはっ」

僕じゃない。僕じゃなくて、アルトの演技だ。……そう思うのに、言っても信じてもらえる自信がなくて、黙り込んでしまう。

アランさんの息を呑む音が聞こえた。

「――怪我がっ……怪我が治ったというのなら早く出て行ってくれっ」

ハッと息を呑んだ。でも、それはアランさんの言葉に傷ついたからじゃない。そんな言葉を吐くアランさん自身がなぜかすごく苦しそうで傷ついているように見えたからだ。

……どうしてそんな顔をするの？

「これ以上シアンの優しさに甘えるな。ソラノからシアンに場所を変えて、自分の罪を認めようともせず、弱った振りをして被害者ぶるのをやめろ！」

「あ……、ち、違います、アランさん……っ」

こんな表情をアランさんにさせてしまっているのは僕だ。咄嗟にそう思って声を上げるも、自分でも何に対しての否定なのか、よくわからなかった。

「何が違うんだ。言い訳なら聞きたくない」

「っ違います、僕はっ！」

叫ぼうとして、また言葉が止まる。

どうしても、僕を拒絶したときのアランさんの顔がちらついてそれ以上声が出ない。

「……やはり、何も言ってくれないんだな」

あ……また、傷つけた。

伏してしまったアランさんの顔は見えない。でも、そう思った。

ギリッとアランさんの手が握り締められる。

「私は……嫌いなんだ。他者を貶《おとし》め、平気な顔をして嗤《わら》うような奴が。人を騙して嗤《わら》うような奴がっ！　私にとってアルトはまさにその存在だった。っだったのに……っ」

そう言って、アランさんのシアンさんよりもずっと色の濃い翠の目が苦しそうに僕を見る。けれど、何かを耐えるようにキツく目を瞑ると立ち上がった。

「……急に訪ねてすまなかった」

背を向け、立ち去ろうとするアランさんに、僕は思わず立ち上がり手を伸ばした。

「ま、待ってください！」

「っ触るな!!」

パンッと乾いた音が響く。

「――待っても！　待っても何も話さないいじゃないか君はっ！」

叩かれてじんじんと痛む手を見つめ、呆然とアランさんを見上げた。

「君は現状を変えようと何かしたのか？　何もしていないだろ！　何も言わないだろう！　だから何もわからないんだ!!　私はずっとッ……」

泣きそうな声で言葉を絞り出すように叫ぶアランさん。

「……すまない。だが、できるだけ早いうちにこの家から出て行ってくれ」

覇気なんてなく、肩を落とすよう言うと、アランさんはここから去っていく。

その背中を、僕は今度は呆然と見送ることしかできなかった。

「……ごめんなさい」

涙と共にぽつりと言葉が落ちる。

『こうやって泣くのも君が優しく綺麗な心を持つ子だという証拠だろう？』

昔、アランさんが言ってくれた言葉。だけど、今の僕は優しくない、綺麗でもない。ずっと自分のことばかりだ。……僕は本当に何をしているの？

気づけば、あれだけ悩んでいたのが嘘みたいに、僕の身体は動いていた。そして、荷物をまとめるとシアンさんに向けて簡単な感謝と別れの手紙だけを残して家を飛び出した。

●

「はぁぁ……」

休憩時間。黒騎士団の詰め室を出て、廊下を歩きつつ俺はため息を吐いた。

アランがいない。聞くと、今日は休みだという。

なんで、アランの副のはずの俺が人からの又聞きで知るんだ？

そう不満に思いながらも、俺の頭の多くはアルトが占める。

……ここ最近アルトの様子がおかしい。何か思い詰めてる感じだ。その原因は、おそらくソラノだ。

ソラノ達と会った件について、次の日アランに話を聞けば、ソラノがあの辺に飯を食いに行きたいと言ったらしい。だが、偶然と言うには少し出来過ぎているように感じた。

アルトの元気がない理由について、直接アルトに聞きたいところだが、あまり触れてほしくなさそうな様子に詳しく聞けないままでいる。

どうしたものか……、と考えていると、背中を指でつつかれた。

「どうしたのシアン？　暗い顔して」

「……何かあったのか？」

「……シーラとドンファか。お前ら、副団長ってつけろよ……」

呆れながら振り返れば、長いウェーブのかかった薄紫髪の女、シーラと、黒の短髪の寡黙でガタイのいい男、ドンファがいた。二人とも俺の部下で、黒騎士団の魔法を主に戦う第三部隊に所属している。それぞれ隊長と副隊長にも役していて、騎士学校時代からの長年の友人でもあった。

「ふふ。誰もいないんだから今はいいじゃない。それよりアルトちゃんと何かあったの？」

アルトのことを厭う様子も見せず、微笑むシーラ。

この二人には、アルトに一緒に住まないかと言った日にアルトを保護した事情から全て話している。

アランが俺がまだアルトを住まわせていることで文句を言ってきたからだ。あれだけアルトは可愛いのに猫かぶってるんじゃないかとかあいつの目は節穴か！

そうやって喧嘩しそうになっていたところをシーラ達に仲裁に入られ、全て話した。

……どうするか。いや、そうだな。一人で悶々と悩むより相談に乗ってもらえばいいか。こいつらなら信用できるし、その方が何か解決案が思い浮かぶかもしれないし。

「…なぁ、ちょっと相談したいことあるんだけど今大丈夫か？」

そう聞く俺にシーラは笑みを深めた。

「ふふ。ええ、もちろん。シアンのいい所はこうやって一人で抱え込まず、すぐに相談する所よね」

「……ああ。ラトとセイラも呼ぼう」

真顔で頷き、言ったドンファの言葉に顔を顰《しか》める。

ラトとセイラもシーラ達と同様、俺の部下であり友人だ。シーラ達とは違う剣を主に戦う第二部隊の隊長、副隊長でもある二人。その二人にも確かにアルトについて話しているが……

「……なんであの二人もだよ」

セイラはともかく、人を食ったような態度ばかり取るラトの相手をするのは疲れるし、必要ない。

「んーでもあの二人、ソラノちゃん達について色々調べてくれたみたいよ？　私達も少しだけだけど調べたし、情報交換でもしましょう？」

「っなんで……」

思わぬ言葉に驚けば、シーラは何を言っているんだとカラカラ笑う。

「なんでって、シアンがアルトちゃんの話をしてくれた時に、調べてみるわって言ったでしょう？」

「言ってたけど本当に調べてくれたのか？」

確かにアランと喧嘩をしかけた日、アルトは悪い奴じゃないはずだと愚痴る俺に、シーラ達はそう言った。でも、それっきりそのことが話題に上がったこともなかったから、すっかり忘れていた。

「……ありがとな」

……これはちょっと胸にクるものがあるな。

それから、俺達はラト達に連絡をとり、シーラ達と共に第一執務室に移動してラト達を待った。

……けど、やっぱりラト達を呼ぶのは失敗だったかもしれない。

「――やぁ、シアン！　ちょっとは顔マシになった？　あまりにも空気が暗すぎてこの一週間声かけづらいったらなかったよ！　デート失敗したからって負の空気を撒き散らさないでくれる？　流石に気を遣うからさ！」

「シアン副団長大丈夫ですよ！　失敗しても次、成功させればいいんですから！　あ……ちゃんと次ありますよね？」

水色の髪の優男ラトと、長い赤髪の女、セイラが口々に言い立てる。

ラトの神経を逆撫でするような言動はわざとだと分かっているが、セイラに関しては素で心配してきているから対応に困る。なんつー不謹慎なことを言うんだ。しかも……

「セイラ……、そんな心配したらシアンが可哀想だよ。なんかすごく微妙みたいだよ？　……ぷっ」

「お前……」

セイラの言葉に顔が引き攣ったのをラトに気づかれていたらしい。わざとらしくそう言って、同情の眼差しを浮かべるラトに頭が痛くなった。

「ラト。シアン結構真剣に悩んでいるみたいなんだからちゃんと話を聞いてあげましょうよ」

「確かにそうみたいだね」

苦笑するシーラの諭しに、ラトは涼しい笑みを浮かべ、ソファへと座った。

そして、茶を啜りながら話を切り出す。

「それでシアン、どんな恋愛相談があるって？」

「恋愛って……」

再び頭が痛くなりながらも、俺は四人に一週間前の——ソラノとアルトの話を始めた。

「——ってわけだ」

話し終えると、まずシーラが口火を切り、続いてラトがコップを手にしたまま声を上げた。

「なるほどね。ソラノちゃんに会った後にアルトちゃんは具合が悪くなったのね」

「シアンは、二人が何を話していたのかは聞いていなかったのかい？」

「ああ。その時ちょうどアランと話してたし、結構二人近づいて話してたみたいだしな」

「ふうん。じゃあ、その時にアルト君はソラノ君に何か言われたのかもね」

だろうな、と頷く。だが、そんなラトの言葉に、セイラが首を傾げた。

「でも、アルトさんがソラノさんを虐めているんですよね？　なのに具合が悪くなる程って何を言われたんでしょう？」

「そうね〜。何か弱みでも握られているのかしら？」

「……噂やアランの話を聞いている限り、ソラノが誰かの弱みを握るような人物だとは思えないが」

「え？　あ、そうだね。……ドンファのそんな長文久々に聞いたよ」

シーラと続いて普段寡黙なドンファが口を開いたことにラトが驚く。

「ドンファは、ソラノちゃんの歌が好きなのよね」

微笑むシーラに言葉を振られ、頷くドンファ。

初めて知った。それはセイラも同じだったようで……

「え？　そうなんですか？　……の割にはアルトさんの話にあまり食ってかからないですね。ソラノさんのファンの人ってアルトさんに対して当たりが結構強いですから」

「………………噂などからではあまりいい印象を抱かないが、シアンが気に入っているからな。ならば、俺は周囲よりシアンの言うアルトを信じる」

「お前……さらっとなんか照れること言うなよ」

思わずドンファから視線を背けてしまう。

そんな俺をセイラは微笑ましそうに見たあと、悩むよう首を傾げた。

「うーん、私もドンファさんに完全に同意できますけど、実際アルトさんへの風当たりは相当強いですよね」

「まぁそうね～。うちの隊の子達にもソラノちゃんのファンがたくさんいるから、アルトちゃんに対して色々言っているのをよく聞くわよ」

そうだな、とセイラとシーラ達の言葉に俺も頷く。

アルトに対する暴言は本当に多い。どこから漏れたのか、俺がアルトを家に住まわせている話も出回り、遠くからヒソヒソと話す声や直接苦言を言ってくる奴までいるくらいだ。俺自身隠していたつもりはないが、シーラ達を除き、進んで話していたわけでもない。

なのに結構早い段階で知られていた気がする。それは、まるで誰かが意図して広めたように……と考えていれば、セイラがはぁぁと息を吐き出し、片手を頬に当てる。

「ほんと、シアン副団長から話を聞いている分すごく複雑なんですよね。それに私思うんですけど、アルトさんの噂、何か勘違いがあるんじゃないんですかね？」

「どういうことだ？」

聞き返せば、セイラは考えつつ答えた。

「うーん、私、アルトさんについて街を中心に簡単に聞き込みをしてみたんです。その中で、アルトさんと直接話したことがあるっていうお店の人や子ども、他にも何人かに上手く話が聞けたんですけど、みんなアルトさんはそんなに悪い人じゃないって言うんですよ」

「お前、そんなことまでしてくれてたのか……」

驚くと、セイラは慌てて手を振る。

「あ、そこまで難しいことじゃなかったんですよ？　アルトさんと話しているってだけで相当目立つようでしたので……」

「そっか。でもありがとな」

ホッと息を吐き出す。

周りが見るアルトへの視線の厳しさや態度は知ってるつもりだった。だからこそ、アルトが外に出るのを怯えるのも無理はないと思っていた。けど、セイラの言葉に敵ばかりだったわけじゃなかったのかとなんとなく安心した。

「はい。でもつまりですよ？　これって直接アルトさんと関わったことがない人ばかりが彼の悪口を言っているってことですよね。それって変じゃないですか？」

「何が変なんだい？　噂だよ？　別におかしなことじゃないだろう？」

軽く首を傾げるラトに俺も同感だった。人っていうのはそういうもんだろ？　見ず知らずの奴でも噂だけで善悪を判断する奴が多い。特に今回は相手が相手だ。

「まぁ、そうなんですけどね？　でも、今回のアルトさんとソラノさんに関する噂は具体的なものが多く、信憑性が高いです。そして、噂から聞くアルトさんは悪知恵が働き、嫉妬深く略奪的。自己顕示欲も強い人物のように見受けられます」

改めて聞くと誰だそれと思える内容だな、それ。

「そんな方と付き合いがあれば、なにがしか不満のような言葉は出てくると思うんです。でもアルトさんと関わりがある方からはそんな声出ていないんです」

「……その凶悪性がソラノにだけ発揮されている可能性は？」

「それはない」

ドンファの言葉に俺は即、頭を振った。そして、セイラも頷く。

「私もそう思います。猫を被っているにしても、シアン副団長と一緒に住んで、もう長いですよね？　その間にシアン副団長になんの違和感も抱かせないのはまず無理です」

「シアンはそういう子の粗探《あら》しだすの得意だもんね〜」

「おい、悪意ある言い方すんな！」

怒れば、ははは、と笑うラト。ラトはそのままセイラを見た。

「でも実際二人が一緒に住んでいた時に怒鳴り声とか物が壊れる音がしてたんだよね？」

「はい、直接見た方はいないようですが、よくソラノさんは怯えていたし、そんな後は手や足首に傷を負って家から出て来ることが多かったそうです」

なるほど、だから余計に噂に真実味があんのか……

アルトの噂に関して、俺は何かの誤解から生じ、尾ひれはひれがつきまくった結果かとも考えていた。にしてはセイラの言う通り信憑性のある噂が多いし、今の怪我の話だ。

どういうことなのか、深く考えようとしたところでラトが空気を壊す声を上げた。

「というかさ、普通にアルト君より、その暴れる音を聞いたり、家の前で待ち伏せしてたりする奴らの方が怖いよね〜。だって言えばそれ、ただのソラノ君のファンが彼の家をずっと見張ってたってことでしょう？　いや怖いって！」

「……笑えねえよ」

「えーそう？　――でも、これって普通にソラノ君の方がアルト君に暴力を振るってるってことじゃない？」

「「「え？」」」

あっけらかんと発された言葉に、全員の視線がラトに向く。

ラトはいつも通りへらへらとした笑みを浮かべた。

「だってさ。アルト君が噂の子に見えないっていうんならそれしかなくない？　ソラノ君の怪我も癇癪起こしたソラノ君がアルト君とか物に当たって自分で怪我したってだけなんじゃない？　素人が感情のままに手を出せばそりゃ怪我くらいするでしょ。ていうか、そのアルト君が本当に悪者だとして、これだけ周囲から敵視されてる中で見える範囲に傷を負わせるなんて、悪知恵働くとか言われてる癖に馬鹿すぎない？」

チラッとラトが俺を見る。

ラトは話の腰を折りにかかってきているのか、進めようとしているのかよくわからずムカつくが、言ってることは確かだ。

俺はドサッとソファにもたれると、仰ぐように片手で顔を覆った。

そんな俺に、セイラが気遣うようおずおずと聞いてくる。

「……シアン副団長、アルトさんを保護した時身体を見たりしましたか？」

「……見た。ケガも、あった」

暴漢共にやられた傷も多かったけど、それに隠れて見えないところを中心に多く傷がついていた。

その時は前からこんなことがあったからだと思っていたが、まさかソラノにやられてたのか？　だからアルトはあそこまでソラノに怯えてたのか。

……くそっ。何でもっと早くその可能性に気づかなかったんだ。

悔しさに思わず唇を噛む。そんな俺の様子を見て、ドンファは目を瞑り、深く息を吐いた。

「…………もしそうならソラノは意図してアルトの悪評を広めようとしているように思えるな」

「そうね～。それに、他にもおかしな点が出てくるわね」

「……なにがだ」

覆う手を外してシーラ達の方を向く。

「実は私達もソラノちゃんがいた孤児院に行ってみたのよ」

「まじか……」

予想以上に全員が独自に調査してくれていた事実に愕然とした。と、同時に自分が情けなかった。ソラノへの違和感や、アルトが持つ恐怖心に気づいていた癖に何も動こうとしなかった自分が。そんな悔しさに力の入る俺の肩を、ラトが優しく叩く。

「シアン、そう後悔しなくてもいいよ」

「ラト……」

「シアンはアルト君が待つ家に早く帰りたかったんだよね。彼と暮らし出してからすごい浮かれっぷりで毎日ニヤついてたもん。それはしかたないよ」

「そうですよ！　シアン副団長を見ていると恋してるって感じがしてきゅんきゅんしました！　友人の恋を応援するのは当たり前ですし、細かいことは私達に任せて副団長はアルトさんとゆっくり愛を育んでいればいいです。きっとそれがアルトさんの心を癒すことに繋がりますよ！」

「あ、ああ。ありがとな」

鼻息荒く、興奮して言ってくるセイラに一歩引きながら礼を言う。

……ダメだな。今は自分のことよりアルトのことだ。

俺は切り替えるよう息を吐き出すと、シーラに続きを頼んだ。

「シーラ。続きを頼む」

「ええ。えーとね……話を聞いた感じ、孤児院全体でソラノちゃんを虐めていた話は噂通り本当らしいのよ。そして、それを扇動していたのはアルトちゃん。聞く限り昔から、ソラノちゃんの印象が悪くなるように色々動いていたみたい。これは確かだと思うわ」

「えぇ……それじゃもしかしてソラノさんは今までアルトさんから受けた仕打ちの仕返しをしているということですかね？」

セイラの言葉に、シーラは考えるよう眉を寄せた。

「う～ん、その可能性もあるけどなんだかしっくりこないのよね」

「……あそこの院長も子ども達も何かを隠している気がする」

「隠す？」

ドンファの言葉に、セイラが首をかしげる。セイラの言った通りならまぁ筋は通るような気がする。

けど、隠すか……

腕を組み、俺はその場で改めて手元に上がった情報を考え直してみた。

大前提としてまずあのアルトが誰かを虐めていたという点が疑問だ。改心したにしても、俺はアルトと一緒に過ごしてあいつの人となりを間近で見てきた。とても誰かを虐めるような人間に思えない。

けど、実際昔はアルトがソラノを虐《しいた》げていたことは本当で、今はアルトがソラノに虐《しいた》げられてるって話もたぶん合っている。実は孤児院の時もアルトはソラノ主犯の虐めに遭っていたと考えれば納得できるが、アランが話していた内容と矛盾する。

アランも孤児院でソラノが虐められていたという話をしていた。アランがソラノに助けられたという話を考えるに、もしソラノが俺たちの疑うような──過去を恨み、それをネタにやり返しては悪評を好んで広げるような人間だとしたら、まずアランを助けるだろうか？

助けたとしてもなんの見返りも望まず、自分を投げ出しながら死にかけの世話を好き好んで焼くとは思えない。騎士団の人間であると一見して分かっていたとしたら、その可能性もあっただろうが、アランは孤児院の院長にも追い出されかけたと言っていた。実はアルトに助けられていたとの線もあり得るが、ほとんど世話をしていたのはソラノだとの話だ。身元のわからない奴を前にわざわざ名前を入れ変えて世話なんてする意味なんてない。

……ん？　入れ変えて？

「っ！」

その瞬間あり得ない考えが頭を過《よぎ》った。だがあり得なくはないのかと目を閉じて、アルトとソラノの二人を頭に思い浮かべれば……似ている。

顔はわからないが、背格好や髪型、話し方、仕草、他も多少の違いはあれどそっくりだと断言できる。そして俺はソラノには時々あった違和感をアルトには全く感じなかった。それはつまり……

「入れ替わってんのか……」

ポツリと言った言葉に、その場にいた全員が目を剥いた。

別の国や街から来たんならともかく貧民街といっても同じ王都内。しかも二人一緒に住んでるんだ。こんな大胆なことするか？　と思いつつもそう考えればすべてに筋が通る。

ラト達も、俺の言葉に戸惑いを浮かべつつも黙り込んでいる。そして、少しの沈黙の後、息を吐き出すようラトが口を開いた。

「……それがもし本当だとしたら度胸がすごいよね。歌で注目されればバレる可能性も必然と高くなるわけだしさ。そのソラノ君？　アルト君？　はそれほどバレないって自信があったってことなんだろうね」

「でもっ、もしそうなら何で本物のソラノさんは本当のことを言わないんでしょう？」

焦るセイラに、俺は首を横に振る。

「……言わないんじゃなくて、言えなかったんだろ」

もし、俺と一緒にいたアルトが、アランを救った『ソラノ』だとするなら、あいつは孤児院にいた時も、その後もずっとアルトに虐《しいた》げられてきたことになる。

長年自分を否定され続け、周囲からは罵倒の嵐を受ける中で自分がソラノだと叫べるか？　まず無理だ。それに俺がアルトなら言えないように、まず脅すか黙らせる。

「そんな……。でも入れ替わるだなんて。あんな上手な歌が歌えるのにどうし……あ、いや、え？　さすがに歌は今のソラノさんのものですよね？」

入れ替わりにから、ふと思い至ったことにセイラはまさかと言うように問いかけてくる。それに、ラトが笑いながら答えた。

「いや〜それも彼のものかわからないよ？　確かアランは、ソラノ君は歌が大好きだって言ってたんだよね？」

頷けば、ラトは俺へと含みのある視線を投げかけてくる。

「ねぇ、僕はチラッとしかソラノ君を見たことがないんだけどシアンから見てアルト君とソラノ君ってどうなの？　似てるの？」

「顔以外のもんは同じと言えるぐらいには」

「はは！　ならめちゃくちゃ怪しいんじゃない？」

本物のアルトは、たぶん本物のソラノを徹底的に真似ている。そしてあいつから色んなものを奪おうとしているように感じる。アランを助けたという功績欲しさだけだなら、あれほど歌で目立つ必要や悪評を広める必要もなく、ただ『ソラノ』として生きればよかっただけの話だ。

だからこそ、『ソラノ』が好きだと公言する歌を、『アルト』が奪ってないわけがない。

「ですが歌ですよ？　……あ、歌ならそうですね。もともとソラノさんが作ったものをアルトさんが歌って自分のものにしたとかですか？」

「……いいえ、違うと思うわ」

「シーラ？」

セイラが上げた疑問の声にシーラは首を振り、少し考える仕草をした後、話し出した。

「……一度ソラノちゃんの歌を聞きに行った時の話なんだけど、その時、彼は常に魔法を発動していたのよ。歌う前の演出では水の魔法を使っていたから、彼の属性は水だと思うの。だけど風の魔力も微量だけど同時に感じたわ」

「それって二属性持ちってこと？」

ラトが驚いた声を上げる。そして、その視線が俺に向くも黙って首を横に振った。

アランからソラノは水属性だと話には聞いていたが、アルトの属性については何も聞いたことがない。たぶんアランも知らないだろう。

俺とアランは火と無、風と無というように二つの属性を持っているが、基本魔力はひとり一属性を持って生まれるのが普通だ。貴族ならその限りじゃないが一般人で二属性持ちは珍しい。

孤児だと言っていたし、どこかの貴族の落とし子なのかもしれない。

「それで……言ってはなんだけれど、お歌、上手だったのは上手だったのよ？　でも言いようのない違和感がすごくて……ドンファには謝って途中で退席しちゃったのよ」

シーラは頬に手を当てると、困ったように眉を下げた。

「違和感か……」

そんな話は聞いたことはないし、俺もわからなかった。魔力に敏感なシーラだからこそわかるものなのか。

「だから、もし、あの歌があの子の歌じゃないのだとしたら、何か魔法か道具を使っていたのかもしれないわ。水と風の魔法以外に、別の魔力の流れも感じたから道具の可能性の方が高いかも」

「……そうか。わかった。それだけわかればもう十分だ。後は俺が直接アル――あいつに聞く」

シーラに頷き、そう言えばラトも「そうだね」と肩を竦める。

「まぁ、まだ本人達に話を聞いたわけじゃないし、これ以上考えても仕方がないもんね」

「ああ。ありがとなお前ら。――よし！　そうと決まればさっさと仕事を終わらせて帰るか！」

気合を込めて立ち上がれば、途端にラトが揶揄《からか》うように声をかけてくる。

「アランもいないのに、そんなすぐ帰れるかな？　副団長」

そんなラトに「それでもだよ」と答える。

アルトをどうやって元気づければいいか相談しようとしただけなのに、思わぬ収穫だった。

ずっと、名前すら黙っていた相手だ。どこまで話してくれるのかはわからない。それでも、帰ったらもう一度、ゆっくり話を聞きたいと思った。

ちょっとしたことで喜んでむくれて泣いて笑って、怯えてるあいつ。そして小さく小さく楽しそうに口遊《くちずさ》むあいつ。もし、俺達の推論が合っているのだとすれば、早く全部聞き出して抱きしめてやりたい。

午後からの仕事を終わらせ、足早に帰路につく。なんだかんだ言いながらラト達が仕事を手伝ってくれたおかげで日の暮れる前には家に着きそうだった。

「ふぅ……」

家に帰ればいつものようにアルト――いや、ソラノが出迎えてくれるだろう。話してくれるだろうかと悩みつつ、腕の見せ所だなとドアノブを握り、扉を開いた。けど、いつもなら扉を開ければすぐ駆けてくるあいつの姿が見当たらない。

嫌な予感と共に部屋を見回すと、テーブルの上にある紙に目がいった。

「……っくそ!!」

何がありがとうだ。何が迷惑をだ！　一緒にいたいならいればいいだろ！

簡潔に書かれた手紙を破り捨て、俺は急いで外に出る。

急いで書いたような走り書きに、涙の跡。まさか俺がいない間に何かあったのかと思った。

そうなれば、今、目指す場所は一つしかない。


「――はーい！　ってシアンさん!?　どうしたの？」

アルトの家に着き、勢いよく扉を叩くと、間延びした声と共に『ソラノ』が顔を見せる。

茶色い髪に蒼い瞳の『ソラノ』。顔は比較できないが、突然訪ねてきた俺に不思議と困惑に首を傾げるその雰囲気と仕草は『アルト』とそっくりだった。

「ここにアイツは来てるか!?」

「あいつ？　……もしかしてアルトのこと？　アルトがどうかしたの？」

「っ……いや……」

眉を寄せ、困惑した様子を見せる『ソラノ』に戸惑う。

あいつがいなくなったとすれば『ソラノ』の元に帰ったか、こいつが何かをしたからかと思ったが違うのか？　それとも演技が上手いだけなのか？

「……シアン」

「アラン？　お前……」

どうするか考えていた時、『ソラノ』の後ろからアランが現れた。その酷く憔悴した様子に目を瞠《みは》る。そして、ハッとした。

「まさかお前……」

「……あの子が……いなくなったのか」

「何か知ってんのか⁉」

問いかけではなく、アランから覇気なく吐き出された言葉に部屋の中へと入る。そして、アランの胸倉を掴んだ。詰め寄る俺に、アランは目を伏せる。その表情は罪悪感と後悔に染まっているように見えるも、アランからの口から出た言葉は表情とはあまりに矛盾した言葉だった。

「ああ。お前の側から離れるように言ったんだ。厚かましい態度をとっていた割には素直に出て行ったんだな」

「はあ⁉　何勝手なことしてんだよ！」

『ソラノ』じゃなくこいつか余計なことをしたのは！

「お前こそ、いつまであいつを家に置いておく気でいたんだ？　怪我も治っているんだ。あの子を匿《かくま》ってるせいでお前が騎士団や街で何て言われているか知らないわけではないだろ」

「だからってお前に関係ねぇだろ!!」

「ある。お前は俺の弟だぞ？　弟が他人から好き放題言われているのを無視して放置しておけと？

そんなことできるはずがないだろ」

「……っ……テメェのその心意気は立派だけどな、迷惑なことだってあるんだよ」

わざとらしく皮肉るアランに頭が痛くなりそうだった。乱暴にアランの胸元を掴む手を離し、落ち着くために息を吐き出せば、『ソラノ』がアランを支えようとその背に腕を回した。

だけど……

「アランさん……」

「……ありがとう。大丈夫だ」

その手をアランは止めた。その様子に俺は目を丸め、顔を歪めた。

「ソラノ」

本当ならこいつに向かって呼びたくない名前を呼ぶ。

「な、何？」

「アランと話したい。席を外してくれ」

「え。で、でも僕もアルトが……」

そう言うと、『ソラノ』は心配そうな表情になった。そんな表情に、怒りに近い感情が湧きだつ。

なにがアルトが、だ。さっきアランが『アルト』を追い出したって話した時、一瞬嗤《わら》ってただろ。

そう、湧き上がる感情を押し殺して、「頼む。大事な話なんだ」と頼んだ。

「……私もシアンと話したい。二階に上がっていてくれ」

それにアランも追随する。変わった俺達の雰囲気に戸惑いながらも、『ソラノ』は「わかった」と渋々頷き、二階に上がった。

見えなくなった『ソラノ』に、すぐ俺はアランへと声をかけた。

「アラン、防音」

「わかってる」

俺の言葉を受けて、アランはすぐ、素直に風魔法を使って声を外に漏らさないようにした。その姿に俺はまた息を吐き出し、問いかけた。

「……アラン、お前本当はもうわかってんだろ？」

「……何がだ？」

「とぼけんな。ソラノとアルトのことだよ」

そう言えば、アランは黙り込んでしまう。アランは俺がこの家に来た時から『ソラノ』も『アルト』の名前も言わない。そして、素直に俺の言うことを聞く態度に後悔だらけのこの顔。

こいつはもう全部、分かっているはずだ。

それなのに何も言わないアランにイライラする。こっちはソラノを探しに行くのを我慢してるんだ。

そんな俺の苛々した雰囲気を感じたのか、アランはゆっくりとその重たい口を開いた。

「……ただ、話がしたかったんだ」

「は？」

「ずっと……、違和感があったんだ。その正体が知りたくて、……少しでも話をできればと思ったんだ」

「だから、家に来たのか」

そう言うと、アランは頷いて悔しそうな表情をした。

「だが、合わない目と向けられる怯えの目に自分勝手に傷ついてしまってな。自分を止められず、待ってと言われたのにその手も払い、出て行けと……」

最後の言葉は、まるで吐息のようだった。

「最悪じゃねぇか」

「……自分でもそう思う」

沈痛な面持ちで俯くアランに、俺は腰に手を当て大きく息を吐き出した。

アランの表情から絶対碌でもないことをしたに違いないと思っていた。

要は、アランも『ソラノ』が本物のアルトで、俺の家にいた『アルト』こそが本物のソラノだと薄々気づいていた。だけど、一度ソラノだと信じた人物を完全には疑いきれなかった。まして、アルトだと思い拒絶し続けていた相手が本物のソラノだとの事実も認められずにいたところ、気持ちの整理もついていないままに動きこんな暴挙に出てしまったと。

「……お前と彼が仲良くしていることに焦ったんだろうな。自分がこんなにも幼稚な人間だと思わなかった」

自嘲気味にアランが笑う。ずっとアランが、自分を救ってくれたソラノのことを想っていたことを知ってるからこそ複雑な気持ちになった。

生まれた時からずっと隣にいた兄弟。アランの性格くらい把握している。昔から素直で義理堅く、責任感が強かった。今回は、そのアランの持つ性質全てが悪い方に傾いてしまった気がする。

……アランが悪い。

大切なものを見落とし、真実に気付きかけていた癖に、その違和感から目を背け続けたアランが。

しかも、自分がやったことを悪いことだと認識しているのに、まだこんなところにいる。

我が兄ながら情けない。

「はぁぁぁ……」

本当、馬鹿だよな……

それがアランに対してなのか、こんな兄に対して、感謝の気持ちを持ってしまう自分に向けてなのかわからなかった。

もしアランが、アルトをソラノと間違えていなければ。もし、気づいて素直にソラノに手を差し伸べていれば俺はアランとソラノの二人を外側から眺めることしかできなかったかもしれない。

——それは嫌だ。

「譲る気はないぞ」

まっすぐアランを見つめて言う。そんな俺にアランも顔を上げた。

「……わかっていて言っているだろう？　私にそんな資格はない」

……うん、でもまぁ一応は言っとかないとな。

「私のことは気にするな。……本当なら疑い出した時にその疑いに向き合えばよかったんだ。真実に気づいたのならすぐに認め、謝ればよかったんだ。なのに、まだ往生際悪くこんなところにいる男だぞ？」

「……それで、こんなところにいた感想は？」

わざと意地悪く聞き返せば、アランは力なく笑う。

「最悪の気分だ。一度認めてしまえば違いはすぐにわかる。なのにずるずると間違え続けてこうなった……」

「そうか……。――じゃあ、これ以上は間違うなよ。今のままでいいはずなんてないのはわかってるだろ？　変な情なんかかけずにさっさと決着をつけろ」

合う目を見つめながら言えば、アランは目を閉じて深く頷いた。

「わかっている。……だから早くあの子を探しに行ってあげてくれ」

「当たり前だ」

そう言った瞬間、アランが魔法を解く。それを確認して外に出ようとすれば『ソラノ』――いや、アルトが階段から降りてきた。

「……シアンさん？　アランさん？　お話終わった？」

無言でアランと目を見合わせる。聞き耳を立てていたんだろうなと嫌でもわかる速さだ。

状況が状況だし、声が聞こえないことにさぞかしもどかしい思いをしただろう。けど、今こいつと話している暇はない。

「ああ、急に来て悪かったな」

踵《きびす》を返してソラノを探しに行こうとすれば、慌てたようにアルトに腕を掴まれた。

「ま、待って！」

「なんだよ」

嫌々ながら振り返れば、アルトは一瞬言葉を詰まらせて、瞳を右往左往させた。

その後神妙な面持ちをする。

なるほど、確かにあいつがしそうな仕草だ。だけど――

「……シアンさん、たぶんアルトはシアンさんの気を引きたくて、こんなことをしているんだと思います。だから今ここでシアンさんが動けばアルトの思い通りに――」

「だから？」

「え？」

あいつが、そんな人を貶《おとし》めるようなことを言うはずがないだろ。

「帰ってくる、帰ってこないは関係なく、俺があいつを迎えに行きたいんだよ」

「っ、でも!!」

アルトを見つめて告げれば、一瞬アルトは悔しそうな表情を浮かべた。それでも、まだ止めようと声を上げる。どうしても俺を行かせたくないようだ。

だからふと思い当たったことを、揺さぶりがてら問いかけてみた。

「……そういえば、アランはアルトがどうしようもない最低な奴だって言ってたんだけど、お前はそれを聞いてどう思うんだ？」

「っ、僕は……」

アルトが言葉を詰まらせる。俺の言葉の真意を測っているようだ。

入れ替わりが分かった今、こいつも、アランがアルト《自分》のことを嫌っているのは知っているはず。

なのによく平気な顔をしてアランの隣にいるよなとある意味感心する。

俺は悩むアルトの手が緩んだのを見計らってその手を払い、背を向けた。

「じゃあな」

「待っ!?」

「やめるんだ」

まだしつこく何かを言おうとするアルトを、アランが止めた。

「っ、アランさん！　でも！」

「シアン、早く行け」

「ああ」

アルトが必死に手を伸ばして、俺を止めようとする。

最後にアランに目をやれば、そんなアルトを複雑そうな面持ちで見つめていた。

……ちゃんと言えよアラン。早く気づかせてやれ。もう気づく奴は気づきだしてることに。

そうして俺は街へとソラノを探しに戻った。

●

「くしゅんっ！　……あれ？　真っ暗だ」

ブルっと震えた体を抱いて目を開くと、辺りは真っ暗だった。

地面に触れる手に、草の感触を感じ、自分がどこにいるかを思い出す。

「……あ…そうだ僕……！　うわ〜綺麗……」

視線を上げれば、感嘆の声が出た。暗闇の中に浮かび上がるかのように、泉が月明かりに照らされ淡く光っていた。シアンさんとピクニックで一緒に来た泉。家を出た後、アルトの家に戻る気も起きず、どうしようと悩んでいた時に思い出したのだ。

昼間とは違う、静寂と神秘さに、近づこうと足を踏み出せば、足に痛みが走って転んでしまう。

「……あうっ！　……うわぁ」

今度は感嘆ではなくちょっと引いた声が自分から出た。

よく見れば両踵とも血塗れだった。血は乾いているけど、家からここまで歩いてきたから靴も足もボロボロだ。

「結構寝ちゃってたんだね僕……」

空を見上げる。ここについたのは夕方くらいだったはずだけど、もう真っ暗だ。

今日はこのまま野宿になりそうだ。

よいしょっ、と靴は履かずに立ち上がって月の光が差し込んでいる草地まで移動する。そして泉を前に両膝を立てて座った。

「……シアンさん心配してるかな？」

シアンさんを思い出し、顔が俯く。

月光浴みたいだと気持ちがいいはずなのに気分は沈んでしまう。

……きっと、もう手紙は読んでいる頃だろう。それで心配しているに違いない。だってシアンさんは、すごく優しい人だから。

「～～♪～～♪」

歌を歌って気を紛らわそうとする。

明るく、元気に、でも……

「♪……ぅぅ――♪……っ――♪……」

シアンさんのことを思い出すと涙が止まらなくなって、全然気が紛れない。嗚咽が交じって歌えなくなってしまう。

……僕はどうすればよかったのかな？　そう思い、考えればアランさんに言われた言葉が蘇った。

『君は現状を変えようと何かしたのか？』

何もしなかった。僕はアルトに言われるがまま怯えて、現状を諦めていた。

『この結果は全部ソラノが選んだ結果なんだよ』

次は、アルトに言われた言葉が蘇る。

……うん、そうだね。これは僕が選んでしまった結果だ。

アランさんと再会した時、アランさんがアルトを僕と勘違いした時に言った言葉に、僕は何もしなかった自分が恥ずかしいって思ったんじゃなかったのかな？　シアンさんに助けられてからは、守られっぱなしで、気を遣われっぱなしで、それを僕は情けないと思ったんでしょ？

「……このままじゃダメなんだ」

そう呟いて、僕は足を崩して後ろを振り返った。

真っ暗で、何も見えない森。ここまでくる間に何度も迷って、失敗したなと諦めかけた。だけど、僕は行こうと決め、一人で歩き、そして辿りついた。

自分で考え、決め、動く。こんなのアルトと一緒にいた時にはできなかった。考えようとしてもいつの間にか霧散して、何を考えればいいのかすらわからなくなっていた。

でも、そんな中でも僕はあの日、動いた。

シアンさんと出会った日、男の人達に暴行を受ける中、僕は無意識に立ち上がっていた。自分から逃げて、助けてと叫んでいた。そして、その声を聞きシアンさんが僕を見つけてくれた。

アルトの言う通り、僕がどれだけ叫んでもアルトに味方する人のほうが多いだろう。だけど思い返せば、八百屋のおじさんやロンみたいに僕を気にかけてくれる人達だっていた。だから頑張ろうと思えたんだ。何に？　この現状にだ。

そうだ、僕は諦めたくなかったんだ。諦めたくないからあの日逃げたんだ。

——自分がしたいことが見えた気がする。

僕は立ち上がり、小さな声でまた歌いはじめた。さっきまでの自分の気持ちから目を逸らすものじゃない。自分を励まし、意思を示すかのように言葉を紡ぎ歌う。同時に足を癒すため魔法を使った。

僕の周りにキラキラとした粒子が舞い始める。泉に、月に、舞う光。

見ているだけで癒されるものがあって、元気をもらえる。

おじさんもロンもアランさんもみんな悲しそうに僕を見る。なのに僕はみんなから優しさだけを受け取って、前を向こうとしなかった。

身体が重い？　そんなの僕が自分から勝手にアルトに縛られて動けない気でいるだけだったんだ。

——こんなの、もうダメだ。

「――♩……負けない。アルトになんかもう負けないっ」

ぎゅっと両手を握りしめる。

アルトに負けて、自分に鎖をかけ殻に閉じこもって、僕はみんなから逃げた。気にかけてくれる人がいるなら、その人達に応えるよう僕自身が変わろうとしなくちゃいけなかったのに。

もう負けちゃダメなんだ。

アルトに何を言われようが、されようが構わない。街の人達にどれだけ嫌われても構わない。アルトの言葉に惑わされて負けちゃダメだ。

周りの人達のためにも僕のためにもこれ以上アルトから何も奪わせない、それどころか返してもらうんだ。全部！　だって――

「僕が本物だもん！」

そして、堂々と自分として、ソラノとして生きるんだ。

意志が固まる。こうやって一人でも頑張ろうと思えるのはシアンさんに出会えたから。

ありがとうシアンさん、そう呟こうとした時――

「ッ……だ、誰？」

ガサガサと後ろの茂みが揺れて肩が跳ねる。同時に、シアンさんが野生動物や魔物が出るかもと言っていたことを思い出して、背中に冷たい汗が滲んだ。

動物か魔物か人か。どれにしても怖いと思いつつ茂みを見ていれば……

「やっと見つけたぞ」

「え――シアンさん？」

草を掻き分け、暗闇から浮かび上がった人影。月の光で見えたその人の姿はシアンさんの形をしていた。

目を擦ってみても目の前にいるシアンさんは消えない。それどころか服についた草や枝を手で払いながら近づいてくる。

「おい。大丈夫か？」

「へ？　あ、え、本物!?」

「当たり前だろう」

シアンさんっぽいものが呆れたように言った。

あ、ぽいじゃなくて、本当に……

「ど、どうしてここに……」

「お前を迎えに来たに決まってるだろ」

「な、なんで……」

驚き、一歩後ろに下がる。そんな僕に、シアンさんはムッとした表情を向けた。

「当たり前だろ？　あのな、俺は出て行く許可なんか出してないし、どうしてもって理由があるならまだしも俺に迷惑がかかるから？　ふざけるな！　そんなの認めるはずないだろ！」

「で、でも……」

どう見ても怒っているシアンさんに眉が下がる。

「……アランからだいたいの話は聞いた」

「え？」

「でも、アイツの言ったことは無視しろよ、無視。お前もそれで勝手に迷惑だとか決めつけて逃げんな。迷惑かどうか、これは俺が決めるもんだろ」

「さ、流石に無視は……」

困ったようにシアンさんを見上げればムスッとした表情で、譲らないとの強い意志を示している。だけど、アランさんから教えてもらったシアンさんの現状を知ってなお無視することはできない。アランさんに言われたからとかではなく、僕が嫌なんだ。

僕と一緒にいるせいで、シアンさんに誹謗中傷の目が向けられるなんて。そんな迷惑をこれ以上かけたくない。でもこのシアンさんを前にどう言葉を紡げばいいのかわからない。

悩んでいればシアンさんはじっと僕を見つめた後、大きな溜息を吐いた。

「……なぁ、俺はなんて言ってお前を引き留めればいい？」

「え？」

「同居する時から何度も言ってるだろ。俺は、迷惑とかよりお前と一緒にいたいってことを。それをもう何度も伝えてきたつもりだ。周りの声とか視線が煩わしくても、俺はそれ以上にお前と一緒にいることが幸せだと思ってた。なのにお前は、そんな俺を否定するのか？」

「っ、そんなことは――！」

「なら、しっかりと聞け！」

シアンさんの両手が僕の頬を掴み、上を向かせる。綺麗な翠の目が、痛いくらいまっすぐ僕を貫いた。

「お前は、自分が醜いだ暗いだとか言うけど、俺にはそうは見えねぇよ。見た目以上の魅力がお前にはいっぱいあるからだ！　パッと花咲くみたいに全身で喜びを表すのも、怒ってむくれる頬も、誰かに優しく伸ばす手も！　嬉し涙に震えたり、優しく言葉を紡いだりするお前の声も、俺はお前と過ごす時間の全部が好きで、楽しすぎて周りの声なんて聞こえねぇよ！　お前はどうだ？」

まっすぐ問われて、僕は息を呑んだ。

……怖かった。家の中に居ても、外に出ても、ずっと外の声やアルトの声が怖かった。だけどシアンさんと過ごす時間の中ではいつも――

「僕もっ、楽しくて……聞こえませんでしたっ」

涙を堪えて言う。そんな僕にシアンさんは得意げに笑う。

「だろ？」

その笑顔に涙が溢れた。悪い事も怖いことも考えるのはいつもシアンさんがいない時だった。シアンさんと一緒にいる間は、いつも楽しくて幸せで、もっと側にいたいと思う気持ちが強くなるばかりだった。

嗚咽を溢しながら一生懸命涙を拭っていると、シアンさんの手が頬から離れていく。そして、言う。

「やりなおそう。もう一回聞かせてくれ。――お前は誰だ？」

息が止まった。パッとシアンさんを見上げれば、優しく微笑んでいた。

――待ってくれている。

目が開き、そこから涙がポロポロと零れ落ちる。

いつ気づいたんだろう。どうしてわかったんだろう。わからない、でも答えなくちゃ。

いざ口を開こうとすると、アルトの恐ろしい顔が頭に浮かぶ。言うなと甲高い声が響く。それでも、負けないと決めた。

「……僕は……ソラノです。アルトじゃなくてっ、ソラノと、いいますっ！」

しゃくりあげるような言い方になってしまったけれど、シアンさんから目を逸らさずまっすぐ伝えた。それにシアンさんはニカッと僕が好きな笑みを浮かべる。

「ああ。ソラノだな！　やっと本当のお前を知れた」

腕が伸びてきて、僕をギュッと抱きしめる。その温かさにまた涙が溢れた。

「ッ……ふっ……うぅ……っ僕も……やっと言えました」

シアンさんの胸元を握り、上を向いてへにゃりと笑う。

前髪で顔が隠れていてよかった。きっとすごく変な顔になっていると思う。なのにシアンさんはそんな僕を見て愛おしいものでも見るように目を細めた。

「ソラノ。好きだ」

「え？」

「帰るぞ」

「っ！　ふ……っ、……う……っ、うんっ」

帰る、帰りたい。シアンさんの元に。

好きだから。シアンさんのことが好きだから、僕もシアンさんの側にずっといたい。

泣きながら頷き、その胸元に顔を埋めると、頭の上でシアンさんが笑う気配がした。

●

目をこすって、僕は押し付けていた額と身体をシアンさんから離した。

「――……ありがとうございます。すみません、いっぱい泣いちゃって」

僕が泣き止むまで、しばらくの時間が経った。

泣いてスッキリしたけど、泣き止んだ今は少し恥ずかしい。

「気にすんな」

「はい……それと……今まで本当のことを言えず、すみませんでした」

そう言って頭を下げると、すぐにシアンさんに上げられる。

「ああ、けど詳しい話は後で聞かせてもらうぞ」

「はい。……あの、でもどこまでわかってますか？　僕達のこと」

そう尋ねると、シアンさんは「あー」と悩むように眉間に皺を寄せ、頭を掻いた。

そして、騎士団で他の団員さん達と話し合った内容を教えてくれる。「勝手に喋って悪い」と謝られるも大丈夫と頭を振る。それより――

「……すごい、全部合ってます」

アルトが、孤児院を出てから『ソラノ』を名乗ったこと。歌も奪ったこと。

推論ではあるけれど、何一つ間違ったことはない。ここまでわかっているんだと呆気にとられるほどだった。でも、そっかとなんだか納得もした。別人が別人に入れ替わるなんて簡単じゃない。疑う人だっていてもおかしくはない。

だけどアルトの嘘が今までバレなかったのは、僕が今まで何も言わず、ましてやアルトに協力してしまっていたからだ。何か現状に抗おうとしていればシアンさん達みたいに本当のことに気づいてくれる人もいたかもしれない。ううん、かもしれないじゃなくて、きっといた。

「……今まで気づいてやれなくて悪かったな」

「どうしてシアンさんが謝るんですか？　言おうとしなかったのは僕なんですから謝らないでください」

苦笑して言えば、シアンさんはふむ、と考えるように手を自分の顎に置いた。

そして――

「じゃあ、ちょっと怒らせてもらうか」

「え？」

また頬を挟まれる。でも今度はこねるように上を向かされた。見上げたシアンさんの顔は笑顔なのに、額にちょっと筋が浮いていた。

「お前は～、よくもまぁ一人でこんなとこまで来やがって。危ないだろ！　俺、熊やら魔物やら出るかもって言わなかったっけ？」

「へ？　あ、その、来る時は忘れちゃってて……行きたい場所もここしか浮かばなくて、ついそれで……」

しどろもどろに言えば、途端にニヤッと笑うシアンさん。

「へー、ここしかね。それはそれだけこの場所が楽しかったからか？　……それとも俺と来た思い出の場所だったからか？」

その言葉に、体の熱が一気に上がった。もうそれが答えだった。

シアンさんは赤くなっているだろう僕の頭をポンと撫でると、いい笑顔を浮かべた。

「で、お前からはなんかないわけ？」

「な、なんか？」

「俺、好きだって言ったんだけど」

「あっ」

さっきの好きって、本当にそのことなんだ。

「で、でも僕、男ですよ？　シアンさんは貴族で僕は平民で、しかも孤児で貧民街育ちです！」

「答えになってないぞ。貴族っていっても俺は三男で家を継ぐ立場でもないし、親もそんなこと気にする人らじゃないからな。今だって家を出て一人で暮らしてるだろ？　俺が聞きたいのはお前の気持ちだけだ。男だろうが、貧民街育ちだろうが、惚れたのはお前だからな」

あまりにも熱烈な言葉に、頭がくらくらしてしまいそうになる。

「……なぁ、ソラノ。俺は期待してるぞ」

「き、期待……？」

「ああ。ちゃんと答えてくれるよな？　ここに来て、お前を見つけるまでどれだけ不安だったと思ってんだ。俺はお前が側にいない方が、お前がかける迷惑よりもずっと辛い。さっき一緒に帰るって頷いてくれただろ？　ならお前の俺への気持ちもお前の——ソラノの言葉で聞きたい」

「……シアンさん」

まるで希《こいねが》うような表情。そんなシアンさんに、僕はそっと目を瞑り息を吸い込んだ。

迷惑をかけてしまうってまだ思ってる。僕なんかがシアンさんと釣り合うはずがないと思ってる。でも――

「……僕も、シアンさんのことが好きです。一緒に、帰ってもいいですか？」

捜して迎えに来てくれた。これだけ伝えられ、願われて、いつものように何もしないままシアンさんの側にいることを諦めるだなんてしたくない。甘えた心ではなく覚悟を持って、彼の側にいたい。

まっすぐシアンさんを見てそう告げれば、シアンさんは嬉しそうに笑う。

「ああ」

そして、自然と僕達の距離が近づき、唇が触れ合った。

……僕頑張るから。シアンさんの側に居られるように、立てるよう頑張るから。それだけ僕も、シアンさんが大好きなんだ。

そっと、シアンさんが僕から離れていく。そして「帰るか」と僕の足を見下ろし……目を剥いた。

「……!?　お前っ、怪我してるなら言えよ!!」

「え？　シ、シアンさん!?」

浮き上がった体に、反射的にシアンさんの首元に抱き付く。シアンさんはそのまま歩き出すと、途中にあった僕の靴に眉を顰《ひそ》め、僕を木の下まで運んだ。そして、胸元から小さな照明具を取り出し、僕の右足をじっと見つめ始めた。

「あ、あの、シアンさん？　僕なら大丈――」

「大丈夫ならここまで真っ赤にならないし、靴も血塗れじゃない」

「はい……」

照明具の光の下、シアンさんは足の踵を含めて周辺をじっと確認し、終われば今度は反対の足を見る。怪我の確認をしてくれているだけなのはわかっているのにすごく恥ずかしい。

一通り見終わってから、シアンさんは、はあ……と長いため息を吐いた。

「お前、この怪我でよくここまで来られたな。めちゃくちゃ痛いだろ」

「ぜ、全然です！　むしろ元気です！」

「元気って……この距離歩いてきたのに逞しいな。本当に痛くないのか？」

「は、はい！　魔法を使って癒したので……」

呆れるシアンさんに少し照れながら言葉を返したところでふと「あれ？」っと思った。

そういえば本当に痛くない。ここまで歩いてきた疲労感とかもなくて、反対に元気になっているような気がする。

「魔法？　……光属性は持ってないよな？」

「あ、はい、僕は水属性なので治癒じゃなくて癒しの方です」

「癒し……」

シアンさんは自分を見下ろし、肩を持ち上げグルリと回した。

「どうりで……」

ん？　と、首を傾げていればなんでもないとシアンさんは首を横に振る。それから僕の足についている土や草を払って「応急処置だけど」と、持っていたものを使って手当てを始めた。

静かな空間に、ふと手を自分の口元に持って行く。

僕、シアンさんとキスした……恋人同士になったんだ。

軽く、触れるだけのキス。だけど、思い出して体がボンッと茹《ゆだ》るように熱くなった。

「……なぁ」

「ふぁ⁉」

いきなりかけられた声に変な声が出てしまった。なんとか取り繕い、シアンさんを見る。シアンさんは下を向き、手を動かしながらどこか緊張したように口を開いた。

「アランを助けてくれたのはお前だよな」

「え？」

目を丸くしつつ、こくりと頷く。

「……アランは、孤児院から帰って来てからずっとお前の話をしていた。ソラノに会いたい、会いに行くんだって」

シアンさんの言葉にぴくりと身体が反応する。

それに一瞬シアンさんも動きを止めるけど、こっちを見ないまま話を続けた。

「……ずっと聞こえてたってよ。怪我して苦しむ中で、自分を捨てろって言う声もお前を非難する周りの声も。けど、お前はアランを見捨てなかった。どれだけ周りに責められても、アランにかけた言葉はどれも優しかったってな。だから……そんなお前を今度は自分が助けたいって言ってたんだ」

シアンさんの手が止まる。そして僕の方を向く。

「ソラノ……馬鹿な兄貴でごめんな。昔っから正義感が強いくせに敵意に鈍くて、真面目だけど頭の硬い馬鹿で、何度お前を傷つけたかわからない。けど……悪い奴じゃないんだ。説得力ないかもしれないけど、本当にずっと、馬鹿みたいにずっとお前に会いたがってた奴なんだ。だから――」

「大丈夫です、わかってます」

シアンさんの言葉を遮って答えた。

確かにアランさんの言葉や態度に何度も傷ついた。だけど――

「アランさんを嫌うだなんてことはあり得ません」

幼い頃の、あのアランさんと共に過ごした日々はいつも僕を元気づけて、苦しい日々の支えとなってくれた。拒絶されて、何も見えなくなっていたけれど、忘れたことなんてない。

眉を下げ、気にするよう「でも……」と言葉をこぼすシアンさんにふっと苦笑する。

「それに……アランさんもたぶん、僕が『ソラノ』だって気づいてくれていましたよね？」

目を見開くシアンさんにやっぱり、と思った。

僕に会いに来たアランさんはずっと辛そうだった。だけど、今思い返せばそんな表情を見たのは今日だけじゃなかった。

……きっと、アランさんはずっと違和感を持ってくれていたんだと思う。だけど、僕は話を聞こうともせず、目を逸らし続けて何も言わなかった。そして、僕はその分だけアランさんを傷つけてしまった。

「また、アランさんがいい時で大丈夫です。お話しさせてください」

今度アランさんに会ったらちゃんと謝らないと。アランさんが優しい人だと言うことを僕は知っていた。なのに、彼を信じきれず諦めてしまった。シアンさんの言う通り、アランさんは誠実な人だから、きっとすごく後悔して自分を責めているに違いない。

シアンさんは一瞬くしゃっと泣きそうに顔を歪めると、腕で顔を隠した。

「っ……ああ、わかった。――ソラノ」

「はい……え？」

腕を外すと、シアンさんは僕へと頭を深く下げてくる。

「アランを、兄貴を助けてくれてありがとう。お前がいなかったら、アランは助からなかった。アランを、家族を助けてくれて本当に……感謝する」

頭を上げてもらおうとした手止める。その代わりに滲む涙を噛みしめ、笑顔で頷いた。

「っ、はい！」

第五章　少しずつ

朝の日差しに、目を覚ます。

ぼうっとしつつ身体を起こせばさらっとしたベッドの感触に、すぐに何があったかを思い出した。僕、また寝ちゃったんだ。

昨日は結局、シアンさんに背負われて帰路につくことになった。そして、今までのこと、アルトが持つ魔道具について話すうちに寝てしまったようだ。

「あ……」

泉であれだけ寝たのに、と思いながらベッドから足を下ろすと、応急で手当してもらった時とは違い、包帯が巻かれていることに気づいた。

申し訳なさと、それでも起きなかった自分に頭が痛くなる。

一階に降りてシアンさんを探す。けれど、どこにも姿はなく、リビングのテーブルに一枚の紙だけがあった。それには仕事に行くと簡単に書いてあった。

「……そっか、そうだよね」

それなのにあんな所まで僕を探しに来てくれた。

思っていたよりも眠ってしまっていたようで、見送りもできず、申し訳ない気持ちがグッと込み上げてきた。だけど書き置きの下に大きな文字で『絶対いなくなるなよ』と書かれているのを見つけ、少しだけ笑ってしまった。

その時、リビングの照明具の光が何かに反射した。

「ん？　何だろうこれ。ネックレス？」

書き置きがあった隣に一つのネックレスが置かれていた。銀の輪っかの中には、泉で見たような淡い水色の球体のガラスがはめ込まれている。さらにその中にも何か石が埋まっている。

「これもしかして魔道具なのかな？」

手に取り、高く持ち上げる。光に翳《かざ》せばキラキラと輝いてすごく綺麗だった。ガラスの中に入っている魔石は放射状に尖っていて、花のようにも見える。

……そういえば、家に帰ってきた時シアンさん何か言ってた気がする。寝ぼけてたからよく覚えてないけどこれに魔力を～とか、連絡がどうとかそんな感じのことを言ってたような気がする。……たぶん。

そのまま、ほぅ、と見惚れていると、ネックレスが震えだした。

「わっ、え!?　こ、これどうすればっ」

そうやって悩んでいるうちもずっと淡く光り、振動している。

――いいのかな？　ううん、とりあえず流しちゃえ！

掌にネックレスを置き、魔力を送ると、すぐにシアンさんの声が聞こえた。

『……ソラノ？』

「っ、シアンさん？」

すごい……ネックレスからシアンさんの声がする。

おずおずと両手でネックレスを掬うように持ち変え、覗き込む。

『なかなか出ないから、またどこかに行ったのかと思って心配したぞ』

「ご、ごめんなさい。出方がわからなくて」

『ん？　あ、そっか。お前寝ぼけてたもんな。悪い』

「う、ううん」

やっぱり僕寝ぼけてたんだ……

首を横に振りながら、顔が熱くなるのを感じた。起きないよりも寝ぼけていたのを見られた方が恥ずかしいかもしれない。

「あの、シアンさんこれって……」

『それは通信具《つうしんぐ》って魔道具だ。離れていてもこうやって話せるもんでソラノのだから、肌身離さず身につけておけよ』

「え！　そんなもの貰えないです！」

こんな綺麗な、しかもこうやって離れていても話せるだなんて、絶対すごい魔道具に決まっている。そんな高価なもの貰えない。

『俺が持っていてほしいんだよ。昨日みたいなことがないように、こうやっていつでも連絡が取れたら俺が安心する』

「うっ……わかりました。ありがとうございます」

心配をかけてしまったという負い目がある分、そう言われると強く言えない。

頷くと、満足そうな声が聞こえた。

『使い方に関しては、ソラノから俺に連絡したいときはそれに魔力を流せばいい。淡く光れば俺に通じてる証拠。逆に光って震えてる場合は俺から連絡が来てる証拠だからな』

「わかりました」

『よし。――それで体調はどうだ？　足は平気か？』

「はい、大丈夫です。足、手当てしてくださったんですよね。ありがとうございます」

チラッと自分の足を見下ろし言えば「おう」っと返事が返ってくる。けれど、そこから小気味よく会話していたシアンさんの声が「あー、えー」と急に歯切れの悪いものになった。

首を傾げ、よく聞こうと手のひらを耳元に近づければ……

『あー……その、近々仕事仲間を四人、家に連れてってもいいか？』

「えっ？」

言いづらそうに言われた言葉にパッとネックレスから顔を離した。そして、まじまじとネックレスを見る。

『昨日ちょっと話しただろ？　お前を探すのにも手伝ってもらった奴等なんだけど、お前に会いたいって話を聞かなくてな……』

……ど、どうしよう。

きっと、シアンさんが言う仕事仲間はピクニックの時やたまにお話に出るお友達のことだと思う。シアンさんから楽しいお話をたくさん聞いたことがあるし、僕も会ってみたい。迷惑をかけてしまったのならその謝罪とお礼も言いたい。

そう思っても、街の人達から向けられた目を思い出すと、即座に返事が出来なかった。

『ソラノ。無理はするなよ。嫌なら嫌って――』

『ええー！　今日行けないの⁉　僕もう今日はシアンのお家でソラノ君のご飯食べる気満々だよ？』

気遣うシアンさんの声を割って、明るい声が入ってくる。びっくりして、またネックレスから体を離した。

『ラト！　まだいいとも言ってないのになに今日来ようと、しかも飯食おうとしてんだよ！』

『えー、だってシアンよく自慢するし、僕、もうその口になっちゃってるし』

軽妙なやり取りからは二人の仲の良さが伝わってくる。

『お前の口なんて知るか！　ソラノは今足怪我してるんだぞ。動かそうとすんな！　お前ら来たら気ィ遣うだろ！』

『えー、怪我してるなんて聞いてなかったよ？　シアン何怪我させてるの？』

『俺かよ！』

「ふっ！」

本当に楽しそうな声。聞いていて、思わず笑ってしまい、口も開いた。

「シアンさん、僕は大丈夫ですよ。四人ですよね？　ご飯作って待っていますね」

『え！　いや、流石に疲れてんだろ？　怪我もしてるし、人にもまだ慣れてないんだから無理は――』

『うわぁ、シアンすっごい過保護じゃん。え？　なに、そんな足の怪我酷いの？　折れてるとかそんな感じ？』

『お前は、黙ってろ』

「はは……」

ラトさんの声に内心、折れてないですと返す。ラトさんの言葉には僕もちょっと同感だった。心配しすぎだよ、となんだか擽《くすぐ》ったくて恥ずかしい。

足は痛いけど手当てもされているし、昨日みたいにたくさん歩くわけではないのだから、これくらい大丈夫だ。

「シアンさん、僕は本当に大丈夫なので気にしないでください」

『けど……』

「それに僕も今日がいいです。……時間を置いちゃう方が怖がりになってしまうかもしれませんから」

少しだけ小さな声で伝えた。それを聞いたシアンさんは、わずかな沈黙の後すぐに答えを返してくれる。

『……そっか、じゃあ連れて帰る。でも、飯は簡単なものをちょっとだけでいいからな』

「ふふっ、はい、わかりました」

やっぱり過保護で擽《くすぐ》ったい。それから簡単な言葉を交わし、シアンさんの「頼むな」との言葉に頷いたのを最後にネックレスから光が消える。

耳元に当てても、もう声は聞こえない。上げていた手を下げ、じっとネックレスを見下ろせば微かに震えていた。これは僕の手が震えているからだ。

「……大丈夫」

ネックレスを両手で握りしめて胸元に持っていく。

変わろうと思っている。だから時間が経ったとしてもこの恐怖には負けない。でも、どうせなら昨日のこの強い決意の余韻が残っている内に一歩進みたい。

「……うんっ。大丈夫、怖くないよ。だってシアンさんのお友達だもん！」

ネックレスを首につけてよしと気合いを入れた。

「――いや～予想以上に野暮ったい子だね？　すごいもっさり頭！　それちゃんと前見えてるの？」

僕を見て、開口一番にそう言った水色の髪の男の人を僕はポカンと見上げた。

にこにことした笑顔なのに吐き出される言葉はとても正直なものだ。でもここまで来ると清々しい。

「え、えーと、見えてます」

「へ～すごい！　それで見えるもんなんだね！」

目の前で振られる手に頷けば、男の人は感心したような声を出して笑う。

……なんだろう？　この人の笑い方は全然怖くない。

いつもなら自分の見た目を指摘されると、自覚がある分恥ずかしくて落ち込んでしまう。でも、そんなことを感じさせないぐらいのあっけらかんとした笑い方だった。

「おいっラト！　家主を押し除けて先に入るなよ！　あと何言ってんだ！」

男の人を押し除け、シアンさんが玄関から顔を見せる。

……この人がラトさんなんだ。

「えー！　だって本当のことでしょう？　あ、でも見た目それなのに根暗な感じはしないね？」

「えと、ありがとうございます？」

にこっと向けられる笑顔に思わずお礼を言えば、シアンさんが微妙な顔になった。

「……ソラノ、礼なんか言わなくていいからな。逆に怒っていいんだぞ？　初対面なんだぞ？」

でも、褒められたよ？　とシアンさんを見上げる。そして、そのままじっとシアンさんを見て……

「……シアンさん、お帰りなさい」

ちょっとはにかんで言った。

ソラノって呼んでくれた。やっぱり好きな人に名前を呼ばれると嬉しい。

シアンさんが「うっ」と息を呑む。恥ずかしくて、慌てて今度はお客様達だと、ラトさんとシアンさんの後ろを見た。そこには、女の人二人と男の人一人がいる。

僕は精一杯姿勢をよくした。

「えと、み、皆さんいらっしゃいませ。初めましてソラノと言います。こ、この度はご迷惑をお掛けしてしまいすみませんでした。それに僕達のこと、調べてくれたって、捜してくださって……たくさんありがとうございました！」

バッと頭を下げる。

挨拶ってこんな感じでいいのかな？　と心臓をバクバクさせていると、頭の上からふわりと優しい声が落ちてくる。

「ふふ、ソラノちゃん？　迷惑だなんてそんなことないわよ。私達が好きでしたことなんだから、気にしないで」

「そうですよ。ソラノさんが無事でよかったです！」

その優しげな声と明るい声に恐る恐る顔を上げると、紫色の髪と赤い髪をした綺麗な女の人二人が僕の元まで来て微笑んでくれていた。

「こんばんは！　今日はよろしくお願いしますね。私はセイラと言います」

「私はシーラよ。仲良くしてね？」

「は、はい！　よろしくお願いします！　え、えーと……セイラさん、シーラさん？」

仲良くと言う言葉に緊張して、ピシッと背筋を伸ばした。そして、呼び方はこれで大丈夫だよね？　と、恐る恐る二人を見上げた。

「「……可愛い」」

「え？」

「い、いえ、すみません。これ、つまらない物ですがどうぞ。こっちはラト隊長からです」

「あ、ありがとうございます」

セイラさんから二つの袋を受け取る。ラトさんから、と言われた方には救急箱が入っていた。絶対、通話の内容からだ。

「ありがとうございます」

クスッと笑ってラトさんへとお礼を言えば、笑ってひらひらと手を振られる。

「いいよ～。あ、僕はラトだよ。よろしくね」

「はい。――あっ」

「重たいだろ。怪我してるんだし」

微笑み、頷けば、渡されたお土産と救急箱がシアンさんに回収される。

それを見てラトさんが噴き出した。

「ぶっ！　シアンって恋人に対してそこまで過保護になるタイプなんだ」

「こっ⁉」

いきなりの言葉にギョッと頬が熱くなった。隣に居るシアンさんも目を見開いている。

そんな僕達を見たシーラさんとセイラさんの目が輝いた。

「え、やっぱりそうなんですかシアン副団長‼　聞いていませんよ⁉」

「あらあら。シアンいつの間に告白したの？」

「うーん、ソラノ君のその反応……本当に付き合ってる？　無理矢理とかじゃないよね？」

「ラトお前どういう意味だ⁉　というかなんでわかった！」

こ、恋人……。人から改めて言われるとすごく恥ずかしい。

頬の熱を冷ますように手を当てていれば、僕のすぐ隣から、低音の声が聞こえた。

「……もっと早く聞きたかった」

気が付くと、見上げる程に体格のいい男の人が、そこにいる。

大きい……と思って男の人を見上げていると、その人も僕をじっと見てわずかに頭を下げた。

「……ドンファだ。今日はよろしく頼む」

「あ、えと、ソラノです。よろしくお願いします……、ドンファさん？」

「ん。……あれはお前が作ったのか？」

ドンファさんの視線の先を追うと、リビングの方に向かっている。ご飯のことかな？

「はい。あ！　案内もせず、すみません。みなさん、中にどうぞ」

慌てて四人を中に案内する。

身体の向きをかえて歩き出すと、ドンファさんは少しソワソワしながら後をついてきて、なんだか可愛かった。

リビングへと案内すれば、ふんわりと湯気の立つたくさんの料理達に皆さんが歓喜の声を上げる。

シアンさんは何か言いたげに微妙な表情で僕を見ていたけど、苦笑して僕はそっと視線を逸らした。

ごめんなさい。つい張り切り過ぎちゃったんだ。

それから食事が終われば、食器を片付け、一息つく皆さんの席にお茶をお出しする。

「ありがとうございます、ソラノさん」

「いえ」

告げられるセイラさんからのお礼に微笑み、僕はシアンさんの隣の席に戻った。

シーラさんがお茶を一口啜り、口を開く。

「今日は本当に急だったのに、色々とありがとうね。――それで、よかったら私達にもあなたの口から、ソラノちゃんに起こったことを話してもらってもいいかしら？」

「あ、ええと……」

わずかにその表情を真面目なものにし、切り出された話に動揺する。たぶん聞かれるだろうなということはわかっていたのに不意打ちで驚いてしまった。

「ソラノ、無理はしなくていいからな」

「ええ。私達は今日会ったばかりだし、話したくなければ話さなくてもいいからね」

心配するシアンさんと優しく微笑むシーラさんにそっと息を吐き、気持ちを落ちつける。

確かに、今日会ったばかりの人達だ。でも、この人達なら大丈夫だ。

「いえ、大丈夫です。すみません、慌ててしまって。話……聞いてほしいです」

そうして、僕は今までのことを全て話した。

一度、シアンさんに全てを話し、受け止めてもらえていたからか、思っていたよりも落ち着いて話をすることができた。

「――ということです」

話し終え、ホッと息を吐き出す。ずっと喋り続けていたからか喉はカラカラだった。

今まで黙って僕の話を聞いてくれていた皆さん。一番に口を開いたのはラトさんだった。

「……う～ん、予想はしていたけど、本人から聞くとすっごく重く感じるね」

お茶を啜りながらしみじみと呟くラトさんに苦笑する。そんな僕の手を取り、涙ぐむのはセイラさんだ。

「本当に。……ソラノさん、話してくれてありがとうございます。私達は貴方の味方ですからね！」

「……ありがとうございます」

味方だなんて、まっすぐ僕を見て言ってくれる人なんてシアンさんしかいなかった。

胸がじんわりと温かくなり、笑顔がこぼれた。だけど……

「ソラノちゃん。たぶん、アルトちゃんが持っている録音具はそろそろ壊れると思うわ」

「え？　……壊れる？」

そんな突然の言葉にパッとシーラさんを見た。シーラさんは真剣な表情で僕に頷く。

「ええ。魔道具は魔石が埋め込まれた道具のこと。紙に書き込まれた魔法を発動出来る陣……魔法《まほう》紙陣《しじん》と違って、魔石に魔力を流すことで複数回使うことができるの。……でも、道具である限り終わりはあるものよ。特に、人工のものならね」

「人工？」

聞き慣れない言葉に首を傾げる。そんな僕に、シーラさんは魔石について説明してくれた。

「魔石にはね、自然の中で生まれる天然魔石と、人工的に作られた人工魔石が存在するの。天然魔石は希少価値が高いから、市場で扱われている大半は人工魔石よ」

「そうなんですね」

「ええ。二つの魔石の違いでは、壊れやすさとか寿命、魔力の浸透性、発揮される能力の威力とかに違いがあるわ。例えば……」

シーラさんの目が僕の胸元にあるネックレスに向く。

「ふふ、今ソラノちゃんが身につけている通信具のネックレス。それは人工の魔石なら一人と短時間お話しするのが限界。でも、ソラノちゃんのは複数人の魔力を登録できるし消費魔力も少ないからたくさんお話しできるわよ」

「え」

なんだか一気に首周りが重たく感じた。

だって、それってつまりこれは――

「天然ものの魔石ね～。大事にしてあげて？」

にっこり笑みを深めるシーラさんに顔が引きつる。

「シ、シアンさん？」

「まぁ、もうつけちまってるしな。返品は受け付けないぞ？」

見上げるシアンさんはシーラさんと同じく、いい笑顔を浮かべている。

……今すぐにシアンさんに返したい。だけどもうネックレスを触って取ることすらも恐れ多い。

どうしよう……

「あ～あ、ソラノ君可哀想～。今まで極貧生活をしてきた子になんてものあげてるんだろうね」

「……シーラ。あまり揶揄《からか》ってやるな」

オロオロ固まってしまった僕を見て、ラトさんはシアンさんをチラリと見、ドンファさんはシーラさんを止めてくれた。そんな二人にシアンさんはそっぽを向き、シーラさんはクスクス笑った。

「ふふ、ごめんなさい。でも、ソラノちゃん。それはシアンがそれだけあなたを想っている証拠だから、シアンのためにも付けてあげていてね」

「……はい」

また、シアンさんを見上げると、うんうんと深く頷いている。

確かに、これはシアンさんが心配して渡してくれたものだ。返すのはやめ、このままでいようと決める。

……でも、やっぱり剥き出しは怖いから服の中にね。

恐る恐るネックレスを持ち上げて服の中に入れると、「あ」と隣から悲しそうな声が上がった。

これくらいは許してね。

「あははは！　どんまい。シアン」

「ふふ。じゃあ話を戻すわね。——アルトちゃんが持っている録音具について、アルトちゃんはその録音具を掘り出し物と言っていたのよね？」

「はい。そうです」

この街に来た時、確かにアルトはそう言っていた。

シーラさんは僕の言葉に頷いて、手を顎の下に当てる。

「この目で見たわけではないから絶対とは言えないけど、いくら掘り出し物といっても天然の魔石が一般の市場に出回ることはそうないわ。だからアルトちゃんが持っている魔道具の魔石は恐らく人工のもので間違いない。なら、もういつ壊れてもおかしくないはずよ」

「そうなんですね……」

「ええ、録音されているのが歌ならそれなりの長さだし、頻繁に、それも三年も使えているのは奇跡に近いくらいよ。だからあの歌が、声がアルトちゃんのものじゃないとバレるのは時間の問題だと思うわ」

……バレる。なんだか現実味が湧かなかない言葉だった。

呆然とする僕に、セイラさんがシーラさんの言葉を引き継ぐよう口を開いた。

「それに本物のアルトさんは、なんだかんだ理由をつけては自分のファンの人達から結構な金品を巻き上げているみたいです。金払いのいい人ばかりを優遇して、街ではあまり歌わなくなっただとか、貴族と見るとすり寄っているとかで、不満の声が上がりだしているようです」

「化けの皮、自分で剥がしにかかってんじゃねぇか」

「いい子ちゃんの振りするの疲れてきたんじゃない？」

シアンさん、ラトさんが言う。

……アルトは僕から名前や歌、色々なものを奪って、何をしたかったんだろう。

顔を俯ける。ずっとアルトが僕を嗤《わら》う声ばかり聞こえていた。僕なんかに味方なんていないと。

でも、もうアルトを怪しんでいる人も、僕達のことに気付いて、僕に味方してくれる人達もいる。

……アルトはこれを見てどう思うんだろう？

「ソラノさん？」

「あ、はい！」

思考に沈みかけていた意識が戻る。

顔を上げると、心配そうな表情を浮かべて皆さんが僕を見つめていた。

「大丈夫か？　無理はするなよ」

「はい。大丈夫です」

笑えば、無理をしていると思われたのかシアンさんの表情が曇ってしまう。そして、セイラさんが僕を元気づけるように明るい声を上げた。

「ソラノさん安心して下さいね！　アルトさんについて、あとは私達がなんとかするので気を落とさないでください」

「なんとかっていっても、何もしなくても勝手に自滅するでしょこれは」

「もう！　ラト隊長は人を気遣うってことができないんですか!?　もっと安心できる言葉をかけてあげるべきです！」

「えぇ……」

「……ふふ、セイラさん心配してくれてありがとうございます。でも僕は大丈夫ですよ」

一度目を落とし、そしてまっすぐ皆さんを見るよう顔を上げた。

もしかしたら、セイラさんの言うように待っているだけでいいのかもしれない。

でも、それじゃダメなんだ。

「……本当に大丈夫です。みなさんが僕の話したことを信じてくださったことも、掛けてくださる言葉も、とても嬉しいです。でも、僕はこれ以上アルトから逃げたくありません。ワガママかもしれないですけど、自滅を待つのも嫌なんです」

昨日、泉で思った話をする。

アルトだけが悪いんじゃない。何もしなかった僕も悪い。だからこそ――

「僕は……僕は自分がどこまでやれるかやってみたいです。どれだけ自分の声が、周囲を変えることができるのかを知りたいです。今までの情けなさを克服するためにも自分の力でアルトに逆らいたいです。そして、街の人達に、僕が本物のソラノだって信じてほしいと思っています」

震える手をぎゅっと握りしめ、まっすぐ皆さんへと告げた。

自分一人で決意するより、それを言葉に出して誰かに伝えることにより一層その決意が固まったような気がした。

……きっと逆らおうとする僕にアルトは怒り狂うだろう。でも、それでいい。

アルトがまた僕の居場所を奪おうとしても、今度こそ奪われない。

シン、とした部屋に、ラトさんの感心した声が響いた。

「……へぇー、てっきりセイラに感謝して終わりかと思ったら。意外に意志がはっきりしているんだね。……いいね、その方が面白い！」

その言葉を皮切りにセイラさん、シーラさんも応援してくれる。

「ええ、その意気ですソラノさん！　すごく立派です！」

「そうね、私も応援するわ。頑張ってねソラノちゃん」

その隣では、ドンファさんも力強く頷いてくれている。

「っ、はい……ありがとうございますっ」

すごい。言葉にした自分の気持ちを肯定してもらえるのって、こんなにも嬉しくて勇気をもらえることなんだ。

胸がギュッと熱くなり、気づけばまたありがとうございますと言っていた。

太腿の上で握りしめる手の甲に、ポタポタと涙が落ちる。

「……ありがとう、ございます。本当にっ……」

涙を拭う僕の肩をシアンさんが優しく抱く。

全然涙が止まらない。感謝の言葉も止まらなくて、自分が壊れてしまったようだった……

「――ほら、ソラノ。鼻かむか？」

「か、かみません！」

しばらくして、涙が止まったところでシアンさんがハンカチを片手に僕に見せてくる。そんなシアンさんから僕は慌てて離れた。

「本当にいいのか？」

「つい、いいです！」

自分が世間知らずで、シアンさんと比べると子どもだということはわかっている。

だけど、さすがに子ども扱いしすぎだ。

僕だってもう十六歳。あまり子ども扱いされてしまうとむくれる気持ちが芽を出す。

だけど……

「そうか」

「……うん」

目元を和《やわ》らげて微笑むシアンさんは、やっぱり大人で、かっこよくて少し照れてしまった。

「……いや～、二人とも見せるね」

「ラト隊長、見ちゃダメです！」

「……甘い」

「空気ね～」

「だろう？」

向けられるいくつもの生暖かい視線に顔が熱くなる。シアンさんがドヤ顔なんてするから余計にだ。

恥ずかしさに顔を隠していれば、ラトさんがテーブルに肘をつきながらしみじみと呟いた。

「でも、ほんと噂とは全く違うね。ま、ほとんどが嘘みたいだから当たり前なんだけど。もっさりしてるし、シアンからも聞いた話からもっとうじうじした陰気な子なのかなって――」

「おいっ、誤解招く言い方するなよ！」

シアンさんが慌てて椅子から立ち上がる。そしてチラッと僕を確認した。その様子に「わかっています」とクスクス笑いながら頷けば、シアンさんはホッとしたあと、キッと目を吊り上げてラトさんに文句を言い出した。

そんな二人にまたクスクス笑っていると、シアンさんがいる反対側から、服の袖が引かれる。

振り向くと、ドンファさんが小さな声で僕に聞いた。

「歌、歌うのか？」

「え？」

「……一度、聞いてみたい」

「え⁉」

それは僕の歌を？

「あ、そっか！　アルト君の歌、実際歌っているのは君だったよね？　なら僕も聞いてみたいな」

「あ！　私も聞いてみたいです！」

「私も～」

ドンファさんの言葉に皆さんがすぐに反応して手を上げる。向けられた期待の眼差しに呆気に取られると同時に少し怯んでしまった。

幼い頃は、両親を含め度々誰かの前で歌うことはあった。でも、孤児院の皆に嫌われるようになり、アルトからも歌うなと言われてからはそんなこともなくなり、もう何年も一人でこっそりと歌うしかしていなかった。最近までは鼻歌ですら歌わなくなっていたし、自信がない。

「ねぇ、シアンも聞きたいよね？」

ラトさんがシアンさんに話を振る。

「俺は昨日聞いたぞ」

「え？」

驚いてシアンさんを見た。シアンさんの前で歌った覚えがない。でも、「昨日」との言葉にすぐにその意味に気づき固まった。

「も、もしかしてシアンさん聞いてたんですか⁉」

昨日、といえばあの泉で僕は歌を歌っていた。思い返せば、歌い終わってからシアンさんが草むらから出てくるタイミングがすごくよかったような気がする。

それはもしかして……

「途中からだったけどな。いい歌だったぞ」

「～～っ！」

いい笑顔で告げるシアンさんに、恥ずかしくて声も出せず顔を覆った。

泣きながら、感情の起伏も激しく気持ちのままに歌ってたんだ。絶対めちゃくちゃな歌だったに違いない。そんな歌を人に、好きな人に聞かれるなんて！

「え～じゃあ僕もやっぱり聞きたいなー」

「まぁ、ソラノが歌いたいなら好きに歌ってもいいと思うぞ？　……けど、お前らに聞かせてやるのは勿体ない気も――」

「あ、そういうのはいいよ。じゃあソラノ君歌ってくれる？」

「へ⁉」

「おいっ聞けよ！」

戸惑う背中をラトさんに押され、慣れたように隣の部屋へと移動させられる。

ラトさんはその部屋のテーブルを隅へと移動させると、その空いたスペース、くの字形の大きなソファの前に僕を立たせた。そして、「準備オッケーだよ！」と、ドカッと大きな音を立ててソファに座る。そんなラトさんに続いて、他の皆さんも楽しそうに座りだす。

……えぇ、こんな本格的に皆さんの前で歌うの？

「おい、バッチリ聞く体勢つくんな。ソラノ、怪我してるし椅子に座って歌うか？」

「……いいです」

文句を言いつつも、シアンさんはどうしてか部屋の明かりを消した。そして、代わりにランタンに明かりを灯して……、となんだか静かな落ち着いた雰囲気を作りだした。

……もしかしてシアンさんも僕の歌、結構聞きたいと思ってくれてるのかな？　この雰囲気だったらなんだろう、子守唄歌えばいいのかな？

少し現実逃避をしつつ、皆さんの期待の眼差しにコホンと咳払いをし、覚悟を決める。

「あ、あまり人前とかで歌った事がないので自信はないんですが、一生懸命歌うので、よ、よろしくお願いします！」

緊張に声が上擦ってしまう。ドキドキする心臓を深呼吸をすることで落ち着け、僕は歌い出す。

この空気を壊さないように、雰囲気に合わせてリラックスできるような曲調で……

「――♩」

……歌い出すと、今まで緊張していたのが嘘だったかのように心が落ち着いた。

そして、静かに今日のことを思い出す。

皆さんに会うまで不安でいっぱいで、大丈夫だと自分に言い聞かせ奮い立たせていた。なのに、そんなこと忘れてしまうくらい、皆さん優しい人達で面白い人達ばかりだった。

こんな僕にもたくさんの優しい笑顔を向けてくれた。

きっと、みなさん忙しい中、僕達のことを調べてくれたんだろう。そして話を聞きに来てくれた。それがシアンさんのためだとしても僕は救われた。

……こんなことしかできませんけど。

そう、感謝を込め歌いながら癒しの魔法を使った。すると、暗闇の中、ランタンの明かりに混ざって、水色の光がポツポツと舞い始める。

ふわふわと広がっていく光に、ラトさん達が目を見開く。僕はそれを見てニコッと笑った。

……光に合わせて、ゆっくりと疲れに沁み渡るように歌う。

僕は、幼い頃から漠然と、僕の歌を聞いて元気に、そして幸せになってほしいと思っていた。それは両親が僕の歌を聞き、よく言ってくれていた言葉だったから。

今もその気持ちは変わらない。だけど、もっと具体的に、僕は僕の歌で誰かの心に明かりを灯せたらなと思った。僕の歌がその人の目の前を切り開く原動力になれたらなと思ったんだ。

気持ちが暗く沈んでしまっているのなら、そんな気持ちから立ち上がれるような灯になりたい、踏み出す勇気がないのならその人が踏み出せるような灯になりたい。

元気な人には次への活力となる灯になりたい。大きなものでなくていい、この光のように小さな少しのきっかけ程度の光でいいんだ。

きっとそんな小さな灯がいくつも積み重なっていけば誰かにとっての幸せに繋がっていくと思うんだ。

僕は、そっとシアンさんを見た。そして、ロン達のことを思い出した。

これは僕が身をもって体験したことだ。今度こそ思うだけで終わらせたりなんかしない。今の僕の状況は不安定な状態だ。だけど皆さんに宣言したんだ。負けずに、立ち直って、今度こそ僕の大好きな歌でそれを叶えてみせる。

「――ありがとうございました」

しばらく歌った後、息をつきお辞儀をする。すごく穏やかな気分だった。

でも皆さんからの反応は何もない。誰も何も言わないどころか動きもせず、ぼうっとしている。

あれ？　どうしたんだろう？

歌がよかったのか悪かったのか分からない反応に、サァーッと血の気が引くのを感じた。

ど、どうしよう。歌、下手だったのかな？　期待外れだって思われちゃったかな？

「あ、あのっ」

「……大丈夫だソラノ。よかったぞ」

オロオロしていれば、ハッとしたようにソファーから立ち上がったシアンさんが「落ち着け」と、僕の肩にポンッと手を乗せた。

「ほんと？」

「ああ」

笑顔で頷かれ、ホッと肩の力が抜ける。そこでようやく他の皆さんも動き出した。

「ほ、ほんと……すごくよかったです！　声が透き通っていて、他の音や人なんて気にならないほどソラノさんの歌に聞き入ってしまいました！」

「……ほんとね。アルトちゃんの歌も聞いたけれど、どっちも同じソラノちゃんの声なのよね？　なのにこうも違うものなのね……」

セイラさん、シーラさんの声には深い感嘆が込められていた。嬉しい……

「ありがとうございます……」

熱くなる頬を隠すようにお礼を言い、そうだ、と最初に歌をと望んでくれたドンファさんを見た。

ドンファさんは静かに涙を流していた。

……え!?　泣いてる!?

ギョッと驚けば、シーラさんがクスクス笑う。

「ソラノちゃん気にしないでね。ドンファ、感動しているのよ」

その言葉に、ドンファさんは何度も上下に頭を勢いよく振って頷く。

……え？　こんなにも、僕の歌を喜んでくれてるの？

呆気にとられて、そして……

「っありがとうございます！」

湧き上がった感情のまま喜んでドンファさんの手を取りお礼を言った。そんな僕にドンファさんはビクッと肩を揺らし、背筋を伸ばす。

「あら～これは……」

「えぇ？」

同時にシーラさんとセイラさんが不思議そうに、僕をまじまじと見つめだした。

そんな二人にどうしたのかと見つめ返していれば、今度はラトさんが不思議に満ちた声を上げた。

「ねぇ、歌もよかったけどさ、なんか身体軽くない？　ソラノ君歌いながら魔法使ってたよね？

なんの？　光属性持ってたっけ？」

「あ、いえ使ったのは癒し魔法です。属性は水属性しか持っていないです」

「ええ？　水？　……シーラ、どういうこと？」

答えた内容にラトさんは困惑したようにシーラさんを見る。

「んー……？　ソラノちゃん。魔力切れの方は大丈夫そう？」

「はい。大丈夫です」

あまり魔力はない方だと思うけど、歌も歌っているし、限られた一室の、五人へと癒しをかける
くらいなら全然魔力も消費しないから平気だ。

「えぇ？　……シーラどういうこと？　あとあの光なに？」

また、ラトさんが困惑した様子でシーラさんを見る。それに、シーラさんも困ったように頬に手
を当てた。首を傾げる二人に、僕はシアンさんを見上げた。

「シアンさん。お二人ともどうしたんですか？」

「ん？　あー、ソラノの魔力が全然消費されてないのと、歌った時の光の粒子がなんだろうなって不思議がってんだよ」

なるほど……

「……魔力の消費についてはよくわかりませんが、光は、病気がちだった母に元気になってほしくて歌いながら魔法を使っていたらいつの間にか舞い出したんです。でも歌っている時にしか出てきません」

「歌う時だけ？」

「はい。それも癒し魔法を使う時だけで他の魔法の時は舞いません。僕も癒し以外あまり上手く使えなくて……」

とりあえず知っていることだけを話す。魔法を使い、光ることはそれはもうずっと昔からのことだったから、綺麗だなと思うこと以外になんの疑問も抱かなくなっていた。

「へー、そうなんだな」

「へーじゃないよシアン。これを視認しやすくするためにわざと部屋暗くしたでしょ。なら初めから言ってよ。というか魔力があんまり減ってないことにも疑問だけど効果もおかしくない？」

「だな」

そうなの？

首を傾げていれば、シーラさんは悩むよう僕達の疑問を答えてくれる。

「……たぶん魔法は魔力を使って無から有を生み出すから魔力を多く消費するし、制御も大変なの。

でも、ソラノちゃんは元あるものから魔法を使っているから魔力の消費がほとんどないんだと思うわ」

でも、わからなくてみんな首を傾げてしまった。そんな僕達にシーラさんもなんて言えばいいのか困ったように眉を下げた。

「えーと例えば、こうやって魔力を使って火を灯すことはできるわよね？」

そう言ったシーラさんの手のひらに小さな火の球がゆらめく。

「だけどこのランタンの火を私の手のひらに移したり、操作して火の魔法を使うことはできないわ。そうよねシアン」

「ああ」

あ、そっか。シアンさんって確か火の属性を持っているんだったね。

「でも、ソラノちゃんはそれに近いことができているのよね」

「え？」

「……どこかで読んだ文献にこの空気中には水分……水が含まれているって書いてあったわ。もしかしたらソラノちゃんはその水に無意識に魔力を通して癒し魔法を使っているから魔力の消費を少なく魔法が使えているのかも。稀《まれ》に使える人もいるって聞くし。だから空気中の水分が反応して光っているように見えているのかもしれないわ」

……なんとなくわかりそうでよくわからない。

「歌を歌っている時だけならその歌に何か関係があるのかもしれないけど……」

「……うん、ごめんシーラ。イマイチわかんないし僕魔法とかあんま使わないから、まぁ、もういいかな！」

聞くだけ聞いてラトさんが明るく諦めた。

「……ラト？　あなたから聞いてきた癖になぁにその言い方は？」

「いたっ!?　ちょっ蹴らないでよ！」

不満そうに、シーラさんがえいえいとラトさんの脛を小さく蹴りつける。でも動作と言葉に比べて本当に痛そうに見えるのはなんでだろう？

「シアンさん。……僕の魔法っておかしいんですか？」

そんな二人を横にシアンさんにまた尋ねる。

「……おかしいといえばおかしい。本来、水属性の癒し魔法は、光属性が使う治癒魔法に比べれば微々たる効果しか出せないんだよ。ちょっと疲れとか痛みがマシになったかって程度のほとんど気休め程度の力しかなくて、ここまで疲れがとれたりしないんだ」

「それって……！」

シアンさんの言葉を聞き、パッと気持ちが明るくなった。

つまり僕の魔法は、ちょっと驚いてもらえるぐらいにシアンさん達の疲れを和《やわ》らげることができたっていうことだよね？

「……シアン、絶対この子よくわかってないよ。というか今すっごくいい笑顔しなかった？　さっきからもそうだけど、なんで顔もほとんど見えてないのにこの子の表情こんなわかりやすいの？　……シアン、この子の顔見たことある？」

「ガード固すぎて無理だった」

「……そっか」

ビクッと身体が跳ねる。いつの間にかシーラさんから逃げて来たラトさんが側にいた。そしてシアンさんと二人、僕を見る目つきが変わった。

「ねぇソラノ君、その前髪切らないの？　顔見たいな〜」

にっこりと微笑んで僕の顔を覗き込むラトさん。

前髪を押さえながらブンブンと音が出そうなほど首を横に振る。

「やめろラト、見るなら俺が先だ」

「シアンさん!?」

やっぱりまだ見たいんだ!?

じっと僕を見つめるシアンさんに一歩後ろに下がる。すると、そんな僕達の様子が面白かったのかラトさんが大きな声を上げて笑った。

「ははは！　安心しなよソラノ君。シアンは、隠してるものを無理矢理暴いて見るような奴じゃないからね。……まぁ、その手段の提示はされるかもしれないけど」

提示はされるんだ……と思いながらも、その光景は目に浮かぶようだった。苦笑し、前髪から手を離し頷けば、ラトさんは目元を和《やわ》らげて今までとは違う笑顔を見せた。

「さて、魔法についてはもう置いといて！　……君の歌、本当に良かったよ。僕もセイラに連れられて聞いたことはあるけど、物を媒体するだけでこうも違いが出るもんなんだなってほんとびっくり。アルト君が魔道具に頼った理由がなんとなくわかった気がするよ」

「え？」

「やっぱお前もそう思うか？」

「うん。傲慢な子かと思えば案外、劣等感の塊みたいな子なのかもね」

劣等感？

どういう意味かわからず首を傾げると、ラトさんは「こっちの話」と水色の髪を揺らし笑った。

「それでソラノ君。君のしようとしていること僕も応援はするよ。……でも、もし噂を晴らしたい、周囲からの視線を変えたいって言うのなら、見た目を変えるのも一つの手段だと思うよ？　現金だけど人は見た目で印象を左右されてしまうものだから。もさっとしてるし顔見えないし、ちょっと暑苦し――」

「おいっ」

「はは……」

苦笑する。ずっとからかうような言葉ばかりだっただけに、ラトさんのその柔らかく真剣な声は心に沁みるようだった。でも、やっぱり正直だ。

「ごめんって。ま！　そんなことはどうあれ僕も君を気に入ったし何かあったら頼ってね？　……君は大切な友人の大事な人でもあるしさ」

「っ、はあ？」

「はい！」

切り替えるようパッと笑うラトさんに、僕も元気な返事を返す。そして、隣で変な顔をしているシアンさんにふふ、と笑った。

シアンさん照れちゃってる。シアンさんの負けだね。

そこから照れるシアンさんを揶揄《からか》い出した皆さんは、我慢の限界にきたシアンさんによってもう遅いからと追い出されるように帰っていった。


「――ソラノ、今日は悪かったな。怪我のこともあるし、後のことはやっておくからもう休め」

さぁ後片付けをしよう、としたところでシアンさんが僕を止める。

「僕は全然平気ですよ。シアンさんこそ、明日もお仕事なんですからもう休んでください」

「じゃあ二人でやるか」

「はい！」

流し台に二人並んで立ち、僕が食器を洗ってシアンさんが拭いていく。さっきまで賑やかだったから今がすごく静かに思えた。

最後はシアンさんが追い出す形でお開きになってしまったけれど、ラトさん達皆、笑顔で帰って行った。ああ言うのが仲のいいお友達っていうんだろう。昔は、僕だってアルトと友達だと思っていたけれど、シアンさん達を見れば、違っていたんだなということが嫌でもわかる。

でも、思ったよりも落胆はなかった。もうわかっていたことだ。

シアンさんと出会うまでこんなに笑顔を向けられたことがなかったのに、今日だけでどれほどの笑顔を向けられただろう。

皆さん「またね」と言ってくれた。また会えるのか、次はいつ会えるのか、楽しみで仕方がない。

「どうしたんだ。楽しそうだな」

「え？」

お皿を洗う手を止め、シアンさんを見上げれば、チラッと僕を見てクスクスとシアンさんは笑った。

どうやら楽しいことを考えていたことを見抜かれてしまったようだ。

「ふふ。あのね、もし……もしですよ？　僕もシアンさんみたいに皆さんとお友達になれたら嬉しいなって想像してたんです」

「そっか。たぶん喜んでオッケーすると思うぞ？　だから、今度会った時言ってみろ」

「うん！」

そうだと嬉しいな、とニコニコ笑ってしまう。そして、鼻歌交じりに食器洗いを再開させれば、しみじみと僕を見てシアンさんが呟く。

「……お前はこっちが素なんだろうな」

「え？」

「初めはお前のこと引っ込み思案だと思ってたけど、暮らしていく内に明るくなっていったからな。今日だって、初めは緊張してたみたいだけど、あいつらと普通に喋って楽しんでただろ？　たぶんこっちの明るいお前が、本当のソラノの姿なんだろうな」

「……そうなんですかね」

視線を手元へ落とした。

ずっと自分は、暗くて人との関わり方が下手で誰からも嫌われる存在だと思っていた。

でも、確かに今日はいつも僕が思う自分とは少し違っていたかもしれない。

「……はい。そうだったら嬉しいです」

シアンさんが言うような本当の僕というのはよくわからない。だけど、シアンさんの言うような自分になれたら嬉しいなと思った。

「ソラノ」

「はい」

名前を呼ばれ、シアンさんを見る。

「さっきは言えなかったけど、お前の心意気、すげぇなって思ったよ。……けど、無理はするなよ。人は変わろうと思っても簡単に変われるもんじゃない。お前が今まで受けてきた仕打ちも傷つけられた心の傷も消えるわけじゃないんだ。だからこそ、つらくなった時、それを一人で抱え込むなよ」

シアンさんが僕に向き合うように身体の向きを変える。

「ダメな奴だって自分を責めるな。変わろうと思うなら頼ることも覚えておいてくれ。何があっても俺はお前の味方だ。前を向きすぎて自分で自分を追い詰める真似だけはするな。いい考えだからこそ、その芽を潰すような真似はするなよ」

「……はい」

片頬に添えられる手に手を重ね深く頷いた。

……うん、ありがとシアンさん。

シアンさんの気持ちがすごく嬉しかった。だからその言葉に甘え、一つお願い事をする。

「あの、シアンさん。早速一つお願いをしてもいいですか？　……シアンさんの都合がいい日で大丈夫です。なので……アルトと一度きちんと話がしたいんです。ついてきてもらえませんか？」

アルトに負けない。そう決めたものの恥ずかしい話、アルトを前にちゃんと立てるのか、話ができるのか自信がなかった。

負けないとの気持ちはある。だけど恐怖も当然のようにあって、そこをアルトに突かれた時、アルトに負けずに反論できるのかわからなかった。でも、シアンさんが側にいてくれればきっと恐れず奮い立って話ができると思う。

ちゃんと自分で話すから、でも側にいて力が欲しい。そう願う僕にシアンさんは嬉しそうに笑った。

インタールード　アルトの憎悪

──むかつく。むかつくむかつく、むかつくッ。

噛みしめた親指の爪が欠け、歯がぶつかる音が室内に響く。

せっかく整えた爪が、ソラノのせいでボロボロになっていく。

「くそ……っ」

その変わり果てた様相が腹立たしくて、ソラノへの怒りが募る。いや、ソラノだけじゃない。

アランさんにも、だ。

『……騙されていたにしても君と過ごして楽しいと感じることも多かった。こんな別れ方ですまない。……今までありがとう』

数日前彼に掛けられたその言葉を思い出して、手を強く握り締めた。

「つなにが……！」

ソラノの奴にシアンさんの側から離れろって怒ってやったんでしょ。追い出してやったんでしょう。なのになんで僕と別れないといけないの？

アランさんは、どれだけ僕が本物の『ソラノ』だと言っても聞き届けず僕をアルトと呼び、僕の元から去っていった。

その顔に後悔をたたえてだ。いくら後悔したところで今まで僕に騙され、ソラノを拒絶した事実は変わらない。ここからソラノの元に戻ることなんかできもしないくせにどうして……っ。一体あの時、シアンさんとアランさんはなんの話をしたんだろう？

ソラノの奴がまさかシアンさんを味方につけるだなんて想像もしなかった。

わざわざ家に迎えに行ってやったのに、居留守を使いシアンさんの家に居座り続けるあいつ。

苛立ちのままに机を殴ろうとして、手が止まる。

……僕のこと、何処までバレてるんだろう。

アランさんと別れてから数日、特に僕の周りで変わった様子はない。ということは、ソラノはまだ自分のことを話していないのか。ただシアンさんが憶測で勝手に暴走しアランさんもそれに影響されただけなのか。

一緒に暮らしていれば疑問を抱くのは仕方がない。ソラノがうまく立ち回れるわけもないし。だが、それならやりようはまだいくらでもある。

……ずっとソラノを見て一緒に育ってきたんだ。僕は完璧にソラノになりきっている。

時々は印象操作も加えつつ、街の奴らが『アルト』への憎悪を深め、僕を心酔するよう仕向けるよう努力だって重ねてきた。だから、何を言おうとも街の連中は僕の味方だし、一人二人が何を言ってこようが黙らす手はいくらでもある。……そう、あるはずなのに。

「くそっ！」

それでも、嫌な苛立ちが消えない。脳裏にソラノの影がチラつき、不愉快だ。

街の人間達から久しぶりに歌ってほしいとしつこく懇願されて今日ここに来たけど、頷いたのは間違いだったかもしれない。考えることは多いし、まず気分が乗らない。

街連中は金にもならない。愛想を振り撒くのも疲れるし、魔法で歌ってるように見せるって結構難しいのに割に合わなすぎる。最近、魔道具の調子もおかしいし、少しくらい休んでも——

「ソラノさん!!」

掛けられた声に大きく肩が跳ねた。

「!!」

下げていた顔を上げて、声の方を見ると誰もいなかったはずの部屋にこの食堂の若い店員の男が心配そうな表情を浮かべていた。

「大丈夫ですかソラノさん。何度も声をかけたんですが具合でも悪いんですか？」

そんな店員にそっと気づかれないよう息を吐くと、僕は『ソラノ』の仮面を被り微笑んだ。

「……すみません考え事をしていて……心配してくれてありがとうございます」

「い、いえっ」

少し微笑んだだけで顔を赤くする店員を内心で嗤《わら》う。苦い気持ちが、少しだけ消えたような気がした。それに、この様子だとさっきまでの態度は見られていないみたい。

「こちらの準備は整いましたので、ソラノさんの準備ができ次第いつでも大丈夫です！」

「……そうですか」

「はい！　皆さんソラノさんの歌をすごく楽しみにしています！」

ソラノ。今一番聞きたくない名前だ。

ドロドロとした感情が湧き上がる。それでも顔には笑顔を張り付けた。

「……わかりました。今行きますね」

少しでも油断すればこの笑みが剥がれてしまいそうだ。

店員の後に続いて食堂にある舞台へと向かう。舞台と言ってもただ木箱を並べてそれっぽく見せかけているだけのもの。

あれ、大丈夫？　乗っても壊れないよね？

他にも、店内には張り切って作ったのが丸分かりの安っぽい飾り付けが施されている。あまりのダサさに笑ってしまいそうだった。

「あ！　ソラノだ!!」

「やっとソラノ君の歌が聞けるのね！」

「ソラノ！　久しぶりだな！」

僕が現れると、歓声が上がる。店内は物も人もごった返していて、狭いし、暑苦しいことこの上ない。顔を顰《しか》めなかった自分を褒めたいくらい。声も喧しくてすごいからね。

でも、いつもこんな光景を見るたびに愉快さが込み上げてくる。

ソラノソラノと言う割に、本物のソラノをお前らは毛嫌いし、虐《しいた》げているんだ。本物はそんなお前らに毎日怯えているのに、本物を罵る口で僕を称賛してるんだ。

これが面白くないわけないよね？

そんな、いつもと同じような笑える光景。……なのに今日は苛立たしさだけが募る。

気が付けば僕は、台の上で立ちすくんでいた。

「どうしたのソラノ？」

「なんで黙ったままなんだ？」

次第に、食堂内にざわめきが起きる。ほんと鬱陶しい。

もう、歌う気なんて起きなかった。

「……すみません。せっかく集まってもらったのに申し訳ないのですが、僕今日調子が悪くて……だから今日は中止にさせてください。すみません」

おざなりに、でも顔だけは頑張って申し訳なさそうな顔を作って謝る。

すると、ざわめきと共に怒号と不満の声が上がった。

「はぁ!? ふざけんなよ!!」

「そうだよ！ 今日のためにわざわざ仕事休んできたんだぞ!?」

「そんなぁ……楽しみにしてたのに」

「酷いよ……」

そんな声がだんだんと広がり、次から次へと増えていく。

こいつら何を言ってんの？ 何で僕が責められなくちゃいけないの？ 調子が悪いって言ってるんだからそこは「大丈夫？」って僕を心配して、わざわざ足を運んでもらったことへの感謝を述べるべき場面でしょ？ なのにこの言いようは、何？

向けられる眼差しに苛々が募る。

「……なぁソラノってさ。この頃、俺達の前では歌ってくれないけどさ、金持ちの貴族とか商人には金をたんまりもらって歌ってるんだろ？」

「それ俺も聞いたことがある」

「俺も……最近は金払いのいい奴の所でしか歌わないみたいだぞ」

今度はヒソヒソ話し出す。当たり前のことをまるで僕が悪いかのように話す奴ら。

貧乏人の前で歌うより、お金をたくさんくれる奴の前で歌う方が何倍も僕のためになる。

なんでそんな当たり前のことでこんな嫌な気持ちにさせられないといけないんだろう。

「……あの、ソラノさん。どうしても歌ってもらうことはできませんか？」

「は？」

「え？」

僕の声に呆然とする店員。慌てて表情を取り繕った。

……いけない。つい素で返しちゃった。

「……いえ、すみません。なんですか？」

「あっ、いえ、その……みなさん今日という日をとても楽しみにしていらして……ソラノさんが体調不良であることは重々承知しております。ですが、この空気のまま終わらせてしまうのは……」

チラリと向く店員の視線を辿っていくと、僕に向けられる疑惑と反感の眼差しに思わず眉を顰《ひそ》めてしまった。

「……体調が悪い中、申し訳ありません。ですが、どうか歌っていただけないでしょうか？　お金で解決なんてと思われてしまうかもしれませんが、お礼は後で言っていた倍の金額をお支払いします。だからどうかお願いします!!」

店員が小声でペコペコと頭を下げてくる。

確かにこのままの雰囲気だと、僕の今後にも問題がありそうだし、シアンさん達の耳にこの騒動が入るのも不味い。

「……わかりました」

「ありがとうございます!!」

「いいえ、僕こそ我儘を言ってしまってすみません……」

「いいえ！　こちらが無理を言ってしまっているので……――みなさん！　ソラノさんが歌ってくれるそうです。でも、調子が悪いため少しだけになりますが、ご静聴ください！」

店員がそう言ったことで徐々に騒《ざわ》めきが収まり、僕に視線が集中する。

……歌が聞けるってなったらこれだ。ほんと現金な奴ら。

そう苛立ちながらも、イヤリングに魔力を込めて『ソラノ』の歌を流す。

それと同時にいつものように魔法を使って歌う振りを始めた。でも――

「……え？」

耳元でパリンと音が鳴る。ガラスが割れるような音だ。

それと同時に歌が止まり、また騒《ざわ》めきが起こる。

……今何が起こったの？　何が割れた？

呆然と下を見下ろすと、何かの破片が台の上に散らばっていた。

「――ッ」

「ソラノさん!?」

それが何かを理解すると同時に、僕は見える範囲の破片を拾ってすぐにその場から駆け出した。

――っやばいやばいやばい、やばい！

頭の中がその言葉達で埋め尽くされる。

なんでこんな時に壊れるの！　最近魔道具の調子が悪かったのはこういうこと!?

店から離れた路地に入った所で、壁を背に息を整える。

「はぁ……はぁ……失敗したかも……」

冷静になるにつれて、あの場から逃げたのは失敗だったかもと思った。

「あれじゃあ疑ってって言ってるようなものじゃん……」

お腹の奥がひんやりとする。焦って店から飛び出した僕に、疑問を抱く人間は必ず出てくるはずだ。

その原因がイヤリングだと気づいたら？　なんでイヤリングが壊れたと同時に歌が止まったのかを疑う奴が出てきたら？　……もし、イヤリングが録音具だと気づかれたら？　流石の馬鹿達でも僕のことを不審がるだろう。それでもし、全部バレたら……

「ツ……ううん、大丈夫だよ」

頭に過《よぎ》る悪い考えを頭を振ることで殺し、気持ちを落ち着ける。全部僕の想像でしかないし、幸い割れた魔石はちゃんと回収できた。残っていても破片程度。何か言われたとしても形見だったとか言い訳はいくらでもある。

それに、僕にはソラノがいる。何かあれば全てソラノに擦りつけてやればいい。ああ、そうだお金のこともアイツに言われたからと言えばあの馬鹿な連中は簡単に信じるかもしれない。

「ふぅ……ちょっと落ち着いてきた。でも……」

僕はもう一度、割れた魔道具に目を落とした。魔石の部分は無残に割れてしまっている。この魔道具をどうにかしないといけない。

このイヤリングは粗悪品だ。普通魔石が寿命で割れたとしてもそれを覆うガラスまで割れたりしないでしょ。それでもいい買い物であったことは間違いないんだ。

これからまた同じようなものを買おうとしたら貧民街ではもう無理だろうから、街で買うしか方法はない。だけど僕は人気者だし、外に出れば逐一動きを監視される。短文ならまだしも長い言葉を録音できる録音具はなかなか手に入る代物じゃないし、値段もなかなかのものだ。かといって、こうしている間にも面倒な噂が広がりでもしたらと思うと、落ち着かない。

そして最後の問題は、また歌を録音するためにソラノに歌わせないといけない。ソラノに……

「っあー鬱陶しい!!」

やっぱり、ソラノは僕を不快にしかさせない。

イライラしながら今後の動きを考えつつ、家に帰るために歩き出す。

だけどどうしてだろう？　その帰り道、人の目が気になった。いつものように街の連中は笑顔で声をかけてくるのに、さっきの出来事がバレていないか気になった。

……どうして僕がこんなにビクビクしないといけないの？

苛立ちのままに、僕は歩く速度を上げた。

「――ふぅ……」

自分の家を前にやっと一息つけた。そのままなんとなく郵便受けを覗くと、沢山ある手紙の中の一枚が気になって手に取り封を開けた。――それはソラノからだった。

「――っ!!」

あいつ絶対喋ってる!!

衝動にビリビリと手紙を破り捨て、家に入ると同時に物に当たり散らかした。

簡単な話、三日後にシアンさんと一緒にこの家を訪れると手紙には書いてあった。僕のことをアルトだと思っているシアンさんと一緒に来ようとしている。絶対シアンさんに喋ってる。それに何が話したいだ。あいつどの口で言ってるの!?

魔道具が壊れた。ううん、ソラノが動いた。それが一番厄介。ソ、ソ、ソラノが、が、動けば、ま、ま、またみ、み、みんな僕か、か、から離れていく。

「……っそんなの認めない」

ギリッと歯を食いしばる。そんな屈辱には耐えられない。

止めどなく湧き上がる怒りと焦りの感情に、一旦落ち着こうと息を吐き出し上を向く。すると、この家のボロ臭い天井が目に入った。あちこち修繕跡だらけのボロ家だ。

……こんな家でも手に入れた時は誇らしかったのに、ソラノは今、こんな家とは比べ物にならないほどいい家で過ごしている。負け犬のくせに、ソラノのくせに、本当に目障りだ。

「……ソラノなんていなければよかったのに」

ポツリと自分の口から零れ落ちる。そして、ぎゅっと強く手を握り締めた。

「ソラノさえいなければこんな気持ちにならなかったのにっ。なんでシアンさんはあんな奴助けたのっ。ソラノなんかそのまま消えてくれればよかったんだ!!　それかさっさと消しとけばっ……！」

そう叫んで、ハッ息を呑んだ。まるで、天啓でも受けたようだった。

……そっか。別に今でもいいんだ。

目の前が開ける。全ての問題は、ソラノが消えるだけで解決する。抱かれる不信感は、全部ソラノに押し付けてやればいい。

僕の踏み台として、そしてあいつが落ちぶれていく姿を間近で見るために側に置いておいた。だけど、自分の役割もまともにこなせないどころか僕の言うことも聞かずに、不快にさせるだけの存在なんてもう要らない。

アランさんやシアンさんだって、ソラノが消えてから話を作ってやればいい。

ソラノさえいなければやりようはいくらでもある。僕にはそれができる。あとは……

「――どうやって消そう？」

「ふ、く、ははは！」

「っ誰!?」

呟いた声と同時に聞こえた声。急いで後ろを振り返れば、いつの間にか玄関の扉が開いていて、一人の男が扉にもたれかかって笑っていた。

「いやあお前、一人百面相して面白ぇなァ」

「……誰あんた？」

男が家の中へと入ってくる。口髭を生やし、不衛生な外套にフードを被った男。

汚い格好で僕の家に入らないでほしい。でも、そんな文句は口から出なかった。

男からはどこか危ない雰囲気が漂っていて、外套の上からでも鍛えているのがわかる。

フードから覗く鋭い目に唾を呑みながらも、僕は負けじと男を睨みつけた。男はそんな僕を見て、にやにやと笑う。

「おうおう。生意気な目ぇして威嚇すんなや。俺はお前の力になってやろうとしてんだぜ？」

「……はぁ？　力？　自分の身なり見直してから言葉吐きなよ。あんたみたいな胡散臭い男が何の力になれるって言うんだよ」

『ソラノ』の皮を被る余裕はなかった。男の様子からして強盗や暴漢の類でもなさそう。それでも緊張は解けない。

「まぁ、そう言うなって。話だけでも聞かねぇか？」

「……あいにく僕はやることも考えることもいっぱいで忙しいんだよ。あんたみたいな奴に関わってる暇はない」

手に汗が滲む。頭の中で危険信号が鳴る。なにか、取り返しのつかないことになりそうな気がするんだ。だから頭の中で逃げる算段を立てた。でも――

「ソラノって奴を消したいんだろ？」

その言葉に立てた思考は全て吹き飛んだ。

「俺にいい考えがあるぜ？　俺も協力してやるよ」

「っあんたに何のメリットがあるの？」

聞いてはダメだと思うのにこの男ならと考えてしまって、会話を続けてしまう。そんな僕を見て男は嗤《わら》う。

「俺はな、そのソラノって奴には興味ないんだが、アランとシアンの二人に用があってな」

「……二人に？」

ということはこいつは二人に関係した誰かってことか。

……雰囲気と二人の職業から考えて昔取り逃した犯罪者って感じかな。

男の正体に当たりをつけ、見極めるように男を睨み続けた。

「どうだ？　お前も鬱憤が相当溜まってるみてぇだし、一緒に楽しいことをしようじゃねぇか」

男はへらへら愉しそうに笑う。そして、フードから覗く瞳は、辺りに散乱する残骸達に楽しそうに弧を描いていた。

……いつから僕に目をつけていたんだろう。どこまで僕の事情を知っているんだろう。

こいつは完全な悪人だ。ソラノを消す……？

漠然とソラノを消せばと考えていた。そこに生死に関する考えまでは及んでいなかった。だけどそれははっきりとした像を描き出していた。

それでも、ソラノを殺すにしてもこいつはダメ。断れ。脳の理性はそう言い続けているのに、言葉が上手く出ない。いつまでも黙ったままでいる僕に、男は肩を竦めた。

「ま、急にこんな事言われても困るだろうから――三日やるよ。三日後、また返事を聞きに来てやるからせいぜい悩めよ」

男の嗤《わら》う目と僕の目が合う。言いたいことだけ言って男は去って行った。

そっと震える唇に指を当てる。

……最後まで、何も言えなかった。

「……っ」

そのことが悔しく、下ろした手をグッと握りしめた。

何が無駄なんだ。ソラノを消すためだけにあんな怪しい奴の力をどうして借りなきゃいけないんだ。アイツに関わるのは危険だ。関わっちゃいけない。なのに――

『三日やるよ。三日後、また返事を聞きに来てやる』

「……三日」

……耳から、あの嗤《わら》い声が離れなかった。

第六章　いい案

ラトさん達が遊びに来てから一週間。

窓から外を覗くと、天気も良く涼しい風が吹きはじめていた。

今日、僕はアルトと話をするためにアルトの家に行く。

「ソラノ、そろそろ行くか」

「は、はい！」

朝から、緊張と不安で心臓が忙しい。でも頑張るぞと気合にも満ち溢れていた。パチンと頬を叩いて緊張を解いてから、フードを被り玄関へと向かう。

「……大丈夫か？」

「だ、大丈夫です！」

全然緊張解けてなかった……

両手両足揃いながら外に出る僕を見て、僕と同じくフードを被っているシアンさんが苦笑した。

街へ出ると、以前と変わらず活気に溢れて人が多い。だけど、人と連れ立って歩いているからか、またはシアンさんのおかげで身なりを整えることができているからか、僕が『アルト』だと気付かれ指を指されることはないようだ。

それでも気を抜けば体を縮こめてしまいそうで、しっかりしないと、と自分を奮い立たせた。

今日はアルトと話した後、シアンさんと街を散策する予定でいる。だから、ピクニックの時のように隠れてアルトの家に向かうのではなく、大通りを通って向かっているんだ。

昨日の晩御飯の時、シアンさんから一度、周りの目なんか気にせず街でパッと遊んでみないかと言われ、僕は頷いた。思えば、僕は街を楽しいと思ったことは孤児院を出て初めて街を訪れた時しかなかったし、それからはいつも怯えて隠れていた記憶しかない。

だからこそシアンさんの怯えている姿を見せるんじゃなく、楽しんでる姿を街の連中に見せつけてやろうぜ、との言葉にハッとした。

アルトも「印象操作だよ」とよくわからない行動を僕に指示し、街の人達に見せるようにしていた。きっと僕が思っているよりもその手は有効なんだろう。

現状を変える手段を提示してくれたシアンさんのためにも、しっかりと頑張らなければいけない。

今はフードを被っているけど、街を探索する時は外すつもりでいる。今はまだ心の準備中だ。

「ん?」

「どうしたの、シアンさん?」

フードの端を摘まみながらシアンさんを見上げる。シアンさんはお店の前で立ち話をしている男の人達の方をじっと見つめていた。

「……ああ三……に、……のイヤリ……が……」

その内容は所々しか聞こえず首を傾げた。

「……悪い、なんでもない。それより引っ張りすぎ。んな引っ張ってると破れるぞ」

「あう!」

それは外れちゃうっ。

前に引っ張る僕とは反対方向にフードを引くシアンさんの手を、慌てて止める。

今は心の準備中なの!

それから暫く歩き、丘を登り僕達の――いや、アルトの家を前に、深く深呼吸をする。

この家に帰ってきたのは久しぶりだ。鼓動が大きくなって指が震えてくる。僕の少し後ろで見守る態勢のシアンさんを一瞬振り返ってから、僕は扉をノックした。

「……アルトいる？　……ソラノだよ」

一瞬アルトの名前や自分の名前を言ってもいいものか迷って、結局言うことにした。

やっぱりいざ目の前まで来ると弱気な心が顔を出してしまう。声も思ったより弱々しい声が出てしまった。

……しっかりしないと。

緊張に逸る胸を押さえ、アルトが出てくるのを待つ。

だけどアルトは出てこない。事前に連絡はしていたけど、もしかしていないのかな？　そう不安になりながらも、もう一回扉を叩こうとした時、微かに扉が開いた。そして、隙間からアルトが顔を覗かせる。

「アルトっ」

「……その名前で呼ぶなって言ったよね？　何？　なんの用？」

「あ、ごっ……手紙にも書いたと思うんだけど、アルトと話がしたいんだ。中に入れてくれない？」

危ない。また謝りかけた。アルトはアルト、僕は僕。何も間違った名前で呼んでなんかない。

後ろで見守ってくれているシアンさんに、グッと気持ちを立て直して言うと、アルトは苛立ったように言葉を吐き捨てた。

「手紙？　あんなものとっくに破り捨てたし僕に話すことなんかないよ。僕、今考えることがたくさんあって忙しいんだ。暇人のあんたにはこの苦労わからないと思うけど帰って」

「え？　ま、待って！」

一気に喋り、扉を閉めようとするアルトを慌てて止める。アルトは完全に僕達を家の中に入れる気がないようで、扉を薄く開いた状態からそれ以上開けてくれない。

「あのっ、忙しい中に来ちゃったんならごめん！　少しでもダメかな？」

「……その顔ムカつく」

「え？」

据わった目でアルトはこちらを睨みつけると、小さく呟いた。

「……あんた、僕との約束を破ってシアンさんに全部話したでしょ」

なんでわかったんだろう、と思わず目を瞠《みは》る。呆気に取られていると、アルトの目が僕の後ろにいるシアンさんの姿を捉えた。そして息を呑んだかと思えば、勢いよく扉を閉めた。

「アルト!?　アルト開け――」

「っ話ならまた聞いてあげるから今日は帰って!!　早く!!」

「え？　アルト……？」

あまりの切羽詰まったような迫力ある声に、扉を叩こうとした手が止まる。シアンさんを振り返ると、シアンさんも目を丸くして驚いていた。

……こんなアルトの声、初めて聞いた。

「アルト、大丈夫？」

「つうっさい！　早く帰れって言ってんでしょ!!」

「……うん、わかった。今日は帰るよ。でもまた会いに来る」

ドアに顔を近づけて、声が届くように言う。もう、アルトからの返事はなかった。

扉に当てていた手を離して、扉へと背を向ける。シアンさんが困ったような顔で僕を見ていた。

「いいのか、ソラノ」

「はい。なんだか本当に忙しいみたいですから」

「……悪い。なんか俺のせいか？」

「そんなことないですよ」

申し訳なさそうに謝るシアンさんに苦笑し、頭を振る。

僕がシアンさんにお願いをし、ついて来てもらったんだ。シアンさんに悪い要素なんて一つもない。アルトのところにシアンさんを連れて来れば気分を害することをわかっていて、ついてきてほしいと願った僕の方にこそ落ち度がある。

「また今度、様子を見て会いに来てみます」

僕がアルトと話そうとすることをやめない限り、いつかはきっと一緒に話すことができる。

「そうか。その時もついて行くからな」

「いいんですか？」

「当たり前だ」

ポンッと頭を撫でられ、手を繋がれる。

シアンさんのその温もりにふっと少し気持ちが楽になった。……だけど心は晴れない。

なんだかアルトの様子が気になる。どうしてあんなにも焦っていたんだろう。

あの感じ、シアンさんがいたのが嫌だったんじゃなく、シアンさんを見て何かマズイと思っているように感じた。いったい何を……

「――ソラノ」

「うわっ！」

シアンさんに手を引かれる。

「なに難しい顔をしてんだ。追い返されたもんは仕方がないし――ここからは俺達の時間だろ？」

僕が落ち込んでいると思ったのか、シアンさんは僕を元気づけるよう明るく言うと、ニヤリとした笑みを浮かべた。

「これからはデートの時間だぞ？　たっぷり遊びまくるぞ！」

「え？　っは、はい！」

繋ぐ手をえいえいおーというように上へと持ち上げられる。そんなシアンさんにふっと笑みを零すと、シアンさんも嬉しそうに笑った。

「じゃあまずは……昼までまだ時間あるけど、食の醍醐味から行くか！　買い食いだ!!」

「わわっ、ま、待って！」

シアンさんが、坂を走って下る。その手に引かれて僕も走ってついて行く。

ふわりと吹く風によって、いつのまにか僕達のフードは外れていた。

「──シアン様とあいつだ。なんで手を繋いでるんだ？」

「あんなのに触ったらシアン様が汚れちゃうよ」

街に戻り、人通りが多くなるにつれて、そんな囁き声が大きくなり耳に飛び込んでくる。

そして、その話す内容は僕達を不審がる内容から僕への誹謗へと変わっていった。

「アイツら、聞こえてんのわからねぇのか？」

「……そうですね」

そんな街の人達を見てシアンさんは顔を顰《しか》め、僕は下を向いてしまう。

フード、被りたい……

そんな弱気な自分に慌てて頭を上げ、首を横に振った。被ってしまえばいつもと同じだ。今日はシアンさんと楽しいを見せつける日。頑張らないといけないんだ。なのに……

「身の程を知れよ」

「折角姿を見なくなって清々してたのに」

聞きたくないのに、みんなの声が心に突き刺さる。

だんだんと目に涙が溜まり、シアンさんと繋ぐ手にも力が入らなくなっていった。せっかくシアンさんが側にいてくれているのに、僕は何をしているんだろう。自分を鼓舞する。

自分で決めたんだ。下を向くな、聞くな、頑張れ。頑張れ頑張れ頑張れがんば──

「っ」

ふっと上から差した影に、同時に髪に何かの感触を感じバッとシアンさんを見上げた。思っているより近くにシアンさんの顔があり、してやったりの笑顔がすぐ側にあった。

「シ、シアンさん？　い、今何かしました？」

「ん？　髪にキスした」

当たり前のように言うシアンさんに目を見開く。

「こ、ここ街中ですよ⁉」

なんとか意識を戻すも、驚きすぎて大きな声が出てしまった。今のシアンさんの行動で周囲に起こったどよめきと悲鳴がすごい。

「俺達は恋人同士なんだから別にいいだろう。それとも、口にしてほしかったのか？　任せとけ！」

「ち、違います！　外ではダメです‼」

近づいてくるシアンさんを慌てて押しのける。

なんで急にこんな人前で⁉

「外じゃなければいいのか？」

「え？　いやっ」

なんて答えればいいのかわからず、熱くなる頬のままワタワタと必死に手を動かし、パクパク口を開けて言葉を探した。でも何も出てこず一人焦る僕に、シアンさんは噴き出した。

「ふはっ！　冗談だよ。――ま、これで少しは気が紛れたろ？」

囁かれた声に、ハッとする。今まで周りの声が気になって仕方がなかったのに、今はシアンさんのことしか考えてなかった。

呆気にとられながらシアンさんを見上げると、優しい翠の目がそこにはあった。

「大丈夫だからなソラノ。言っただろ。俺がいるって」

その言葉に、体に入っていた余計な力が抜けたのが分かった。

……そっか。シアンさんがいてくれているのにって考えるんじゃなくて、シアンさんがいるから大丈夫だって考えたらいいんだ。

シアンさんが言っていた。簡単に自分は変えられないって。そして、抱いた恐怖も忘れられない。だからこそ、怖いと思う時にどう考えるかが大切なんだ。

「……ありがとうございます。シアンさん」

「ああ。今度負けそうになったら、口でちゃんと言えよ？」

「はい！」

元気よく返事を返し、シアンさんの手を握り直した。

そんな僕達を取り囲む声は止まない。だけど、もう大丈夫だ。シアンさんと一緒なら怖くない。

それから僕達は、街の食べ物屋台を中心に回った。

「ほら、これ食ってみろ。美味いぞ」

「ん！　本当だ、美味しいです！」

シアンさんから渡されるがままに串肉へと齧り付くと、じゅわっと肉汁が口の中に広がって、タレの味が染み込んでいて美味しい。

なんのお肉なのか教えてもらおうと見上げたら、シアンさんの腕はいつの間にか買った食べ物でいっぱいになっていて思わず苦笑してしまう。

「次はこれな」

「そんなにいっぱい食べられませんよ？」

「半分だけでもいいぞ。後は俺が食う」

「……わかりました」

そう言って紙に巻かれた白いパンのようなものを受け取った。シアンさんは僕が年齢より小さく細いことを気にして、隙あらば僕に何か食べさせては、太らせようとしてくる。目を離した隙に少しずつ手に持つ食べ物が増えるシアンさんを、止めればいいのか笑えばいいのかわからない。それほど真剣に食べ物を渡される。

そうして、手に持つパンにパクッとかぶりつこうと視線を落とした時――

「おい！　坊主!!」

後ろから誰かに腕を掴まれた。驚いて振り返ると、八百屋のおじさんが息を切らせ、僕の腕を掴んでいた。くるんとしたお髭は健在だ。

「おじさん！　どうしたんですか？」

久し振りに見るおじさんの姿に懐かしさを感じると共に嬉しさを覚えた。

けれどおじさんは、息を整えるとキッと僕を睨みつけた。

「どうしたんですか、じゃねぇよ！　こんなとこで何してんだ！　ここんとこ全然姿を見せねぇしずっと心配してたんだよ！　あの別れた後、お前暴漢に襲われたんだって？　大丈夫だったのか!?　騎士様の家にいるって噂は聞いてたが、どうしてるかまではわかんねぇし、もうっ……はぁぁ、まあその感じじゃあ何も問題はねぇみてぇだな……」

おじさんが、深く安堵の息を吐く。そんなおじさんに驚きが隠せなかった。

今まで何度も庇ってくれたし、気にかけてくれていたことは知っていた。

だけど、まさかここまで心配して駆けつけてきてくれるほどだったなんて思いもしなかった。

「……おじさん。ありがとうございます。まさかそんなに心配してくれていたなんて思わなくて。ごめんなさい。でもすごく、すごく嬉しいです」

おじさんの前で出来るだけ深く頭を下げる。

そんな僕におじさんは申し訳なさそうな顔をした。

「……俺に頭なんか下げんな。礼も言う必要はねぇよ。直接お前に何かできたことがあったわけでもねぇんだ。……助けてやれなくて、悪かった」

「っそんなことありません！　おじさんはいつも僕を助けてくれました。おじさんとロンがいなかったら僕はとっくに折れて、ここにはいませんでした！」

直接かどうかなんて関係ない。遠回しでも、誰からも嫌われ避けられる中、どれだけその優しさが嬉しかったか。感謝してもしきれないくらいだ。

「……そうか。ありがとよ……」

おじさんは眉を下げ、それでも照れるように笑う。その笑みを見て、僕の顔にも笑みが浮かんだ。

「……ソラノ、知り合いか？」

「あ、シアンさん」

不思議そうなシアンさんに、そうだとおじさんを紹介しようと思った。でも――

「うおっ！　シアン様、居たんですか!?　やべ！　本物か!?」

おじさんは、シアンさんを見ると大きな声を上げて後ろへ飛び退った。そんなおじさんに、シアンさんの目が丸くなる。

「……あんた、大丈夫か？」

「え、あ、ああ！　いや、はい！　有名人が間近に居たもんで……って、やべっ店放ったらかしだった！　戻らねぇと！　坊主またな！　また野菜買いにこいよ！」

「え？　あ、は、はい！　必ず行きます！」

慌ただしく去っていくおじさんに、つい呆けてそのままお見送りをしてしまいそうになる。だけど聞こえるように僕は大きな声で手を振った。

「……なんだあの愉快なおっさん。ソラノ知り合いなのか？」

「はい！　あの人は八百屋さんのおじさんで、アルトと暮らし始めてからお野菜とかよくおじさんのお店で買わせてもらっていたんです」

「……それだけであれか？」

「はい！」

よく言うような世間話なんて初めてのお買い物の時に少ししたくらい。あとは話しても一言二言くらい。だけどあれなんです！

「……そうか。よかったな」

「うん！」

嬉しくてシアンさんを見上げると、くしゃっと髪を撫でられる。

「んじゃ、今度は広場の方に行ってみるか」

「はい！」

空いた手をまた繋いで一緒に歩き始める。やっぱり街は怖いだけじゃないんだ。だけど……

「……シアンさん。とりあえず食べ物はもういいです」

広場についてもまだ食べ物を買い漁り、新しい屋台や食べ物のお店を探すシアンさんに、いっぱいになってしまったお腹を押さえつつ言う。

「ん？　まだいっぱい売ってるぞ？」

「……流石にお腹が苦しくてもう入りません」

お腹だけではなく、口元まで押さえだした僕に、流石にシアンさんもやり過ぎたと気づいたのか「しまった」というように顔が引き攣る。そして自分の手元を見下ろした。

「……悪い。飲み物いるか？」

「欲しいです……」

「買ってくるわ。ちょっとここに座って待っててくれ」

言うやいなやシアンさんは僕を木陰近くの長椅子に座らせる。そして、荷物を置くと足早に飲み物を買いに行ってしまった。歩けない程ではないし、僕も一緒に、と声を上げようとするも、人混みに紛れてシアンさんはもう見当たらなくなっていた。

浮かせかけていた腰を椅子に戻し、息を吐く。遠巻きに視線を感じる。だけど時間が経つほどに怖いと言う感情は抱かなくなっていき、今はもう怖くなかった。

あれだけ怖かったはずなのに、不思議だ。

座ったまま、視線を右へと逸らすと僕が襲われた暗い路地が見えた。

少し前まであそこに隠れて、この広場から聞こえる楽しそうな声を聞いていた。

少しと言っても、それはもう数ヶ月も前の話で、あっという間だったように感じる。そして、そのあっという間で僕は今ここにいる。それにもまた不思議だなと思った。

それから、下を向き足を小さくぶらつかせて遊んでいると……

「おい！　兄ちゃん!!」

足元に影が差す。大きな声にビクッと肩が跳ねた。一瞬、路地に引き込まれた時の記憶が蘇った。

だけど顔を上げた先にいた人物に、強張っていた身体から力が抜ける。

「……ロン？　どうしたの？」

腰に手を当てて、僕を見下ろすロンに目を丸くした。

僕が座っているからか、ロンが成長したのか、ぐんと背が伸びたように見える。

「どうしたの？　じゃない！　なんでこんな所にいるんだよ！　あの喋った日から全然姿見ない

しっ、あ、あの後暴漢に襲われたって聞いて俺、ずっと心配して……っ」

そう言って両の手を握りしめるロンを見て、目を見開いた。さっきも同じようなことを聞いた気がする。

……ロンも、心配してくれてたんだ。

「ごめんロン。心配してくれてありがとう。僕は大丈夫だよ」

ふっ、と笑ってしまった。

おじさんもロンも、僕と話す時はずっと人目を避けていた。なのに今はもうそんなの関係ないとばかりに声に出して心配してくれている。僕は、どれだけおじさんやロンのことを軽く見てしまっていたんだろう。こんなにも僕のことを心配してくれていた人達なのに。

じんわりと目元が熱くなる。そして、口元がどうしても緩んでしまう。

「……兄ちゃん笑ってるだろ。何で笑うんだよ」

笑っていることがバレてしまい、ロンが不貞腐れたような顔をする。

「ふふ、ごめんね。なんだか嬉しくて……」

目尻の涙を拭いながら言えば、ロンはじっと僕を見る。それから、「はぁぁ」と息を吐き出し脱力するよう肩から力を抜いた。

「……うん、まぁ別にいいけどさ。なんかよかったよ兄ちゃん……ソラノが元気そうで」

「っ、ロン？」

聞こえた僕をソラノと呼ぶ言葉に目を見開く。

ロンを見れば、眉を下げ照れくさそうにそっぽを向いた。

……気のせいじゃないんだ。

「なんで……」

呆然とそう聞けば、ロンは地面に目を落とす。

「……みんなはさ、兄ちゃんのことアルトって呼ぶじゃん？　でも兄ちゃんは初めソラノだって自分のこと言ってたし、でもみんながアルトだって言ってても否定しなかったからさ。俺、噂のこともあって兄ちゃんのことよくわからなくなってた」

「あ……」

「何を信じればいいのか、どう聞けばいいのかもわからなくてずっと悩んでてさ。でも、そうやって悩んでる間に兄ちゃんがいなくなって、起こったこと聞いて、俺すっごく後悔した。それからやっとわかったんだ」

「わ、わかった？」

ロンは「うん」と苦笑する。

「俺、兄ちゃんにすっごく中途半端な態度とってただろ？　人がいるところじゃ声かけないのにいないところでは声かけたり、どっちつかずでさ」

フルフルと、そんなことない、当然だと頭を振った。

「でも、兄ちゃんに話しかけた時、そんな俺に兄ちゃん嬉しそうな反応するじゃん。悪いって思ってるのにでも嬉しいって感じでさ。それで、いっつも俺の立場を気にして気を遣ってくれてた。——そんな兄ちゃんが噂みたいな奴じゃないって。嘘をついたりするわけがないって思った」

伝えられた言葉に息を呑む。目は逸らさないままロンは言葉を紡いだ。

「だからさ、なにか理由があるのかわかんないけどさ、言えないならもうそれでいいや。俺は噂より今の兄ちゃんを信じるし、初めに教えてくれた名前の通りに、兄ちゃんのことソラノって呼ぶことにした。兄ちゃん俺より全然年上っぽくないしさ。……いい？」

「ロン……っうぅごめんっ」

次から次へと溢れだす涙を必死に拭う。そして、謝りながら「うん、うん！」と何度も頷いた。

「な、なんでそんな泣くんだよっ」

「だってっ……困らせてごめんっ、信じてくれて、ありがとうっ……！」

僕がなにも言わなかったせいで、こんなにも僕はロンを悩ませてしまっていたんだ。僕は、どこまで周りが見えていなかったんだろう。それでも、ロンは僕を信じることを選んでくれた。嬉しくて、たまらなく嬉しくて涙が止まらない。

「おい、泣くなよぉ」

ロンがオロオロしているのが伝わってくる。早く涙を止めないと。そう思っているのに、どうしても涙が止まらなかった。そこへ低い声が割り込んだ。

「……おい。俺の連れに何か用か？」

聞こえた声にロンと僕の肩が跳ねる。

顔を上げると、ぼやけた視界にシアンさんが映った。そして、顔を歪めるのがわかった。

「……このガキになんか言われたのか？」

「ちが、違います……！」

シアンさんが警戒するような視線をロンへと投げかける。

僕は慌てて首を横に振ってロンを紹介しようとしたところで……

「うわっ!! シアン様だ！ 副騎士団長様だ！ や、やべ！ 本物!? あ、握手してください!!」

「お、おう？」

……ロン？

予想した反応と違ったのか、シアンさんは虚を突かれたように目を丸くしつつ素直に握手に応じた。

「やった！ ありがとございます！ ソラノじゃあ俺もう行くな！」

「え!?」

「は？」

ロンの興奮とあまりの呆気なさに涙も止まって驚く。

「……今度こそ一緒に遊ぼうぜ」

「え？」

僕に背を向けたロンが小さな声で言う。

「またな！ ソラノ！」

「つう、うん！ あ、遊ぼう！」

そう叫んで、またジワリと熱くなった目を拭う。そして、手を口に持っていき、笑う口元を隠した。

ロンの耳、ちょっと赤かった。

「ソラノ、今の奴誰だ？　お前の友達か？　それに名前……」

「友達……はい!!　僕のこと、信じてくれたんです」

言葉でそう伝え合ったわけじゃない。でも、きっと友達なんだと思う。胸が温かくて擽《くすぐ》ったくて、顔が笑顔から戻せない。

「……白よりのグレー？　いや、白で大丈――」

「ん？」

顎に手を当て、ロンの去った方を見てボソッと呟くシアンさん。そんなシアンさんを見上げていれば、それに気づいたシアンさんはニカッと笑って僕の髪を掻き回した。

「わわっ」

「よかったな。いい友達じゃねぇか」

「うん!!」

あまりにもはしゃいで何度も頷くと、シアンさんから「落ち着け」と苦笑されてしまった。

それでもふわふわとした心地は消えなかった。

シアンさんと二人並んで椅子に座り直し、受け取った飲み物を呷《あお》る。

これはリンコジュースと言って一口飲むと、リンコの果肉がしゃりっとしてとても美味しかった。

そんな僕の隣ではシアンさんが買った食べ物を、もりもり消費していっている。

「……ねぇ、見てあれ。何であんな奴がシアン様の隣にいるのよ」

「本当。なにあの頭？　汚らしい。よくシアン様も隣にいて嫌じゃないわよね。みっともない」

聞こえた声にカップに落としていた視線を上げると、女の人達が僕を見て顔を歪めている。

汚い。みっともない。前髪を伸ばすようになってからよく言われている言葉だ。

これでもシアンさんと暮らし始めて多少なりとも良くなっているとは思うんだけど、髪のことはラトさんも言っていたし、よっぽどなんだろう。

自分の髪を摘まみ考える。そうだ、ラトさんも言っていた。「噂を晴らしたい、周囲からの視線を変えたいって言うのなら、見た目を変えるのも一つの手段だと思うよ？」って。

「ソラノ？」

こちらを不思議そうに見るシアンさんを見上げる。

整えられた前髪の下から、明るい緑の瞳が僕を映している。

うん、かっこいい。

この前髪を切って、もっと身嗜みを整えればあの女の人達のような声はなくなるかもしれない。もっと自信を持ってシアンさんの隣に立てるかもしれない。それにこうやって前が隠れるものがあるからこそ逃げる気持ちが芽生えてしまうのかもしれない。

そう思えば思うほど、ムクムクと髪を切ろうという気持ちが膨らんでくる。

「シアンさん。この後どこに行くか決まってますか？」

「いや、特に決めてねぇけど？」

「じゃあ、あの、一度家に帰ってもいいですか？」

そう言うと、シアンさんは少し残念そうに眉を下げた。

「……やっぱり怖いか？」

「え？　あ、ち、違います！　えと、怖いからじゃなくて、その反対に楽しくて……それで髪を切りたいなと思って」

「髪？」

きょとんとするシアンさんに、ちょっと急だったかなと恥ずかしくなった。

あれだけ切りたくないと言ってたのに、楽しいから切りたいって変だよね？

そう、思っていると。

「髪、切るのか？」

シアンさんに勢いよく両肩を掴まれた。

「え？　ど、どうしてそんな風に聞いてくるんですか？」

見ればシアンさんの表情が真剣そのもので、思わず体を少し仰け反らせてしまう。

「当たり前だろ！　ずっと見たかったお前の顔をついに見られるんだぞ」

ずっと僕の前髪を切りたがっていたシアンさんだから、もしかしたら喜んでくれるかなと思っていたけど想像していたよりも真剣だ。

「……あの、あんまり期待しないでくださいね」

苦笑しながら言えば、シアンさんは肩から手を離し頷く。

「わかってる。ここまで喜ぶのはやっと見れる喜びもあるけど、お前のことをもっと知ることができる気持ちの方が強いからだ。それに、お前が自分で髪を切るのを決めてくれたこともすごく嬉しいんだよ」

「っ」

そう言って笑うシアンさんに、顔が熱くなった。

こうやってシアンさんが僕を肯定してくれるから、僕は前へ進もうと思えるんだ。

「よし！　髪を切るなら、俺の行きつけの店が近くにあるから行くか！」

「え？　あの、僕自分で……」

「ほら、行くぞ！」

「わっ！」

シアンさんは僕の手を掴み、歩き出す。自分で切れるんだけどな、と思いながらもシアンさんの嬉しそうな様子に止める気にはならなかった。

そうやって上機嫌なシアンさんに連れられてやってきたのは、とてもお洒落な外装のお店だった。

「……あ、あの、シアンさんここですか？」

その建物を前に、僕の背中に冷や汗が滲む。

目の前にあるお店は白を基調としたお店で、完全な富裕層向けのお店という訳ではなさそうだけれど、僕にとっては敷居が高そうに見える。

……正直、すごく気後れするし入りづらい。

「ああ。ここのオーナーのアリシアは、ラト達と同じで学生時代からの腐れ縁なんだよ。剣じゃなくなんでか髪の方に行った奴だけど腕がよくて、髪を切る時はそいつに切ってもらってるんだ」

「へ、へ～そうなんですね。でもお客さん多いですね。今日は無理なんじゃあ……」

ちょっと願いを込めて言ってみる。

「たぶん大丈夫だ」

そう言って、シアンさんは僕の手を引いてお店の中に入ってしまう。

ああ……

「おい、アリシアはいるか？」

「いらっしゃいま……シアン様!?　申し訳ありません。今日ご予約はありましたでしょうか？」

慣れたように店員さんに声をかけるシアンさん。

恐る恐る周りを見てみれば、想像通り、お店の中は広くて清潔感があり、人も多かった。

「――びっくりした。久しぶりねシアン、今日はどうしたの？」

一人の女の人がお店の奥からこちらに歩いてくる。

すっと通った鼻筋に、勝気な凛々しい瞳。後ろでひとつ結びにした金の髪がサラサラと揺れている女の人。

この人がアリシアさんなのかな？

「ああ、久しぶりだなアリシア。今、空いてるか？」

「ちょうど今なら大丈夫だけど……、何、切るの？」

「いや、今日は俺じゃない。恋人の髪を切ってほしいんだ」

「恋人⁉」

アリシアさんがギョッと叫ぶ。周囲の人達にもすごい勢いで騒《ざわ》めきが広がった。僕も「言っちゃうんだ」と、驚いてシアンさんを見上げてしまった。

そんな僕や驚くみんなの視線に構わず、シアンさんはちょっと自慢げだ。

「……いつできたの？」

「ついこの間。めちゃくちゃ可愛いだろ？」

「可愛いって……もしかしてその隣にいる子のこと？　……顔見えないんだけど」

アリシアさんの訝しげな目に背筋がピンッと伸びた。

「こ、こんにちは」

「……こんにちは？」

アリシアさんは僕をじっと見つめてから、眉を顰《ひそ》め、シアンさんを見た。

「ねぇ、まさかこの子、アルトって子じゃないわよね？　あなた本当に匿《かくま》っていたの？」

「匿《かくま》ってない。同居してただけだ」

「……それ、匿《かくま》ってるのと同じじゃないの？」

「違う、同棲だ」

シアンさん、言葉変わってる。

そんなことを思うも、ピリッと変わったシアンさんの空気に口を挟めない。

アリシアさんもシアンさんの雰囲気の変化を感じ取ったのか、戸惑いに眉を顰《ひそ》めた。

「どっちも同じでしょうが」

「全然違う」

「一緒よ。結局はその子を家に置いてるんでしょう？　あんな酷い噂ばかりある子を、しかも恋人だなんて……騙されてるんじゃない」

アリシアさんの言葉は、この場にいる人達の気持ちを代弁しているかのようで、周りの人達が頷くのが見えた。そして、シアンさんには困惑と同情の眼差しが、僕には蔑みと敵意の眼差しが向けられる。

でも――

「――は？」

威圧感のある低い声に騒《ざわ》めきがピタリと止む。

「アリシア。何が言いたい」

「な、何がって……何、急に怒ってるの？」

困惑するアリシアさん。僕はそんなアリシアさんを鋭く睨むシアンさんを見上げた。

僕も不思議に思った。正直、この反応は覚悟していたことだった。外でも似たようなものだったし、シアンさんがどうしてここまで喧嘩腰なのかわからない。

「だ、だいたいシアンだって聞いたことあるでしょう、その子の噂。そんな評判の悪い子をいきなり連れてきて恋人だなんて――」

「何が噂だ。ちゃんと俺はこいつと一緒に暮らして、いい所も悪い所も知った上で恋人になってほしいって俺から頼んだんだよ」

強気に言い返すアリシアさんに、即言葉を遮り返すシアンさん。

「けどっ、火のない所に煙は立たないって言うし、あなたが騙されていると思ったって……」

「お前が心配してくれてることは分かった。けど、こっちは客だぞ？　来たそうそう敵意丸出しに客を睨みつけんのがこの店のやり方かよ」

「っそれは……ごめんなさい……」

しまった、というようにアリシアさんは顔を歪めた。それでもシアンさんのアリシアさんを睨む目つきは変わらない。

ピリリとひりつく二人の空気にどうしよう……と、戸惑う。

「悪い、ソラノ。帰るか」

「え？」

「ソラノ？」

シアンさんが僕の手を引き、踵《きびす》を返す。引かれる手に本当にこのまま帰ってもいいのかシアンさんとアリシアさんを交互に見た。そんな僕に気づいたシアンさんは苦笑する。

「そんな心配そうな顔しなくても大丈夫だ。あいつとはまた今度話す。ラト達と同じようにアリシアなら大丈夫だろうって思ってたんだけど、なんも話してなかったからなぁ。……怖がらせて悪かった」

そう言って、力なく笑うシアンさんの表情に、目を見開く。

そして、帰ろうとするその手を逆に引き、僕はシアンさんをその場に留めた。

「ソラノ?」

……ようやくわかった。

戸惑うシアンさんの手を離した。集まる視線なんて気にせず僕はアリシアさんへと向き合う。

……シアンさん、今日僕が周りから言われてることにずっと怒ってたんだ。笑って、何もないように僕を楽しませようとしてくれていたけど、ずっと怒ってくれていたんだ。

だから大丈夫だと思っていたアリシアさんの言葉に強く反応してしまって、悲しんでいる。

「あ、あの! アリシアさん!」

「……何かしら?」

緊張に声が上擦る。

「あのっ僕、シアンさんとお付き合いさせてもらっているソラノと言います。それで……」

「ソラノ? ……あなた、アルト君じゃないの?」

「あ」

シアンさんが、普通にソラノって呼ぶから、つい言っちゃった。

混乱させてしまう、嘘つきだと思われる、と一瞬頭に過《よぎ》る。だけど、訂正や濁すこともせず怪訝に僕を見るアリシアさんへと頷いた。

「……はい。僕の名前はソラノと言います。でも、アリシアさんが知っている噂の『アルト』は僕のことで間違いないと思います」

「……意味がわからないわ」

困惑した表情を見せるアリシアさんに、そっと目を伏せた。

「今まではずっと……、理由があって僕はアルトとしてこの街で生活してきました。だけど僕の本当の名前はソラノです。それに噂のように、誰かを虐めることもシアンさんを騙すようなこともしたことはありません」

「じゃあもう一人のソラノは一体誰なの？　名前が同じってことはないわよね？」

「はい。……もう一人のソラノがアルトです」

「……つまり逆と言いたいのね」

「はい」と、頷けば、アリシアさんはじっと見極めるよう僕を見下ろした。

怪訝な表情をしながらも、アリシアさんは僕を頭ごなしに否定したり、嘘つきだと決めつけたりしない。アリシアさんは初め、僕を忌避こそしたけど、僕の話を聞いてくれる人だ。

まさか、こんな状況で今日このことを言うことになるとは思わなかった。こんな人前で、アルトに許しももらっていないのに言ってしまった。

流れる沈黙と、自分が言った言葉に心臓がドキドキと緊張と不安に大きくなる。それでもと、気持ちを強く持ち、やましいことは一切ないと示すよう、アリシアさんを見つめ返した。

「っお前なに言ってて っ――」

「とりあえず、何が言いたいのかはわかったわ」

周囲からの僕を非難しようとする声を遮るよう、アリシアさんが声を上げた。

「あなたはソラノ君で、噂は事実無根。シアンを騙してもいないと、そう主張するのね？　でも、そんな唐突な言葉、信じられると思う？　噂の方は私はかなり信憑性がある話だと思っていたのだけれど。本当にシアンを騙していないと、あなたがソラノだという証拠はあるの？」

アリシアさんが僕に時間をくれる。釈明させてくれる時間を。だけどアリシアさんにも、話を聞いている人達にも納得できるような言葉を僕は持っていない。

「……証拠はありません。だから信じられなくても仕方がないことだと思います」

ゆるゆると頭を振れば、「ほら見ろ」との声が飛ぶ。

セイラさん達が言ってくれたように、もしアルトの録音具が壊れたとしても、僕がソラノだと証明する証拠にはならない。もしかしたら孤児院で一緒に暮らしていた人達なら、僕がソラノだって証明してくれるかもしれないけど、嫌われていたから話を聞いてくれるかもわからない。

なら何で証明すれば？　……今はまだわからない。

「……今まで不審に思われるような行動を取り続け、僕がアルトとして過ごしてきた事実は変わりません。だから何を言ってるんだと思われる気持ちもわかります。だけどっ……」

バッと顔を上げ、この場にいる全員を見るように叫ぶ。

「それでも、僕はアルトじゃなくソラノです！　噂は嘘でシアンさんを騙してもいません！　本気で、シアンさんのことが大好きで側にいます。証拠もなく、こんな僕の言葉が信じられなくても、信じてもらえるようにこれから行動していきます！　だからっ！　僕ともう一人のソラノ、どちらが本物か皆さんが判断してください！」

そうして僕は僕だと証明していく。どれだけこの言葉が薄っぺらいものだと信じられなくても、これからの行動でその言葉に重みをつけて、アルトより僕が本物だと信じさせていく。

今日成り行きとは言え、僕がソラノだと言えてよかった。多分今がチャンスなんだと思う。アルトの録音具がもうすぐ壊れる。きっと壊れる前に言う方が、実際壊れた時に僕の言葉に信憑性を持ってもらえるかもしれない。

今、誰にも信じてもらえなかったとしてもそれでいい。今はその時のための布石を打つ段階だ。アルトへの疑念に付け込むような形だとしても、僕自身のために、そして僕に味方してくれてる人達のためにも、僕がソラノだということを必ず信じさせてみせる。

誰がなんて言ったって本物のソラノは僕なんだ。

叫んだあと、僕はまっすぐアリシアさんだけを見つめた。

「……っおい！　なに意味わかんねぇこと言ってんだ！」

「お前みたいなのが本物のソラノだと!?　出鱈目《でたらめ》言うなよ！」

「そうよ！　ソラノ君に嫉妬して成り代わろうとでもしているの？」

「根暗な陰湿なやつがソラノに成り代われるわけねぇだろ！」

吐かれる罵詈雑言の中、それでもアリシアさんからは目を逸らさない。

今はアリシアさん――シアンさんの大切なお友達さんだけには僕の言っていることが嘘じゃない

と伝わってほしかった。

しばらくの沈黙の後、吐かれる溜息。

「……はぁぁ。シアン、貴方何ニヤニヤ笑っているのよ」

「え？」

僕の後ろへと向くアリシアさんのその呆れた視線に振り返る。そこには緩んだ口元を隠すよう手を当てているシアンさんがいた。

「……俺を本気で愛してるなんて言うから……」

それを聞いたアリシアさんの呆れの色が濃くなる。

シアンさん、そこだけ取り上げないで……

居た堪れず、どうしようと思った。こんな僕達に、アリシアさんは腰に手を当てまた溜息を吐いた。

「……とりあえずあなたの言いたいことと、……シアンがあなたにベタ惚れしているってことはよーっくわかったわ」

「やっとわかったか」

「シ、シアンさん」

胸を張ってアリシアさんを見るシアンさんはすごく得意そうだ。本当にシアンさんは隠すってことをしない。ちょっと焦ってしまうも、シアンさんはクルリと僕の方を向き、僕の頭に手を置く。

そして、「よく言った」と嬉しげに笑顔で褒めてくれる。そんなシアンさんに緊張がほどけ、僕は「うん」とはにかんだ。

「……何この空気。はいはい、ええ、ええ、わかったわよ。……正直言うとまだ疑う気持ちもあるけれどこれじゃあねｃ。確かに、噂とは全然違うみたいだし」

「だから言っただろうが、ちゃんと話せばソラノの良さは秒で伝わる」

「……何その真顔。腹立つし、引くわよ？　言っとくけど、この子の言葉を妄信するつもりはないからね！」

ピシッとアリシアさんは腰に手を当てて言う。それに僕は当然ですと頷いた。

「……頭の硬いやつ」

「はい？　当然でしょう？　なにか文句でも？」

「あ、あの……」

ぼそっとシアンさんが呟いた言葉に、二人の間にまた不穏な空気が漂いだす。

でも、さっきまでの危険な雰囲気じゃない。どちらかというとラトさん達と話していた時のような、柔らかい雰囲気だ。

これはどうしよう、止めに入った方がいいかな？

「……そんなにきょろきょろしていると目が回るわよ」

「え？　あ、はい！」

ピシッと立ち止まる。そんな僕をアリシアさんは複雑そうに見下すと、脱力するよう肩の力を抜いた。

「はぁぁ……いえ、なんかごめんなさいね、酷いことを言ってしまって。そういえば、貴方の髪を切るって話だったわね。今からでも――」

「アリシアさんやめてくださいよ！」

響いた大きな声にビクッと肩が跳ね、シアンさんはめんどくさそうに声の方へと目を向けた。

……そうだ、まだ全然何も解決してなかった。

アリシアさんの様子だけを見て安心してしまっていた。見れば、店内にいたお客さん達が非難を含んだ目で僕を見ていた。

「そうよ！　そんな奴に触れたらアリシアさんの手が汚れちゃうわ！」

「そんな嘘まみれの奴出禁でいいって！」

「帰れよ！」

「え、えーと……！」

上がる多くの声にどう言葉を紡ごうか視線を彷徨わせる。

だけど、アリシアさんはそんなお客さん達にニッコリ笑った。

「あら？　汚れることの何が悪いの？　人の髪って何かしら汚れているものよ？　そんなの気にしていたらこの仕事はできないわよ。それとも、もしかして物理的ではなくて精神的なことを仰っているのかしら？　ふふ、それこそ見えないものを気にしていたら何もできなくなるわ」

「けどっ、そいつは嘘つきだ！」

「そう？　私はそうは思わなかったわ。だから謝ったんだもの。私は私が見て感じたものを優先する。それが気に食わないようなら帰ってもらっても結構よ。迷惑をかけたお詫びに今日、この場にいる方からは料金は取らないから。それともこの子が実際に誰かを傷つけたり、貶《おとし》めてたりしている姿を見たことがあるって人がいるなら是非教えてくれる？」

そう言って、アリシアさんが店内を見回す。しかし、誰も手を挙げる人はいなかった。

「……へー、いないようね。なら、そういうことなのよ。――じゃあアル……じゃないわね、ソラノ君。こっちに来て。シアンはその辺で待ってて」

「はい」

「おい、この空気の中俺を置いてくのかよっ」

「だってあなた連れて行ったらうるさそうなんだもの。――頼んだわよ」

アリシアさんはそうシアンさんに言うと、店員さん達に目配せをし、お店の奥にある扉に向かって歩き出した。扉の向こうには階段があって、その階段をアリシアさんは上っていく。

「ソラノ！　もしそいつにまた変なこと言われたらすぐに俺を呼べよ！」

「え？　あ、はい！」

扉が閉まる寸前でシアンさんの声が響いた。

「……もう何も言わないわよ。反省してるんだから」

不満そうに立ち止まったアリシアさんは、それからまた前を向いて階段を上っていく。

「……あの、アリシアさん。良かったんですか？　お店と……それに帰っていいなんて……」

恐る恐ると尋ねた。お店の店員さん達はアリシアさんに従うように見えたが、お客さん達の中にはすごく不満そうにしている人達がいた。なのにあんな言い方と、去り方でよかったのだろうか。

今日の出来事がきっかけでお客さんが減ったり、アリシアさんやお店に何かあったりしたら……

「あら大丈夫よ。だってあなたが正しいってちゃんと証明してくれるんでしょう？」

「え？」

「なに、しないの？」

「し、します！」

チラッと向く視線に慌てて何度も頷けば、クスッとアリシアさんが笑う。

「なら、別にいいわよ。あなたのことはこれからだけれど、シアンのことはそれなりに信用しているもの。これでお客さんが減ったとしても私の腕もお店の子達の腕も確かだし、またすぐ戻ってくるわよ。あなたが正しいのなら尚更ね？」

「は、はいっ」

アリシアさんにそう言われ、背筋が伸びる思いだった。堂々と自信に満ちた様子のアリシアさんはとてもかっこいい。

「あと、お店も気にしなくていいわよ。シアンも一応騎士団の副団長で、侯爵家の人間でしょ？相当機嫌も悪かったし、周りも下手なことできやしないわよ」

「なるほど……」

それでシアンさんをあの場に残したんだ。

それから、僕が案内されたのは、壁に大きな鏡が設置された以外はシンプルな部屋だった。アリシアさんは、その鏡の前にある椅子に僕を座らせると髪を切るための準備を始めた。

ついに切るんだ……

大きな鏡に、髪が前を覆うほどに伸びた、もさっとした自分の姿が映る。

前髪を切るという現実が一気に目の前に迫り、ふと怖くなった。

……本当に切ってもいいのかな？　髪を切って、醜さが露呈して、もっと街の人達から嫌われることになったらどうしよう。笑われたらどうしたらいいんだろう。シアンさんは本当に僕を嫌わないでいてくれるかな？　気持ち悪いって言って僕を……


「――ねぇ」


ビクッと大袈裟なくらい肩が跳ねた。聞こえた声に、思考に沈みかけていた意識が戻る。

いつの間にか握りしめていた僕の拳の上に、アリシアさんの手が添えられていた。

「前髪、結構伸びてるわよね。いつから切ってないの？」

「え、えと、十年くらいです……」

「……そう、なら緊張するわね。あなた自身が切りたいって思ったの？」

「はい……」

優しく前髪に触れる手に、アリシアさんを見上げれば、憂いを帯びた表情を浮かべていた。

「ここにはシアンが？」

「はい、腕がいいって言って連れてきてくれました」

「そう。……本当にごめんなさいね」

アリシアさんは僕の前に移動して、視線を合わせるようにしゃがみこんだ。

「あなたの気持ちも、シアンの期待も踏み躙《にじ》るようなことをしてしまって本当にごめんなさい」

「つい、いえ、そんなっ。アリシアさんはただシアンさんを心配していただけでっ！」

「それでも接客業なのよ？　……噂だけで初対面のあなたを貶《おとし》めるような言葉を吐いて……勇気を出して決めたあなたの決意を蔑《ないがし》ろにしてしまったわ」

そう言って、アリシアさんはもう一度「ごめんなさい」と謝った。そんなアリシアさんに首を横に振る。じわりと目に涙が滲んだ。

「髪、切らせてもらってもいい？」

口を開けば泣いてしまいそうで、ぎゅっと唇を噛みしめながら何度も頷けば、アリシアさんはふっ、と笑みを浮かべた。

「ありがとう。どんな感じに髪を切りたいとか、希望はある？」

「……よく、わからなくて……」

「そう、なら私が決めちゃっていい？」

「はいっ」

涙声になりながらも返事をした。そんな僕にアリシアさんはパッと笑う。

「ふふ、なら任せておいてね！」

また、テキパキと髪を切る用意を始めるアリシアさん。そんな彼女に身体の力が抜けた。

自分の掌を見る。そして、今度は自分でその手を握りしめた。

「じゃあ切っていくわよ」

「……はい、よろしくお願いします！」

シャキシャキと小気味いい音が部屋に響き、首元に巻かれた布や床に髪が落ちていく。

「――後ろはとりあえずこれぐらいで置いておくわね？　全く、シアンの奴、もうちょっと綺麗に切ってあげなさいよね」

「…はは」

アリシアさんが、僕の髪を切り出してからどれくらい経っただろう。それでもまだやっと後ろの髪を切り終わったところ。

「じゃあ今から前髪を切っていくから、目を閉じてくれる？」

「わ、わかりました！」

今からが本番。背筋がシャキッと伸びる。僕の前へと回るアリシアさんに目を閉じ、僕の体は完全に固まった。あまりの緊張にアリシアさんが苦笑する気配を感じる。

また小気味いい音が響く。

……すごい明るくなってきた！

目を閉じているのにわかる変化だった。

だんだんと明るくなっていく瞼に、抱いたのは恐怖ではなく、ワクワクとした期待だった。

どんなふうになってるんだろう。見たい――

その思いが募って、アリシアさんの切る手が止まった時、僕はパッと目を開けた。

「え――？」

すごい！　見える！

なんの障害もなくアリシアさんの姿が目に映った。その向こうにある鏡には眉下辺りまで切り揃えられた自分の前髪と、碧《あお》の目がはっきりと映っていた。

久しぶりに見るはっきりとした自分の姿にやっぱり恐れるよりも先に、今度は感動してしまった。どこを見回しても明るく、広い。すごい！

「……え？　あ、の、ちょっと待って。え？　そんなことってある？」

動揺する声にアリシアさんを見上げると、アリシアさんは「うっ」っと呻いた。

「え？　あのっ大丈夫ですか？　す、すみまっ……」

「謝らないで！　違うから！　大丈夫だから！」

やっぱり僕の顔、変だったのかな？　そう思って謝ろうとしたところ、勢いよく止められ、目が丸くなる。

アリシアさんは不思議そうに床に落ちた僕の髪を見た。

「……ある意味すごいわ。……いえ、ごめんなさい。さ、さあ、続きを始めましょうか‼」

「はい」

ふるふると頭を振って明るく言うアリシアさんに頷くが、なんだかアリシアさんの様子がおかしい。どこか興奮しているみたい。

でも、孤児院の時によく見たような嫌悪は見当たらず、ホッとした。

「……ねぇ、あなたの素顔ってシアンは見たことあるの？」

「ありません。だからシアンさんすごく楽しみにしてくれていて」

「……へぇ～。ふ、ふふふ、それは面白いことになりそうね。ふふ」

「ア、アリシアさん？」

整えるよう鋏で前髪を切るアリシアさん。なんだかちょっと怖くて、手が止まっても目が開けられなかった。

「――よし！　これで完成よ！」

「は、はい」

な、長かった……

肩から外れた布に、思わず椅子にもたれかかる。

鏡には、やり切ったというように服の袖で汗を拭うアリシアさんと、疲れ果てた僕が映っていた。

顔を覆うほどあった前髪は眉あたりで切り揃えられており、横側はちょっと長め。後はスッと首筋辺りで切り揃えられていた。

疲れたけど視界は明るいし、頭も軽い。髪用のオイルを塗ってもらったおかげでいい匂いもするし、サラサラだった。つい頭を振って遊んでしまう。

「よし、じゃあシアンの所に行きましょうか」

「は、はい！」

手早く部屋や道具の片付けをしたアリシアさんは、部屋の外に出て階段を下っていく。そのあとを、緊張しながら僕もついて行った。

……シアンさんどんな反応するかな？

「ソラノ君、ソラノ君。ほら見て」

扉の小窓を指差し、手招きするアリシアさんに首を傾げる。小窓を覗いてみれば、奥の席ですっごく不機嫌そうに椅子に座っているシアンさんが見えた。そんなシアンさんを遠巻きにしながらもさっきよりも増えているお客さん達の姿も見える。

その人達は髪を切られているようにも、順番を待っているようにも見えない。耳を澄ませば、嘲笑の声が聞こえる。どうやら僕の素顔を拝んでやろうと、どこからか集まってきているようだった。

「……いい気しないわね」

アリシアさんが顔を顰《しか》める。僕もここから出ることへの不安が大きくなった。

けれど、シアンさんの眉間の皺がどんどん深くなっている。早く出ないとまたさっきみたいに怒ってしまうかもしれない。

「ソラノ君いい？　絶対に俯いちゃだめよ？　ここを出たら、堂々とまっすぐシアンの元まで行きなさい」

「ど、堂々と？」

僕へと、クルリと体の向きを変えたアリシアさんが言う。

聞き返せば、アリシアさんは勝気な笑みを浮かべ頷いた。

「ええそうよ。シアンの元に早く帰りたいでしょ？　なら周りなんて気にせず、さっきシアンへの愛を告白したように堂々と歩けばいいのよ」

「愛ッ!?　っは、はい！」

強く頷けば、アリシアさんは微笑み扉のノブへと手をかけた。

心臓の鼓動がドキドキと跳ねる。

開いた扉に堂々と、まっすぐを意識しながらアリシアさんの後に続いて歩き始めた。

騒《ざわ》めきがピタリと止む。そして、食い入るような沢山の視線を感じ、自分の顔が強張るのがわかった。前へと縮めそうになりそうな身体を必死に伸ばし、シアンさんの元へ一歩一歩進んでいく。

「ほらやっぱり醜い」と、笑われるのを覚悟していた。けれど、意外にもそんな声は聞こえず、不自然なほどの静けさがその場を満たしていた。

「お待たせ、シアン」

アリシアさんが言う。やっとシアンさんの元へ辿り着いた。

そんなに時間はかかっていないはずなのに、シアンさんの元へ辿り着けた瞬間すごくホッとして、自然に笑顔が浮かんだ。

「シアンさん」

そんな僕を見て、シアンさんは目を見開くと息を呑み、バッと僕を抱きしめた。

「――っ！」

「わっ！　あ、あの……」

今までの比ではないほどの力でギュッと抱きしめられる。僕に抱きついたまま、シアンさんの反応はない。

困って、助けを求めるよう隣にいるアリシアさんを見上げた。そんな僕に苦笑すると、アリシアさんはパシッとシアンさんの背を叩いた。

「ちょっとシアン。ソラノ君が心配してるでしょ。気持ちはわかるけど早く起き上がって何か言ってあげなさい！」

「……無理。あの笑顔キた。これはヤバ過ぎるだろ……っ」

「あー」

「え？　あの、シアンさん？　アリシアさん？」

きたとはどういう意味なんだろう。やば過ぎるって何がだろう。

……やっぱり変で、似合ってないのかな？

そう不安になってきていた時、シアンさんがそっと僕から離れた。

見上げればシアンさんの顔が少し赤い。そしてゆっくりと言う。

「ソラノ、めちゃくちゃ似合ってる」

目の前に遮るものがなく、こうしてシアンさんを見るのはすごく新鮮な気がした。これだけで切ってよかったかもと思える。

「想像を遥かに超えるほど本当に可愛い。その髪型も、似合ってる」

「っあ、ありがとうございます……っ」

本心から、そう思ってくれているのがわかる言葉。前髪を掴み、熱くなった頬を隠すよう俯く。じわじわとシアンさんの言葉が心へと染み込んでくる。かもではなくて、切ってよかったと心の底から思った。……やった！

「っ……ほんと可愛すぎるっ。流石アリシア。ソラノの良さが全面に出てるな。……でも、よくこの可愛さをあの前髪だけで隠せてたな」

「それは私も思ったわ」

向けられるシアンさんとアリシアさんの目に首を傾げる。しばらくそんな二人を見返すも、見られる恥ずかしさに耐えきれなくなり、目を伏せた。

「「可愛い……」」

「……っ嘘だろ？　あれがアルトって……！」

上がった声に、そちらを見る。

「なんだよの肌の白さ！　ほっぺたふんわりだし！」

「あれ泣いてるの？　目すっごくキラキラなんだけど!?」

ざわざわと、店内に騒《ざわ》めきが戻り始める。予想に反し、その声には嫌悪や敵意がない。

「ほんと信じられない。……確かアルトってソラノの美しさに嫉妬して酷いことをしてるって聞いたけどあれじゃあ――」

「だよな、こっちの方がよっぽど……」

今度は声が小さくなっていく。聞こえない声とその様子はやっぱり少し怖いものがあった。だけど、そんな弱気になりかけている自分に気づき、慌てて下がりそうになっていた眉をキッと上げた。

「……シアン、なんか威嚇してるわよこの子」

「ソラノ？　ちょっとそのまま頬っぺた膨らましてみろ」

それはちょっと嫌だ。

首を横に振って「威嚇じゃないです」と言うと、「わかってる」とシアンさんに両手で髪をかき混ぜられた。

触り心地が良いと言って、シアンさんの手はなかなか離れない。

「いいなぁ、髪の毛ふわふわ気持ちよさそう……」

「俺はあの唇がいい。プルっとして艶があって、触ってみてぇ」

「え⁉」

「は？」

触る？　口を？　どこかから聞こえた声にサッと両手で唇を隠した。

目を丸くして固まっていると、声の方に向かってアリシアさんが咎めるような声を上げた。

「ちょっと、セクハラ発言は許さないわよ！　特に私のお店でそんな不埒なこと考えるなんてもってのほかだからね！」

「ソラノ、行くぞ」

僕を腕の中に隠すよう、シアンさんが僕の肩を抱き、お店を後にしようとする。従いつつも、もうアリシアさんとお別れなのかと名残惜しい気持ちが湧き上がってくる。

「アリシア。もう行くな。金は――」

「いらないわよ。言ったでしょう？　迷惑かけちゃったしもういいから早く行きなさい。……ソラノ君またね。あなたならいつでも遊びに来てくれていいから、また会いに来てね」

落ち込んでいた僕に気づいたのか、微笑むアリシアさんにパッと喜び大きく頷いた。

「っは、はい！　あの、今日はありがとうございました。また、会いに来ます！」

「ふふ、ええ待ってるわ」

お店の外に出て手を振ると、アリシアさんも手を振り返してくれる。

あっという間だった。だけど髪も目の前も気持ちも随分スッキリとして気持ちがいい。

「お前……ほんと打ち解けるの早いな。アリシアの奴相当お前のこと気に入ったみたいだぞ」

手を振り続けていれば、シアンさんが感心するよう言った。

「そうなんですか？」

「おう。それだけお前に魅力があるってことだな。――よし、ソラノ。まだ帰らなくても大丈夫か？　疲れてねぇんなら行きたいとこがあんだけど」

「はい、大丈夫ですよ」

「なら次はお前の服を買いに行くぞ！　服！」

その言葉に固まった。

「……え？　服？、服ならシアンさんが買ってくれたものがたくさん……」

頭の中に、部屋にあるたくさんの服が思い浮かんだ。全部、いつの間にか用意され、増えていっているもの。まだ、着ることのできていない服だってある。

止めようとするも、シアンさんは「よし！　行くぞ！」と張り切って僕の手を引いて止まらない。

シアンさんからは美容院に連れて行かれた時のと同じ勢いを感じた。

ああ……

結局手を引かれるがままに連れて行かれ、服だけではなく靴や、季節ではない帽子まで色々買ってもらってしまった。止めても聞いてくれず、買い過ぎですと途中怒ってしまった。

でも、シアンさんは嬉しそうで聞いているのかよくわからなかった。けれど、怒った以降は買うのを控えてくれて、二人で街をぶらぶらと探検した。

周りから向けられる視線は時間が経つほどに多くなっていく。でも、不思議なくらい気にならない。

顔を見られるのがずっと怖いと思っていた。なのに、シアンさんをよく見られることや、開けた目の前の明るさが眩しくてそれ以上は気にならない。

今日はアルトと話すこともできず、悲しかったり、意気地のない自分に悔しがったりと落ち込むことも多かった日ではあったけれど、楽しい一日だったと言えるほど充実とした日だった。

そして、最後に晩御飯でも買って帰ろうか、とシアンさんに言われた時。

――なんでっ。

ハッと振り返り、それから辺りを見渡した。

今、アルトの声がしたような気がした。

聞き間違いかもしれないと思いつつも、確信めいたものがあってシアンさんの手を放して、走って辺りを捜す。

「どうしたんだソラノ？」

「シアンさん……」

事情を話せば、シアンさんも同じように周囲を捜してくれる。

だけど、どれだけ捜してもアルトはいなかった。

……そうだよね、もしアルトが街にいたら皆、喜んでアルトに声を掛けるはずだよね。

気のせいだったんだと、自分に言い聞かせシアンさんのところへと戻る。

「……すみませんシアンさん。気のせいだったみたいです」

「そうか。じゃあ帰るか」

そう言って差し出された手を喜んで握る。

そして、どこのお店で夕飯を買うのかを話し合いながら歩く。

……だけど、さっきまで充実感に満ちていた心の奥底には、小さな不安が燻《くすぶ》っていた。

第七章　不安

髪を切ってから、僕は極力シアンさんと共に外に出るようになった。

とにかく街に出ては、買い物や散歩などを通し、積極的に人と関わりを持つようにしているんだ。初めはあのアルトが、と訝しがる人が多かったけれど、一ヶ月経った今ではびっくりするほど街の人達の態度が軟化した。

街の人達の方から声をかけられたり謝られたりすることだって増えている。

シアンさんは「手のひら返しが早すぎんだろ!!」と怒っていたけれど僕はその変化が嬉しかった。

シンとした静かな部屋に自分の溜息が響いた。シアンさんはお仕事に行っていて今はいない。

ソファに座り、手に持つコップを見下ろすと、この一ヶ月でよくやく見慣れた髪を切った自分が映っている。

「……はぁぁ」

……変化が嬉しいはずなのに、ずっと胸に不安が燻《くすぶ》っている。

僕の周囲は目まぐるしいほどに変わっていく。なのに、その変化に対しアルトが何も言ってこない。

結局この一ヶ月、アルトの家に行っても留守ばかりで、街にもほとんど顔を出していない様子のアルトに、会うことすらできない日々が続いている。

街に出ることになって、アルトの録音具が壊れたことはもう知っている。

歌わず、また姿も見せなくなったアルトに対し、街の人達から少しずつ疑いの声が上がり始めている。それは、僕が人前に出て、ソラノだと言い続けていることや、シアンさんを始めとする周りの人達も僕をソラノとして接してくれていることも大きな要因だけれど、アルトは何も言わない。

……不安だった。だけど、抱く不安はそれだけじゃない。

「――ただいま」

聞こえた声に玄関へと向かう。

「おかえりなさいシアンさん。お疲れ様です」

「ああ。あ～……癒される……」

夜遅くに帰ってきたシアンさんは、返事をするなり倒れ込むように僕へとしがみついて来た。

最近のシアンさんは帰ってきたらいつもこうだ。お疲れ様の意味を込めて背中を優しく叩く。

「シアンさん、お風呂の準備できてますよ」

「んー」

首元を擽《くすぐ》るシアンさんの髪が少し擽《くすぐ》ったい。シアンさんはのっそり僕から身を起こすと、そっと顔を近づけてくる。

わずかに唇が触れる感覚がする。唇が離れればふっと穏やかな笑みを向けられた。

「……じゃ、風呂入ってくるな」

「……はい」

少し熱くなった頬を隠しながらシアンさんを見送った。

ここ最近、王都付近の森を中心に魔物の集団がよく見かけられている。弱い魔物ばかりらしいけれど、ここまで魔物が頻繁に姿を見せるのはおかしいことだった。

僕は魔物を見たことがない。この国の少し離れた場所に、魔物が多く棲む森もあるけれど、定期的に騎士団が見回りをしてくれているおかげで、この辺りで魔物を見ることは稀《まれ》だった。

なのに今はあちこちで魔物の目撃情報が相次いでいる。それも集団でだ。

黒騎士団の副団長であるシアンさんは、その調査で最近忙しい。今日もお休みだった所を通信具からの連絡があって慌ただしくお仕事へ向かっていった。

「……シアンさん、魔物が出る原因わかりましたか？」

お風呂から上がったシアンさんに、遅い晩御飯を用意しながら尋ねてみる。シアンさんはわずかに考える仕草をした後、推測だけど、と前置きをして教えてくれた。

「……ここまで来ると十中八九、人為的なもんだと思う」

「っそんなことができるんですか？」

「召喚《しょうかん》紙陣《しじん》か召喚具《しょうかんぐ》を使えばな。自然発生って線やなんかの前触れってことも考えられなくはねぇけど、にしてはおかしな点が多すぎる。けど痕跡がなんもねえ」

それって、大変なことなんじゃ……と、眉を下げる僕にシアンさんは頷き、真剣な顔をする。

「だから悪いソラノ。これからもっと忙しくなると思うから、あんま街にも連れて行ってやれなくなる」

「そんなこと気にしないでください。買い物くらいなら僕ももう一人で平気ですから」

シアンさんの方が大変だろうに、そんな心配をするシアンさんに、思わず苦笑してしまう。

この一ヶ月で僕もだいぶ街に慣れた。一人でも大丈夫だ。

なのにシアンさんの動きがピタリと止まり、悩むように眉間に皺を寄せた。

「それは俺の精神衛生上、もうちょっと待ってほしい。まだちょっと危うい」

「……平気なのに。そんなに僕、頼りないですか？」

少し不貞腐れながら言った。

「それは違う。違うけど……街の連中がどこまで信用できるかわからないだろ？　今携帯用の防犯魔道具用意してるからもう少し待って――」

「え？」

潰れた声が出た。その後すぐに「あ」と聞こえた声にシアンさんを見ると、顔が引き攣っていた。それは、まるでよくないことを言ってしまったかのような表情だ。

「シアンさん、何を用意するって……？」

シアンさんには、もう通信具みたいな高価なものはもらえないと伝えたはずだ。なのにまた……

「ま、まぁあれだ、やっぱり心配だし……」

シアンさんはそう言って誤魔化すよう、食べ終わった食器を片付けに入る。そしてそれを手早く終えると、僕を立たせ、背を押す。それから部屋を移動して僕をソファに座らせた。

「シアンさん？」

誤魔化されないぞ、とジト目を向けるも、シアンさんは絶対僕と目を合わせない。そのまま、僕の隣へと腰をそっと下ろすシアンさんをじっと見続けるも、仕方ないなと溜息を吐いた。

詳しく話を聞きたいけど、せっかくの二人の時間だ。

シアンさんもお仕事で疲れているだろうしまた今度話そう。そう決めて、僕はそっと歌いだした。

疲れているシアンさんに何かできないかと聞き、歌を歌ってほしいと言われた日から、僕は夜眠る前の少しの時間歌うようになった。

歌い出した僕にシアンさんは顔を戻し、ホッと身体を僕の方へともたれさせた。僕もそんなシアンさんの肩に頭をのせると、シアンさんが片頬を僕の髪へと摺り寄せた。

……なんだか擽《くすぐ》ったくて笑ってしまいそう。

「――……ありがとなソラノ。そろそろ寝るか」

「うん」

歌い終わると、寝る時間だ。

シアンさんは眠たそうに目を擦って、これで快眠できると笑う。

いつものようにシアンさんと二階へと上がり、部屋の前で別れ、布団に潜り込んだ。

――でも、眠れない。

何度か寝返りを打ったあと、僕は起き上がってシアンさんの部屋へと向かった。

……今日は特に胸にザワザワと、言いようのない不安が強く騒《ざわ》めいている。

それは魔物が怖いからか、魔物の発生が人為的だと聞いたからか、理由はわからない。けれど嫌な胸騒ぎがする。そして、アルトを思い出すんだ。

「シアンさん……、起きてますか？」

小さくシアンさんの部屋の扉をノックする。シアンさんは明日もお仕事だ。邪魔をしてはいけないと思いつつも一回だけだからと尋ねた。でも、その一回ですぐに中から返事が聞こえた。

入ってもいいぞ、との声にそっと扉を開けると、シアンさんはベッドの上で上半身を起こして僕を見ていた。

「珍しいな。なんかあったのか？」

「あの、ちょっと不安で……」

「あー、もしかして魔物の話か？　悪いな、不安にさせて」

眉を下げるシアンさんに、首を横に振る。

「そうじゃないんです。ただ……なんだかシアンさんともっと一緒にいたくて。だから今日、一緒に眠ってもいいですか？」

「………………え？」

恐る恐る尋ねると、シアンさんは固まってしまった。もう小さな子どもでもないのに、不安だから一緒に寝てほしいというのはやっぱり駄目だっただろうか。

でも、部屋に戻っても眠れる気がしなくてもう一度お願いしてみる。

「……疲れているのにすみません。……ダメですか？」

「……え？　あ、いや、ダメじゃない！　ダメじゃないけど、え？　いいのか？」

僕がお願いをしているのに、どうしてシアンさんが聞くんだろう？

不思議に思いながらもお願いしますと頷いた。

「ま、まじか……いや、そ、そうだな。じゃあ一緒に寝るか！」

呆けたあと、シアンさんは慌てたように僕が入るスペースを作ってくれる。そして腕で毛布を広げてくれた。

「あ、ありがとうございます！」

シアンさんのベッドは大きく、二人で寝転んでも全然狭くはなかった。だけど少し甘えてシアンさんの身体に身を寄せてみた。内緒話をするような近さに一瞬、シアンさんの体がぴくりと動いた。

「シアンさん、おやすみなさい」

「あ、ああ」

感じる温もりにホッとしつつそう言えば、緊張しているような声が返ってきた。

……実は、僕もちょっと緊張してる。

こんなに近くて、ドキドキしてなんだか照れくさいんだ。でも、やっぱりシアンさんの側だと安心が勝って瞼が重くなる。

「……頼むからもう少し危機感持ってくれ」

うん、おやすみシアンさん。

遠くから聞こえた声に、夢うつつに心の中だけで返し、僕は眠りに落ちた。


「――じゃあ行ってくるな!!」

「……あの、シアンさん大丈夫ですか？」

翌朝、玄関に立つシアンさんに声をかける。

シアンさんの目の下には、黒々とした隈ができていた。

朝起きると、シアンさんはすでに起きていて、ジトーっと恨みがましい感じで僕を見つめていた。邪魔だったのか、寝相が悪くシアンさんを蹴ってしまったのか、全然眠れていないなそうなシアンさんの様子に、もう子どもみたいな理由でシアンさんの眠る邪魔はしないと決めた。

「ははは、大丈夫。ちょっと早起きしすぎただけだからな！　じゃあ、まぁ行ってくる。一人で外には——」

「シアンさん。僕のことは心配いりませんからシアンさんこそ気をつけてくださいね」

毎朝繰り返されるシアンさんの僕を心配する言葉。僕よりシアンさんの方が危ないんですから、と言葉を遮って苦笑気味に言えばシアンさんはいつもより自信ありげに頷いた。

「大丈夫だ。今日の俺は元気が有り余ってるからな！　……思いっきり発散してくるわ」

「う、うん」

それからシアンさんは意気揚々とお仕事に向かっていった。

シアンさんを見送り、僕はいつも通り家事を行う。そして、ふと振り返ったシンとした部屋に、溜息を吐き出した。

「……はぁ」

……シアンさんがいた時までは大丈夫だったのに。

時間が経てば経つ程、また言いようのない不安が僕の心を掻き乱す。そして、思い出すのはやっぱりアルトのこと。

「……なんでこんなにも気になるんだろう」

何も言ってこないからか、話せてないからか、会ってくれないからか……やっぱり自分一人で会いにいくべきなんじゃないのか。

そう思って衝動的に自分の部屋に行き、出かける準備をする。そして、玄関まで来たところでピタリと止まる。

……ど、どうしよう。

シアンさんには何度も、毎日のように一人で外には出るなと言われている。今日は言葉を遮ってまで大丈夫だと答えたのに外に出てしまうのか。でも、どうしてもアルトの様子が気になる。

「あ、そうだ！」

今度は、ネックレスを取り出したところで動きを止めた。今はどう考えてもシアンさんはお仕事中だ。なんでも連絡してきていいとは言われているとはいえ、こんな「外に出てもいいか？」ということで連絡するのは憚られる。

そうやって、悩みながらネックレス片手に睨み合いっこをしていた時——爆発音が耳をつんざいた。

「な、なに!?」

外から聞こえたその音に、咄嗟に扉を開け外に出る。そして、走って通りの方まで出てみると、皆が同じ方向を見上げていた。僕も同じように視線を向ける。

「……何が起こってるの？」

街から煙が上がっていた。それも一つじゃなく、あちこちから煙が上がっているようだ。

そんな光景を呆然と見ていた時、今まで聞いたことのなかったけたたましい音――非常事態を知らせる警報音と、魔道具によって増幅された声が鳴り響いた。

『――皆さん今すぐに避難をお願いします！　魔物が街中に出現しました。今すぐに騎士の誘導に従い、避難をお願いします！　近くにいる騎士団員はすぐに応戦と避難経路の確保を!!　繰り返します！　ただ今王都に――』

――魔物!?　どうして王都に？

警報を聞き、皆が一斉に悲鳴を上げ動き始める。慌てて逃げたり、家に荷物を取りに戻ったり、家族に声をかけたりと混乱がその場に広がっていく。

僕も避難した方が……と思った時。

「――ソラノ」

「っアルト!?」

叫声の中、聞こえた声に振り返れば、フードを目深に被ったアルトがいた。

どうしてここにと聞く暇もなく、アルトは僕の腕を掴むと、どこかへと引っ張っていく。

「ア、アルト？　どこに行くの？」

「いいから、こっち」

アルトは逃げ惑う人達とは反対の方向へと駆ける。避難所じゃない、人気《ひとけ》がない方へとだ。

そう思った瞬間、かつてないほどの危機感に襲われた。

アルトの手を振り払う。逃げないとと思った。でも、アルトの手から逃れたと同時に頭に強い衝撃が走り、目の前が暗くなった。

「……やっとだ。やっとっ……!!」

最後に、アルトの暗い笑い声が聞こえたような気がした。

●

……頭が痛い。

身じろぐと、頭に鈍い痛みが走って眉間に皺が寄る。なんとか目を開けると、僕は硬くて冷たい土の上に横たわっているようだった。

状況がわからず、とりあえず起き上がろうとすれば手が動かせない。振り返って確認すれば後ろ手に両手が縄で拘束されていた。

「僕は……」

……そうだ、誰かに頭を殴られたんだ。そして連れ去られた？　アルトは？

なんとか勢いをつけ、体を起こす。ツキンッと頭に痛みが走るも、辺りを見回しここがどこかを確認した。

どうやら土壁に囲まれた小さな部屋のようだった。窓もなく、ただ壁に照明具《しょうめいぐ》がぶら下げられている所を見ると、ここはどこかの地下のようだ。

僕は目の前にある、唯一の出入り口であろう扉を見てごくりと唾を飲む。そして、ハッとして胸元を見下ろした。

そこには僅かな膨らみとネックレスの感触があり、ホッと息が零れた。

「──あ、ソラノ。目が覚めた？」

「っ、アルト！」

聞こえた声に顔を上げる。扉が開き、機嫌よくアルトが角材を手に部屋の中へと入ってくる。

アルトは怒っていない。怖い顔もしていないし、僕に対する嫌悪も蔑みも表情からは窺えない。

今までなら、こんなアルトを見るとホッとしていたのに、感じるのはうっすらとした恐怖だけだった。

「……アルト……今、王都がね、大変なことになってるんだ。警報も鳴って煙がたくさん上がって魔物が街に出たんだって。……何か知ってるの？」

汗の滲む手を握りしめ、震える唇で言葉を紡いだ。

今僕の目の前で悠然と佇むアルトの姿は、二年前のあの日と重なるものがあった。

「うん知ってるよ？　だってその魔物達、僕が呼んだんだし」

なんでもないことのように答えるアルトに息を呑む。

街で警報が鳴り響く中で、僕を連れてきたのだから、何も関係ないことはないだろうと思っていた。王都に住んでいてこれだけ大きな警報音なんて初めて聞いた。それだけ大変なことが起きたということだ。それをアルトが起こした？

「まあ、正しくは召喚した。だけどね」

「召喚……なんのために？」

「なんのためにって……鬱陶しいからだよ。ソラノも街の連中も！」

今まで浮かべていたアルトの笑顔が一瞬で忌々しそうなものに変わった。

「……本当はさぁ、ソラノだけを消すつもりだったんだ。邪魔で目障りで僕を不快にしかさせない存在。鬱陶しくて大っ嫌い。……でも、この街の奴らも同じだ。馬鹿しかいない！」

どうしてアルトはここまで怒っているんだろう
僕だけじゃない、街の人達にもだって言った。いつも街の人達に囲まれ、笑顔を向けられ、その中心でいつも笑っていたのに、どうして……

そんなことを考えていれば、部屋に僕とアルト以外の声が響いた。

「お、目ぇ覚めてるじゃねぇか」

低いだみ声。無精髭を生やし、顔半分前髪に隠れた男の人が一人扉をくぐって現れる。

その人はアルトの知り合いのようで、アルトは驚くこともなく顔を顰《しか》めて男の人を見た。

「……ゴーランさん、何しに来たの」

「お前がその棒っきれを使って遊び出す前に、動く可愛子ちゃんを見てお喋りしてぇなと思ってな」

そう言うと、男の人――ゴーランさんは僕の前まで来て、僕を見下ろした。黒い前髪から覗く仄暗くも鋭い眼光が僕を見ている。あくまで軽い口調なのに、この人は怖い人だと直感した。

「遠くで見るよりも可愛いじゃねぇか。お前のことボサっとした前髪がなげぇ時から知ってたぜ？」

しゃがんで目を合わせられる。

「シアンの野郎が囲ってる奴。いや～いい趣味してんなと思ってたが、まさかあの髪の下にこんな極上の顔隠し持ってるとはな！　アルト、これを隠すのは大変だったろ」

ニヤニヤと視線を向けられるも、アルトは腕を組み、視線を逸らしたまま黙した。

「無視かよ！　いや、じゃねぇと認めることになるもんな。いや悪りぃなあ、嫌な質問しちまって」

「は？」

アルトがゴーランさんを睨みつける。そんな目を気にする様子もなく、ゴーランさんは僕にまた視線を戻した。そして、僕の頬へと手を伸ばしてくる。

「いや、でもほんと上玉だよなあ。肌なんてモチモ――」

「っ！」

触れられるのが嫌で、咄嗟に顔を逸らし足の力だけで後ろにずり下がる。それにゴーランさんは怒るでもなく喜色を帯びた声を上げた。

「おー、一丁前に逃げんのか！　いいねぇ。そうやって抵抗された方が燃える」

舐めるような視線を向けられ、サッと血の気が引く。

「ちょっと燃えなくていいから。さっさと自分の持ち場に帰りなよ」

「あ？　もうほとんど設置は終わってんだから、あとは高みの見物をするだけだろ」

呆れたアルトの声にゴーランさんの視線が僕から逸らされる。ホッと小さく息を吐き出した。

「じゃあ早くその高みの見物とやらをしに行きなよ。あんたのそのヘラヘラした態度っ――……本当にちゃんと成功するんだよね？」

「大丈夫だ。何度も練習は済ませてるし」

「済ませてるって言っても、全部騎士団にやられてるんだよね？　そんなので大丈夫なわけ？」

「大丈夫大丈夫～」

イラっとした声に混じって案じるようなアルトの声。そんなアルトに、ゴーランさんは肩を竦めて立ち上がり、あくまで楽しそうに答えた。

僕は聞こえた内容にそっと二人を窺う。

今の話……。魔物とか騎士団って、もしかして最近魔物がでるのはこの二人が……

「……最近、魔物の集団があちこちに出てるって」

「ん？」

「……なに？」

気づけば話す二人に割って、声を出していた。でも、自分で声を上げたはずなのに、向けられた二人の目に息を呑んだ。そして、手の拘束に意識が向き、心臓がドクッと大きな音を立てた。

窓もなく、扉へと続く道には二人が立ち塞がって僕を見下ろしている。

聞きたいことがあるはずなのに今、自分の置かれている状況を妙に意識してしまう。そして街に響いた警報音と煙、二人が話していた内容が頭を巡り恐怖に喉が張り付く。

……確認して、そうだと言われてしまえば僕はどうしたらいいんだろう？

「……ねぇ、なにって聞いてるじゃん。何だんまりきめてるわけ？　あんたのそういうじうじとしたとこほんと嫌い!!」

何も言わない僕にアルトの癇癪声が響く。ビクッと肩が揺れ、怒らせたとまた血の気が引いた。

「おいおい、あんまキーキー怒ってやんなよ。こんなに青ざめちまって可哀想じゃねえか」

「はあ？　こんなののどこが可哀想だって？　人をイラつかせるだけじゃん！」

わかってる。僕もこんな僕が嫌い。

心の中でシアンさんに助けを求める自分がいた。湧き上がる恐怖に助けてと願っている自分がいる。

街の中で魔物が出たと言っていた。きっとシアンさんはその対処で忙しいはず。なのに助けてと願っている自分がいるんだ。

困ったことがあればなんでもシアンさん頼りで、こんな情けない自分が嫌い。

頑張れと、自分を鼓舞して手を強く握りしめる。だけど効果はない。掌に食い込む爪の痛みが自分の情けなさを証明しているようだった。

「ほらなんだ？　なんか聞きてぇことがあるんだろう？」

僕を睨みつけるアルトをまぁまぁと諭した後、ゴーランさんは子どもに話しかけるように優しい口調で僕へと問いかけてくる。だけど、その目は弧を描きとても愉しそうだ。

悔しくて、目に涙が滲んだその時――

「！」

胸元にあるものが震えた。狭まっていた視界が晴れたような気がする。

僕は一度唇を噛みしめ、そっと目の前にいる二人に気づかれないように胸元にあるネックレスへと魔力を流した。そして、シアンさんが声を出す前にと、顔を上げ口を開いた。

「……最近、魔物の集団があちこちに出るってシアンさんが言っていました。それはアルトと……――ゴーランさん、あなたのせいなんですか？」

不自然に聞こえない程度に名前を強調するよう告げる。

僕が思っている通り、二人がこの騒動の原因なら、今のこの状況は怖いものじゃない。きっとチャンスなんだ。

設置したと言っていた。高みの見物だとも言っていた。これらがいい意味じゃないことくらい簡単にわかる。今の街も、シアンさん達の状況もわからないけど、きっとシアンさんの力になれる。

そう思えば恐怖に張り付いていた喉はしっかりと声を出してくれた。やっぱり僕は、なんでもシアンさんに頼ってしまう。だけどシアンさんの存在を感じれば心が強くなる。

じっとゴーランさんを見つめると、暫くそのままに彼はニヤッと笑った。

「なんだ知りてぇのか？」

よかった、バレてない！　内心喜ぶも、緊張して手に汗が滲む。

シアンさんにちゃんと聞こえてるかな？

声を出しちゃだめだよとそっと祈りながら、僕はゆっくりと頷いた。

「……知りたいです、僕を攫った理由も、街に何をする気なのかも」

少しでも情報を聞き出そうとしているのがバレたら終わりだ。それに、どれほどこの魔石の性能がよく、魔力消費量が少なく済むといっても、僕の魔力量的にあまり時間はかけられない。

そんな、緊張と不安に心臓が早鐘を打つなかで、アルトが不審に満ちた声を上げた。

「……ねぇ、まさか教える気？　それにソラノ。あんたそんなの聞いてどうするつもり？」

向けられる視線にドキッと心臓が嫌な音を立てる。

僕の幼馴染、昔から隠し事や思ってることがアルトにはバレることが多かった。

アルト達が企む話、街と森付近で起こった魔物騒動。聞いて伝えなきゃいけない話はたくさんある。

どうか気付かれませんように、と願いながらアルトを見上げた。

蒼の瞳と目が合う。でも、すぐにアルトはピクリと片眉を動かし、顔を歪め僕から目を逸らした。

「……やっぱりあんたの顔嫌い。その顔を僕に向けないで」

「え？」

こんなことは初めてだった。

「はは！　なんだよそれ嫉妬か？　素材が全然ちげぇんだから妬むな妬むな」

「はあ？　妬んでなんかないけど？　どうして僕がソラノ風情を？　僕はね、こいつの正義面したような、いい子ちゃんの面を被ったこいつの顔が大っ嫌いなだけ！」

「はいはい。さて、話を聞きたいんだっけ？　いいぜ、教えてやっても」

ゴーランさんは、興奮するアルトをおざなりにあしらうと、その目に暗い光を宿しながらやっぱり愉しそうに笑った。そんな目を、僕はどこかで見たことがあるような気がした。

「言ったよな。最近魔物が出んのが俺らのせいなのかって。そうだぜ、まさしく俺達の仕業だ」

やっぱりと思うと同時に息を呑む。するとますます愉しそうにゴーランさんはヘラヘラと言葉を続けた。

「いい顔だなあ！　それでどうしてかって？　それはな、俺達が魔物で擬似的なスタンピードを起こしてこの王都をめちゃくちゃにしてやろうとしてるからだぜ？」

「……スタンピード？」

スタンピードは大量の魔物の発生・襲撃のこと。その起こる理由は様々だけれど、騎士団が対応する中でも非常に稀《まれ》で危険な事件だとシアンさんから聞いたことがある。

それを起こす……？

「……そんなことをしたら街の人達が……」

「ああ。みんなお陀仏だなぁ」

そんなことダメに決まっている。

くっ、と荒らげそうになった声を噛みしめ、心を落ち着ける。

ダメだと思うからこそ早くシアンさんへ情報を。

「……擬似的にスタンピードが起こせるなんて聞いたことがありません」

「それができるんだよなぁ～」

「どうやって……」

「それは教えらんねぇな」

……流石にそこまでは教えてくれないよね。

やっぱり、と内心肩を落とした。きっとこの先の情報が一番シアンさんにとって大切だと思う。ゴーランさんを見上げると、ずっとニヤニヤと笑ってる。そこには絶対教えないという色は見えない。言い方を変えるか、言い募るかをすれば教えてくれそうな雰囲気がある。まだそれが救いだ。

目を伏せ、どう話を切り込むか考える。

そう言えば昨日シアンさんが魔物に関して召喚陣がどうとか言っていたし、アルトもそう言っていた。

このことを言ってみよう。

「……さっき、アルトが魔物を召喚したと言っていました。そのあと設置は終わったって。それは街のどこかに召喚紙陣か召喚具を置き、それを使ってスタンピードを起こそうとしているんですか？」

「おいアルト。お前、文句言う割にお前こそ喋っちまってんじゃねぇか!!」

「うるさい」

ぶふうっと噴き出し、アルトを振り返って笑うゴーランさんをアルトはじろっと睨みつけた。

この様子だと僕が言ったことは合ってるみたいだ。

「でも、それでどうやってスタンピードを起こすつもりなんですか？」

「ん？　なんだ、そんなに知りてぇのか？」

ゴーランさんが僕を軽く見下ろす。やっぱゴーランさんには教えてくれそうな雰囲気があった。

どうしてだろう。いや、そんなことを考えるのは後だ。

「……ここは、僕が生まれ育った街です。そんな簡単に、何も知らないまま壊されるなんて嫌です」

「ぷ、あはっ！　あんた馬鹿なんじゃないの？　生まれ育ったって、その育った街でずっと虐《しいた》げられてた奴が何言ってんの？」

「それでもだよ」

笑うアルトに伝える。

辛いことも悲しいこともたくさんあった。だけど、ここは両親と暮らした場所であり、八百屋のおじさん、ロンにラトさん達、そしてシアンさん、皆と出会えた場所だ。なくなってほしいわけがない。荒らされてほしいわけがない。

じっとアルトと睨み合うようにしていれば、またゴーランさんが僕の前にしゃがみこんだ。

「んー、まぁ教えてやってもいいけどタダで教えんのはつまんねぇし……——一つ条件をつけさせてもらおうか」

「条件……？」

「ああ、キスさせろ」

「……え？」

警戒して、言われた言葉に理解が追いつかず固まった。アルトが心底嫌そうな声を上げる。

「はぁ？　キスとかゴーランさん何気持ち悪いこと言ってんの？」

「うわ、ひでぇなぁ。んな軽蔑した目で見んなよぉ、傷つくだろ？　こんな可愛子ちゃんを前にそういうことをしたいって思うのは当然のことだろ？　ならまずは味見からだ」

「だからって……はぁ。まぁいいや。ソラノがどうなろうと知ったことじゃないし」

アルトはそう言うとそっぽを向く。

「はは！　一応幼馴染ってやつだろ？　酷いこと言うねぇ。で、どうする？　キスしてくれるって言うんなら教えてやってもいいぜ？　それ以上でも俺は大歓迎だけど？」

スッと足を撫でられ、身体がビクッと跳ね、血の気が引く。

「ほ、他は……」

「別に教えてほしくねぇんならそれでもいいんだぜ？」

……どうしよう。

胸元のネックレスに意識が向く。

きっと今のこの会話をシアンさんは聞いている。それなのに、この人とキスをするなんて、嫌だ。でも、ゴーランさんが勿体ぶっているこの先の話こそが、絶対に重要なはず。きっとシアンさんの役に立つ。

……ううん、シアンさんのためだけじゃない、僕だっておじさんやロン達がいる街を潰させたくなんてない。キスくらいで情報が手に入るなら――

「……わかりました」

「はははは!!　あんたシアンさんがいるのに他の男とキスするんだ～。ひど～い」

「おーおー！　覚悟決まってるじゃねえか。じゃあ、遠慮なく！」

アルトが笑い、ゴーランさんの顔が僕に近づいてくる。

……嫌だ。

だんだんと　近づいて来る顔と吐息の生暖かさに、恐怖と嫌だとの強い感情が湧き上がる。下がりそうになる身体を留める。見たくなくて目を瞑った。……それでも、嗚咽が零れる。

「……ふ……ぅ……っ」

「……やっぱ気持ち悪い」

「いて！　おいアルト、何すんだよ！」

ドカッとした重い音とそんなゴーランさんの声にパッと目を開く。ゴーランさんが右足の太腿を押さえていて、どうやらアルトがゴーランさんを蹴り上げたようだった。

呆然とアルトを見上げれば、僕達を見るその表情は嫌悪でいっぱいだった。

「だって、なんで僕が嫌いな奴らのキスシーンを目の前で見なくちゃいけないわけ？　見なくてもゴーランさんただのキスで終わらせるわけないよね？　だったらそんな気色悪いもの側でやられること自体が無理。吐き気がする。どうしてもやりたいっていうんなら僕がいないときにして」

「……嫌いな奴らって、一応俺達共犯者で同志だろ。はぁぁ……プライド高ぇ奴は難しいな」

渋々、ゴーランさんが僕から離れる。

「ぁ……話は……」

血の気が引き、身体は冷たいままに言えば、ゴーランさんは「気が逸れたしな」と肩を竦める。

キスをしなくなってホッとするも、同時に話も聞けなくなってしまい絶望した。

どうしよう……このままじゃ街がっ。

「――ぶっ！　そんな泣きそうなすんなよ」

グイッとゴーランさんは目を細め僕を覗き込む。

「俺はな？　元来お喋りなタチなんだよ。昔は立場が立場だったからこれでも気をつけて行動してたんだ。けど、その立場もなくなって、やろうとしてる事が事だろ？　自慢したくて仕方がねぇんだよ！　特に、お前はシアンとアランが大切にしている奴だからな。今こうして俺に捕まってるって知ったらあいつらどう思うだろうなぁ」

ゴーランさんはそれを想像してか、愉しそうに空を仰いで笑う。そして、一頻《しき》り笑うとひたりと僕を見据え、まるで内緒話をするかのように自慢げに話しだした。

「お前、誘発剤って知ってるか？」

……聞くと、すごく簡単な話のように聞こえた。

誘発剤とは、魔物を誘き寄せる粉のこと。召喚具にはいくつか種類があるけど、ゴーランさん達は対となっている召喚具を使い、この街に魔物を溢れさせようとしているようだった。方法は、魔の森を始めとした野生の魔物が多くいる場所に転送用の召喚具を誘発剤付きで設置すること。そして、魔物を対となる王都やその周辺に設置したもう一つの召喚具に送り込む。

ゴーランさん曰く、王都には特別製の誘発剤を用意しているようで、今は意味もなく王都周辺を彷徨っている魔物達もその誘発剤が作動すれば、一気に王都に向かうだろうとのこと。

「そんなこと、できるはずが……」

「それができるのが、天然魔石だ」

僕の呟きに、ゴーランさんが答える。

用意された魔道具は三つ、四つの話ではないらしく、その魔道具に使われる多くの魔石は人工ではなく天然のものだそう。そして、召喚指定範囲距離も召喚できる魔物の数、耐久性など馬鹿にできないという。すでに転送用の召喚具の周辺には何日も前から誘発剤を撒き、そこに魔物達が集まっているのは確認済み。王都住みの人間には魔物なんて見たこともない人も多いだろうし大興奮するだろうなとゴーランさんは笑った。

じゃあもう街は血の気が引く僕に、ゴーランさんは首を横に振った。どうやらそれらの魔道具は時限式のようで、まだゴーランさんが言う召喚具達は作動していないようだ。

――なら、何故王都内に魔物が現れたのか。

「その方が面白くねぇか？　一気に襲われて死ぬより、原因もわからず混乱させて、不安を煽って慌てふためかせてから本陣が出てきた方が絶望感が増して面白いだろ？」

ゴーランさんはあっけらかんと言う。そして、最後手を広げて笑った。

「あと一時間もしねぇうちにあちこちから魔物が襲ってくるぞ！　どんな反応するか楽しみだな！　はは!!」

「っ」

そんな言葉を最後にネックレスに流していた魔力が途切れる。

……はぁぁ、とバレないように下を向き息を整えた。

今まで魔力が少なくても不便に感じたことはなかったけれど、もう少しあればと思った。

もっと聞くべきことがあったんじゃないかとも思う。でも僕の魔力じゃあこれが限界だった。

恐怖を煽ってそれを楽しむだなんて、到底理解できない。それでも時間に猶予があるのはありがたい話だった。

一時間――それだけあればきっと、シアンさん達がなんとかしてくれるはず。

胸元にあるネックレスはもう震えない。最後に目を瞑り、もう一度息を吐いてから顔を上げた。

「そんな大それたこと、本当に成功すると思っているんですか？　それに何のためにこんなことを」

「一応小ちゃい村で試した時は上手くいったから大丈夫だろ？　まぁ失敗する可能性はなくはねぇが……失敗したらしたでそれまでだな」

ふとした疑問だったが、返ってきた答えに愕然とする。

「試した？　その村の人達は……」

「んなもん全滅に決まってるだろ？　ちゃんと証拠も消したし、運悪く魔物に襲われたで解決したはずだぜ？　理由については……まぁ、腹いせみてぇなもんか？」

……腹いせ？

簡単に全滅だというゴーランさんに息を呑み、眉を顰《ひそ》める。

それからゴーランさんは腕を組んで懐かしむように語りだした。

「俺はなぁ、四年前まではこれでも結構大きい盗賊団の頭《かしら》をやってたわけよ。隣国とも仲良しで好き勝手やらせてもらってたんだけどよぉ、アジトをアラン達、騎士団に見つけられちまってなぁ。俺以外の奴らみんな死ぬか捕まっちゃったんだよな〜」

「……じゃあこれは仲間の人達のための復讐ですか？」

「復讐？　いや、捕まんのも死ぬのもその間抜けどもが悪いだろ」

鼻で笑い、やれやれというように肩を竦めるゴーランさん。やっぱりこの人はこういう人なんだと思った。

「んで、まぁ色々あってせーっかく、将来有望株っつってお隣さんでも名前の挙がってたアランの餓鬼は殺せただろって思ってたのに……まさか助けられてるとはなぁ」

チラッと僕を見るゴーランさんに、ようやく思い出した。

——この人が昔、アランさんが言ってた盗賊なんだ。

「んで俺の人生そこから散々なわけよ。隣国のお偉い方らは怒り狂うわ、その後に始まった戦争ではアランとシアンのせいで最終的にこっちは負けるしよぉ。それで、アランを仕留めそこなった事を根に持たれ、用済みだと言われ、俺は隣国でも超一級のお尋ね者ってわけだ。ま、それは追われる前に、魔石も金目のもんも全部持ち逃げしてやったのもあるけどな！」

なるほど。じゃあ今回使っている道具は隣国から盗んだもので……

「そういうわけで、あの二人には色々と借りがあるわけだ。どうせならその借りをドデカく返したくてな」

「……全部言いがかりじゃないですか。自業自得ですっ」

「おお～言うねぇ」

ニヤニヤ見下ろしてくるゴーランさんを負けじと睨み返す。

今までの話から、どうしてこんなにもゴーランさんに対し危険を感じ、彼が喋ってくれるのかわかったような気がした。

ゴーランさんの目は、たまにいた貧民街で暴れていた人達の目に似ている。何もなくなって、自暴自棄のようにお酒に溺れ、ただ楽しむために暴れ壊し、他者を虐《しいた》げようとしていた人達に。

「……アルト、どうしてこの人に協力しているの？」

アルトを見る。

「は？」

「アルトはよくわかってるはずだよ。僕より人を見る目が確かなアルトが、ゴーランさんの危うさに気づかないはずがない。そんな人にまだついていこうとするほど僕が憎いの？　簡単に練習だなんて言って、村を全滅させたって笑うような人だよ!?」

この人は危険だ。自分さえ楽しければなんでもいい人で、そのためならなんでもする人。信用してはいけない人。

それは貧民街で一緒に生きてきたアルトならよくわかっているはずだ。だからこそ、アルトは所々でゴーランさんに不信感に満ちた目を向けている。

「別に練習が必要だってことは僕にだってわかるし、どうせ他人なんだから、いくら死のうが関係なくない？」

「なっ」

アルトは不愉快そうに眉間に皺を寄せ、肩を竦めて言った。

「それに僕さ、街の連中含めて下民の奴らみんな嫌いなんだよね」

「……下民？」

それって、貴族の人とか偉い人が自分より下の人を見下して言う言葉だよね？

「そう。……確かに僕だってこいつのことは信用してないし、関わっちゃダメな人間だってことくらいわかるよ」

「おいおい、そんな俺は信用ねぇのかよ」

話す僕達をゴーランさんが揶揄する。そんなゴーランさんをアルトはぎろりと睨み据えた。

「ゴーランさんは黙ってて、本当のことでしょう？　でも、裏切ったら絶対に許さないからね」

「関わっちゃダメって思ってるのに、どうして……」

「……何その他人事《ひとごと》みたいな言い方？　言っとくけどあんたが送ってきた手紙も一つの要因だからね？　あれどんな神経して送ってきたわけ？　散々僕から逃げて無視してたくせにさ」

「え？　無視？」

なんのことかわからず戸惑った。

もしかしてシアンさんとの遠出から帰ってきた日のことを言っているのかな？　戻ってこいとは

言われたけど戻らなかったから。

でも、確かその時にも無視してと言っていたような気がする。

「そうだよ！　この僕がわざわざあんたを迎えに行ってやったのに、シアンさんの家に閉じこもってずっと僕のこと無視してたでしょ！」

「もしかして家に来てたの？」

驚いて目を丸くする僕にアルトは「白々しい」と吐き捨てた。

そこでふと思い出す。そういえばシアンさんのお家の防犯用魔道具の一つにそんな機能があった気がする。

確か、敷地内に入った特定の人物に対し、その人が出す音を遮断し聞こえなくするというもの。

「これで心置きなく居留守を使える」と一緒に暮らし始めたばかりの頃にシアンさんに教えてもらったことがある。その時は胸を張るシアンさんに、騎士さんも大変なんだなと思っただけだったけど、もしかしてシアンさん、その機能をアルトに使ってたのかな？

「シアンさんに取り入って、僕の嫌がることばっかして。それで約束破って髪まで切ったあんたを許せると思う？」

「髪……」

「そう、なんで髪を切ったの？　あれだけ切るなって、見せるなって言ってたのに街中を堂々と歩いてっ！　しかも切った初日から街の連中僕になんて言ってたと思う？　僕よりあんたの方が綺麗とかぬかしてるんだよ!?　散々僕を持ち上げてきたその口で!!」

ヒステリック気味に地面を蹴りつけ、憎々しげに僕を見るアルト。そんなアルトの目は見たこともないくらいギラギラと怒りにその色を染めていた。

……やっぱり、あの髪を切った日に聞こえたアルトの声は幻聴じゃなかったんだ。

「おー怖っ！　やっぱソラノちゃんに妬いてんじゃん！」

「は？　だからなんで僕がこいつに妬くの？　ソラノの分際でこの僕との約束破ったんだよ？　これで苛立つなって方が無理に決まってるじゃん！」

そう言ってアルトは、角材を地面へ打ち付けた。その様子を見て、ゴーランさんはまた楽しげに笑い、とんでもないことを言う。

「おーおー頑なに認めねぇわけね。気ぃつけろよ、ソラノちゃん。それ、お前を甚振《いたぶ》るのにちょうどいいって、どっかから拾ってきてたやつだぜ」

「え⁉」

思わずアルトが持つ角材に目が向く。四角《よんかく》とも角が尖っていて、意思をもって殴られれば、軽い怪我じゃ絶対に済まないだろう。

なんで持っているんだろうと思ってはいたけど、まさか僕に使うためだったなんて。

「もう、ゴーランさんは黙ってて！　次喋ったらソラノに使う前にゴーランさんに使うからね！」

「ははは！　怖ぇ～！」

ピシッとアルトがゴーランさんへと角材を向ける。それでも揶揄《からか》うような口調であり続けるゴーランさんに、アルトはますます怒りを募らせているようだった。

「っとに！　どいつもこいつもみんな僕を舐めすぎ！　ソラノもそう思わない⁉　ころころころころ態度変えられてさ！　あんたは街連中のこの変わり身にムカつかないわけ⁉」

「僕は……」

「あ、そっか！　いい子ちゃんの能天気馬鹿だもんね？　考えられるだけの頭持ってないか！」

僕が答えるよりも前に、アルトは馬鹿にするように僕をあしらう。それにムッとした。

僕だって思うところがないわけじゃない。でも、今はただ自分の名前を呼ばれて、それでいて笑顔を向けてくれる人が増えることの方が嬉しいんだ。散々嫌われて蔑まれてきた分。それのなにがダメなの？

「そうだね。でも、そんな馬鹿でもアルトがやってるのがいけないことだってわかるよ？　怒りに任せて何も考えずに行動しているのはアルトじゃない！」

初めて、アルトに対し正面から言い返した。それにアルトがカッと顔を赤くする。

「っはあ⁉　僕が考えなしだって言いたいの？　ソラノの癖に！」

「信用できないってわかってるゴーランさんと手を組んでる時点でそうでしょう？　それに癖にって言い方はやめて！」

アルトは、いつも僕を下に見る。

アルトは器用で、人にも好かれて、いつも堂々として綺麗だった。僕とは全然違うアルトを、ずっと羨ましいと思っていた。だから僕に持っていない物を持っているアルトに何を言われたって仕方ないと思っていた。

でも、今のアルトに、『ソラノの癖に』なんて言われたくなかった。

反抗的に言葉を返す僕に、アルトの蒼の瞳が揺れる。

「何、さっきからその口の利き方っ。僕に口ごたえするつもり？　ソラノは僕よりずっと価値のないダメな人間なんだよ？　そんなダメ人間の側にいてやった僕に、逆らおうっていうの!?」

「っ僕だって！　ずっとアルトが側にいてくれて嬉しかった。でもそれは、アルトを友達だと思っていたから！　僕はこんな一方的な関係なんて望んでなかった！」

「一方的で何が悪いの！　僕はね、みんなから評価されて敬われて、常に一番にいるべき人間なの！　なのにあんたが僕からそれを奪うから悪いんでしょう!?」

「奪う？　僕は何も奪ってない。僕は、ずっとアルトのことを友達だと思ってた。そんな相手から何かを奪おうだなんて僕は絶対にしないっ！」

二人とも叫ぶように言葉を交わす。

アルトがあの角材を僕に使おうというのなら、その前に逃げなければならない。逃げるためには冷静に隙を突かなければならないこともわかっている。だけど、今こんな状態だけどやっとアルトと話をすることができている。

「……はっ、何が友達？　あんたと友達とか寒気がするんだけど？　嫌いだって言ってるよね？」

吐き捨て、嫌悪と蔑むような目が向けられる。僕はそっと目を伏せた。

「うん、僕達友達じゃなかったよね。僕はアルトがいないと一人ぼっちになるからって、自分のことばかり考えてアルトから言われるがままに全部受け入れて側にいた。そんなのが友達なわけないよね。でも、そうだとしても僕はアルトから何も奪っていない。――アルトが自分で手放したんだ」

まっすぐ、アルトを見て伝える。

アルトが言う僕が奪ったものとは、その口ぶりからしてたぶん人や居場所のことだろう。

アルトは僕の言葉に意味が分からないと顔を歪めた。

「はあ？　僕が？　違う。あんたが僕から全部奪ったんだ。それで街にはあんたなんかに簡単に靡《なび》く頭の馬鹿な人間が多いんだ。散々見下してたくせにコロッと態度を変えて、ここぞとばかりに不平不満を言い出すっ！　だから、そんな奴らなんて、いらないんだよ！」

「……そうやって相手が悪いって決めつけて、拒絶するからこそみんな離れていったんでしょう？　アルト自身に悪い所はなかったって考えないの？」

「はあ？」

確かにアルトが言うように、みんな僕が素顔を出しただけで態度を変えた。それでも僕がソラノだということにはみんな懐疑的だった。みんながみんな手のひらを返したんじゃない。僕が嘘を言って騙そうとしているんじゃないかと直接疑われたことも怒鳴られたこともあった。その度に説明していたけれど、上手くいかないことも多く、落ち込むことだってあった。

でも、最近のアルトの言動や金遣いの荒さや歌を歌わなくなったことで、みんなのアルトに対する疑いがどんどん深まっていった。それをアルトにぶつけた人達に対し、アルトが冷たく接していたのを知っている。そして、そんな行動がさらに疑いや不信を深め、アルトの元を去る原因に繋がっていったのも知っている。

信じてた人もいたのに、手を差し伸べてくれる人だっていたのにその手を振り払ったのはアルトだ。

それを、アルトはわかっていない。

「僕に悪い所？　あるわけないじゃん。当然のことに文句を言う奴が悪いに決まってるんだから。……ほんとさっきからその反抗的な態度なんなの？　ソラノの癖にシアンさんや周りに煽てられたからって変に自信ついちゃったわけ？　それとも恐怖で訳が分からなくなっちゃったの？」

「僕が怖がってるかどうかくらいアルトならわかるでしょ」

すかさず言い返せばアルトは悔しそうに顔を歪めた。

その姿に、僕は深く息を吐いた。そして、静かに口を開く。

「ねえアルト。それだけ僕を下に見て、僕のことがそんなに嫌いなら、どうして――僕に成り変わることを選んだの？」

「……っ」

その問いかけにアルトは息を詰まらせた。すぐに馬鹿にすることもない反応に、自分の中で芽生えていた疑問が確信へと変わった。

「アルト。アルトは僕のことをよく価値がないって言うけど、僕は僕にもっと自信を持ってもいいんだってやっとわかったよ」

「っはあ？　何言っ――」

アルトは震えた自分の声に一度口を閉じると、嘲笑うように僕を見下ろした。

「……ねぇそれってシアンさんにそういう戯言を吹き込まれたって話？　夢見てないと現実ほど惨めなものはないものね？　でも、ソラノのその自信は見ている側からすれば相当痛いよ？」

「そうかな？　僕はそう思わないよ。だって――アルトが一番僕に価値があるってことを教えてくれてるでしょう？」

「……え？」

呆気にとられて固まるアルトの横でゴーランさんがニヤニヤ笑っている姿が僕の目に入った。

ずっと疑問だった。

シアンさん達は、アルトは喋り方も態度も仕草も言葉遣いも全部僕に似せて、完全に僕に成り切っていると言っていた。その理由を、アルトは僕が気に食わないからだといつも言っていた。

だけど、僕を貶《おとし》めるためだけにそこまで僕に成りきる理由がわからない。

特に歌。わざわざ魔道具に録って流し、魔法を使って自分が歌ってるように見せるだなんて面倒な手間をかけなくていい。自分で歌えばいいのにアルトは僕の歌声を選んだ。いつバレるかもわからないリスクを背負ってまで魔道具に頼ったんだ。

それは――

「……アルトは、それだけ僕と僕の歌に価値を見出してくれていたんでしょう？」

今までのアルトの話を聞けば、アルトは常に誰からも一番になりたがっている。なのにアルトは僕に成り代わった。一番になるための方法に嫌っている僕に成り代わることを選んだんだ。

「っ違う!!」

「違わないよ。アルトだけは最初から今まで僕を認めてくれている」

「っあんたみたいなゴミを僕が認めてる？　そんなわけないでしょ!?　ソラノの癖に僕にそんな戯言吐いて調子に乗っていいと思ってるの!?　誰のおかげで今まで生活できたと思ってるんだよ!!」

「アルトのおかげだよ！」

衝動的に叫んだ。

もしアルトが僕を連れずに、一人ソラノとして外に出ていれば僕はどうなっていただろう。

孤児院に残っていたとしてもアランさんはきっと来なかった。そして独りぼっちの孤児院で来ることのないアランさんを待ち続け、何も知らずに孤児院を出ることになっていただろう。そうして、何もわからないままにアルトとして周りから追いやられ、絶望し食べるものも帰る場所もなく今よりも悲惨な状況になっていた可能性が高い。その方が、アルトにとっても都合が良かったはず。

なのに、アルトは僕の手を引いた。それがどうしてかはわからない。だけど――

「アルトには感謝してる。僕がこうして生きてこられたのはアルトがいたからだ。でもっ、これ以上奪われる続けるのは嫌だ！」

「嫌だから何？　だからどうするの？　何もできないでしょソラノなんかにッ」

「そんなことないよ」

何もできなくなんかない。アルトを前にこうして話すことができ、恐怖を抱かないこの心こそがその証拠だ。

だから、アルトへと宣言する。

「アルト。こんな中でも僕を愛してくれた人が、僕に味方してくれた人がいた。その人達のためにも奪われたものは全部返してもらうよ。それを僕が奪うと取るなら好きにすればいい。もうなにもしないままで終わらす気なんてない。何を言われたとしても、もう僕はアルトには負けない!!」

「ツ、なんでっ」

アルトの表情が一瞬泣きそうに歪む。そして俯くと、強く拳を握りしめ、口を開く。

「……っなんで僕から奪おうとするの。なんでソラノの癖に僕の上に立とうとするのっ」

「立とうとなんてしてない」

「僕に逆らってる時点でしてるでしょ!? なんで? なんで僕に逆らうの? せっかく手に入れたのになんでまた僕から奪おうとするの!!」

泣きそうになりながらアルトが叫んだ。それを、まっすぐと見返す。

「してない。僕から奪わなくてもアルトはちゃんと全部持ってるよ。持ってるのに、自分の手で手放し続けてるだけだ」

「ツそれって僕が悪いってこと!? っソラノの癖に、ソラノの癖にふざけんな! 全部あんたがいるから悪いんだ！！！」

「っ!!」

感情のままに叫んだアルトが手に持っていた角材を大きく振り上げた。

頭……顔へと落ちてくるそれを避けきることができず、鈍く重い音が響いた。

「ぐっ、あ゛ぁぁあ゛ぁぁぁッッ!!」

左腕に、今までにない激痛が走った。

「ソラノの癖に説教するな！　ソラノの癖に逆らうな！　ソラノが全部悪いんだ!!」

「ぐッ……！」

続けて何度も蹴り上げられる。

咄嗟に避けたことで、顔には当たらなかったけれど、左腕上腕に激痛が襲う。庇うこともできず、加えられる暴行に痛みに意識が飛んでしまいそうになる。

「くそっ！　まだ寝ないでよ！　妄言吐いて僕を不快にさせた責任、ちゃんととりなよ!!」

また角材が振り上げられる。衝撃に堪えるために目を閉じ、ぐっと歯を噛みしめた時。

「おいおいせっかくの可愛い顔が台無しになってんぞ。それに顔はやめろって！　後で楽しもうと思ってんだから!!」

「はあ!?　まだ諦めてなかったわけこの下半身野郎！　ソラノを消すのに手伝ってくれるって言った癖に邪魔しないでよ！」

朧げに聞こえる会話にゴーランさんがアルトを止めてくれたのがわかった。

薄く目を開くと、顔を歪めたアルトをゴーランさんが羽交い絞めにしていた。

その間に少しでも息を整えようとするも、少し力を入れるだけで身体が軋む。今は息を短く吐き出すことしかできなかった。痛い。だけど後悔はない。

言いたかったことを言えた達成感の方が強かった。

「離してよ！　僕がソラノなんかを羨ましがるわけなんてないっ。ソラノより僕の方が何もかも優れてるんだ！」

「いや、んな興奮してる時点で説得力皆無だって」

「はあ⁉　ゴーランさんさっきから誰の味方してんの⁉　協力する気がないのなら離して！」

「だって今離したらお前絶対ソラノちゃん殺しちまうじゃん」

「はぁっ……はぁっ……ぁ」

息を吐き、目を開けた視界にまっすぐとした扉と、その先へと続く道が見えた。

――今なら逃げられる。

そう思えば、不思議と体が動いた。

「おいおい、木ィ振り回すなって……ん？　何だ？　外が……」

「あっ⁉　ソラノ‼」

走る。ドクドクと頭に響くように、腕が痛い。上手く息も吸えず、足取りはフラフラだった。

後ろからアルトの怒声が聞こえる。その声に焦りが増していく。

ここはどこだろう、そう考えたところで上へと上がれる階段を見つけた。人二人ほどが通れそうな幅の細い階段。そこしか道はない。

「はぁっはぁっ……あっ……ッ⁉」

上ろうとすれば、足が縺《もつ》れて転んでしまう。膝をガツンッと打つも、すぐに立ち上がって階段を上った。……こんな自分に笑えてしまう。

腕や身体、そこら中が痛いのに、逃げれている。走れている。こんな状況なのに諦めるなんて考えは全く浮かんでこなくて、ふらふらとした足取りなのにしっかりと立てているような気がした。

そして、階段を上った先には木の扉を見つけた。でも、なんとか開けようとするも当然のように開かず肩が落ちる。

「――本当馬鹿だねソラノ。そんな簡単に逃げられるわけないじゃない」

「っ！　アルト」。

振り向くと、苛立ちはそのままに余裕の笑みを浮かべたアルトがいた。

追いつかれた。

ここがどこかの地下だとすれば、この扉の先は外に繋がっている可能性が高い。どうにかしてこの扉を開けて逃げないと。

……シアンさん。

体と頭はアルト達の方に向けながら、後ろ手でそっと扉に触れた。

「言っとくけどその腕じゃあその扉は壊せないからね？　この鍵欲しい？」

見せびらかすようにアルトが扉の鍵を掲げる。

鍵……アルトが持ってるんだ。

どうにかその鍵を奪えないかじっと睨みつけると、アルトが不快そうに眉を顰《ひそ》めた。

「ねぇ、今からでも土下座して謝るなら許してあげてもいいよ？」

「しないよ」

すかさず言い返す。

僕は何も間違ったことはしていないし、絶対に諦めない。飛びかかってでもアルトから鍵をもらう。

「っ、ソラっ――」

「……おい、てめぇ何かしたか？」

「え？」

アルトを遮り、後ろからアルトを押し退けて現れたゴーランさんが僕を見て言う。そして――

「……どうしたのゴーランさん？」

「どうしたもこうしたもねぇよ。ははっ！　なんでこの場所がばれてんだア？」

声を立てて笑った。

その言葉に一つの希望が芽生えた時――

「っ、シアンさん!!」

扉の向こうで声がした。

『――ソラノ!!　大丈夫か!!』

来た……来てくれたっ！

『ソラノ！　もし扉の前にいんなら少しでいい。離れてろ！』

その言葉に、喜びのあまり扉に触れようとしていた身を引いて、一歩後ろに下がった。その瞬間、目の前の扉が赤い炎を上げた。

「ソラノ！」

「シア――！」

火の粉が消え去る前に、残る燃えかすを踏みつけシアンさんが姿を現す。そして、僕を目に入れると手を伸ばし掻き抱くように僕を抱きしめた。

「よかったっ。遅くなって悪い」

「っ、ううん」

触れる手の優しさと温かさに、涙が溢れた。

遅くなんてない。悪くなんてない。シアンさん――

「来てくれてありがとうっ」

深い安堵が僕の心を満たした。

第八章　反撃

シアンさんに抱かれたのはほんの数秒の間だと思う。

だけど数秒とは思えないほどの深い安堵が僕の心を満たした。続いて誰かの足音が響く。

「シアン！　お前はもう少しラグを持たせられないのか！　まだソラノが近くにいたら……ソラノ！」

「アランさん！」

シアンさんの後ろから現れたのはアランさんだった。

アランさんは僕の元まで来ると、ホッと安堵の表情を浮かべ、わずかに顔を顰《しか》めた。

「無事か？　……いや、今縄を切る。シアン腕を緩めろ」

「ああ」

アランさんに言われ、シアンさんが僕を抱きしめる力を緩めた。その瞬間、安堵から忘れかけていた左腕の痛みが蘇った。

「……っ゛い……」

「ソラノ!?　おい、アラン！　ソラノの手、切ったんじゃねぇだろうな！」

「切るわけないだろ！」

痛みに声を上げた僕にシアンさんは驚きアランさんを睨みつけてしまう。だけど二人共すぐに僕の腕に怪我があることを見抜いたのか、真顔になった。

「ソラノ、見せてみろ」

左手をシアンさんにとられる。自由になった右手でシアンさんの服を握り、目を瞑って痛みに耐える。袖が破れる音の後に、二人の息を呑む音が聞こえた。

「……てめぇらよくもっ」

唸るよう、シアンさんがゴーランさん達を睨みつける。それに対してゴーランさんは笑みを浮かべ、アルトを指差した。

「はっ！　それをやったのは俺じゃねぇよ。こっちのガキだよ」

「なっ、ゴーランさん！」

「ソラノ、ポーションだ。これを飲めば痛みが和らぐ」

「あ、ありがとうございます」

アランさんは懐から小瓶を取り出すと、蓋を開け僕に渡してくれる。水のようなそれを飲めば身体の中がポカポカとして少し痛みが引いていく。

ホッと息をつけば、ゴーランさんが笑みを含んだ声を上げた。

「おい、シアンにアラン。てめぇら、なんでここがわかったんだ？　しかもその様子、まるで俺がここにいるのがわかってたみてぇじゃねぇか。四年ぶりだぜ？　もっと驚いてもいいだろ？」

「んなてめぇに感動なんか感じねぇよ。それになんでわかっただって？　予想はついてるだろ？」

シアンさんは薄っすら笑うと、僕を自分の方へと引き寄せた。そして、腕と身体で僕を支えると、僕の胸元から鎖を引き、ゴーランさん達へ見せつけるようネックレスを掲げた。

「ソラノに渡してた通信具。その魔力を追ってここまで来れた」

ゴーランさんがひゅう！　と口笛を吹く。

「通信具？　おいおい、それ天然魔石か？　高価なもん持たせてんなァ。おい、アルト。俺はそんなん聞いてなかったんだけど？」

「っ、僕だって知らなかったよ！　なんでソラノなんかがそんなの持ってるの！　分不相応じゃん！」

焦るように叫び、僕を睨むアルト。ゴーランさんは、どこか他人事《ひとごと》のように肩を竦めている。

あくまでも余裕のあるその姿に、シアンさんはピクリと顔を顰《しか》め、一歩前に進み出た。

「ゴーラン、お前の計画はこっちに筒抜けだ。ピーチクパーチク、ベラベラとお前が喋ってくれたおかげでな。時限式で一気にだとか言ってたが、こっちにはありがたいくらいだ」

「すでに街にも森にも、騎士団が向かって対処を始めている。この場所の包囲もな。大人しく投降するんだ」

「あーあ」

「アランさん!!」

アランさんを見て縋るようにアルトが声を上げる。

そんなアルトに、アランさんは一瞬目を伏せ、静かに告げた。

「……アルト、君もここまでだ」

……アランさん。

表情に出ているわけじゃない。だけど、どこかアランさんは悲しそうに見えた。

「そういうことでどうするゴーラン。抵抗すんなら容赦しねぇぜ？　俺の大切なものに手を出してくれたしな。前回の借りといい、喜んで相手してぶちのめしてやるよ」

「ははっそうかよ！　じゃあ相手してもらおうか！」

シアンさんが挑発的に言えば、それに応えるようゴーランさんは懐から三枚の紙を取り出し、魔力を込めた。

すると紙がぱっと光る。そして焼け落ち、塵になると同時に、黒く大きな三匹の生き物が目の前に現れた。

「「ひっ！」」

急に近くに現れた生き物を見てアルトは腰を抜かし、僕はシアンさんの服に縋り付いた。

狼のように見えるけど、鋭く伸びた爪や牙、その体躯の大きさが僕の知っている狼のものとは違う。その鋭い目で睨まれると恐怖で体が竦む。

「おいおい、こんな狭い場所でそんな魔物出すなよ」

「召喚紙陣、まだそんなものを持っていたのか」

呆れた声で呟くシアンさんとアランさん。

その時、ほんの一瞬、シアンさんとアランさんの視線が交わされたのが目に入った。

そして、「ソラノ」と、小さな声でシアンさんに名前を呼ばれる。

見上げれば、シアンさんと目が合った。そして、僕を支えるシアンさんの手に力が入り、それはすぐに緩められた。シアンさんもアランさんも、もうゴーランさん達しか見ていない。

……二人が何をしようとしているのかわからない。

わからないけど、握りしめていたシアンさんの服から手を離し、体を浮かせ、その時を待った。

「万が一って時の準備は必要だろうが」

「へー。んで四年前と同じく転移でおさらばってか」

「ははっ！　わかってんじゃねぇか」

　ゴーランさんが、さっきとは別の紙を懐から取り出す。

　ピンッと空気が張り詰める中、お互いに一挙一動を見逃さない雰囲気があった。そんな中で、アルトは縋るよう震えた声をゴーランさんへと上げた。

「ね、ねぇ……ゴーランさん。僕は？　当然僕も連れて行ってくれるよね？」

　嫌な予感を感じたんだろう。

「なんで？」

「な、なんでって……！　わかってんでしょ！　このままじゃあ僕、捕まっちゃうじゃない！　最後まで責任もってよ‼」

「無理。お前を連れて行くメリットねぇし、三体程度の魔物じゃあそれほど時間も稼げねえどろうからな。あとこれ紙だから。一回一枚一人限定だし、物理的にも無理」

「っそんな！」

　嘆くような声を上げるアルトに、ゴーランさんは嗤《わら》う。

「なんだよ。俺が信用できねぇ奴だなんてこと、初めからわかってたんだろ？」

「そ、それは……でもっ！」

「でもじゃねぇよ。これでも感謝してほしいくらいだぜ？　本当なら盾替わりに使ってもよかったけど――腰抜けたお荷物はいらねえんだよなァ」

　ゴーランさんはヘラヘラと、価値のないものを見るようアルトを見下ろし、冷笑する。

「まあ、役立たずでもいい暇つぶしにはなったぜ？　嫉妬に空回って堕ち続けるお前の姿は面白かったからなァ。いや～誘ったかいはあったわ！　――で、悪いがそういうこった！」

その最後の言葉と同時にニヤッと僕達に向き直ったゴーランさんは、魔物達へ手を振る動作をする。すると、一斉に魔物達が僕へと口を開き、噛み砕こうと襲い掛かってくる。

「アラン!!」

シアンさんはそう叫ぶと、狭い通路内なのにそんなことを感じさせないほど身軽に魔物を避け、一直線にゴーランさんの元へと駆けていく。それと同時にアランさんは僕を抱え、一番に飛びついてきた魔物を剣で払い、扉の向こうへと下がった。

「てめぇ、ソラノを狙いやがったな！」

「ぐっ!!　おいおい恋人なら真っ先に守ろうとしてやれよ!!」

それからシアンさんがゴーランさんに転移紙陣に魔力を込める時間を与えず、蹴りを入れようとしている所までが僕が見えたところ。

扉の向こうは開けた部屋だった。部屋といってもここも土壁に覆われていた。僕がいた部屋よりも広く、あちこちに酒瓶や何かの食べかすなどが散らかっている。そして部屋にある棚や隅にある幾つもの箱の中には何かの瓶や草、宝飾品や魔道具みたいなものがたくさん詰め込まれていた。

「ここはゴーランの隠れ家だったらしい。奪った金品や魔石を着服するための」

アランさんは階段付近から距離を取ると、壁際にそっと僕を下ろした。

「腕は大丈夫か？　急に抱き上げてすまなかった」

「大丈夫です」

そう言ってアランさんの後ろを見れば、魔物三匹が鋭い目で僕をじっと見ていた。それは襲いかかる機会を狙っているようにも見える。

「ソラノ、怖いだろうがもう少し耐えてくれ。必ずシアンの元に帰すから安心して……待っていてくれ」

そう言ってアランさんは魔物に向き合う。

……アランさん僕が怖がってると思ってるんだ。そんなことないのに。それに、待っていてくれと言ったところで顔が歪んだ。

そんなアランさんにふっと苦笑して、僕を守るために向ける昔と変わらない大きな背中に向かって僕は伝えた。

「アランさん、僕は大丈夫ですよ。だってアランさんが守ってくれますから。だから怖くありません。……でも、待ってますから今度は早く来てくださいね？」

「っ……ああ」

来てくださいねはちょっと違ったな、と思いつつ一人小さく笑った。

一対三で、僕がいて邪魔になっていると思うのにアランさんはそんなことを感じさせない立ち回りで襲いくる魔物達に対峙する。

狭い場所だからか魔法は僕に近づかせないよう牽制に使う程度。確実に一匹一匹を剣で仕留めていく。初めて見る魔物と騎士の戦い。それは瞬きの間に終わった。でも、舞う血に恐れはあれど、アランさんの強さに見惚れてしまっていた。

「ソラノ。大丈夫か？」

アランさんは魔物の呼吸が途絶えたのを確認した後、息切れ一つせず僕の元まできてそう言った。

「……アランさんすごい」

騎士って、アランさんってこんなにも強いんだ。

「ソラノ？」

「あっ、は、はい！　大丈夫です！」

頭を軽く振った後、伸ばされた手に手を伸ばすとアランさんの身体が少し強張ったのがわかった。

それはまるで触れてもいいのか戸惑うようで、やっぱり僕の知ってるアランさんだと思った。

「……アランさん。守ってくれてありがとうございます」

その手を両手で強く握りしめる。

今言うべきことじゃないかもしれない。でも、今言うべきだと思った。

「……ずっと待っていました」

「……っ」

僕の言葉に、アランさんが息を呑む。

この一ヶ月の間に、一度だけアランさんはシアンさんの家へ僕に謝りに来てくれた。その時は僕も悪かったからとお互い謝り合い、笑顔も見せてくれたけど、アランさんは最後まで僕への罪悪感が拭えていないようだった。

だから、あの時は言わなかった辛かったこと悲しかったことを全部伝える。

「……ずっと待って、会いたくて。もう忘れられたのかもわからなくて毎日がずっと不安でした。でも、一人ぼっちで、何処にも居場所がなくなって行く中でもアランさんとの約束があったから僕はどれだけの人に嫌われ、蔑まれても耐えられました。……そして、だからこそ、アランさんの言葉に、態度にたくさん傷つきました」

アランさんの表情が後悔と罪悪感に染まる。そして、握る手から力がなくなっていった。けど、その手を僕はしっかりと握った。

「でも、僕、嬉しかったんですよ？」

「嬉しい……？」

「はい！　間違っていたとしてもアランさんは僕に会いに来てくれました。アルトを通して、アランさんがどれだけ僕を大切に思ってくれていたのかを知っています。それがどれだけ嬉しかったか……――アランさん、僕はずっとアランさんに言いたかったことがあるんです」

アランさんへと微笑み、告げる。

「ずっと待ってました。会いに来てくれてありがとうございます。すごく、すごく嬉しかったです。怪我がなくてよかった。目が治ってよかった。また……あなたに会えてよかった。助けに来てくれて、ありがとうございますアランさん」

「っ」

本当は会った時に言いたかった。でも、今日まで言えなかった。やっと、言うことができた。

僕の言葉を聞いたアランさんは、一瞬顔を歪めて片手で顔を覆った。そして、強く唇を噛みしめると、手を離して僕と同じように微笑み返してくれた。

「ああ。ソラノ、私こそありがとう……。ずっと、っずっと待っていてくれて……っ、ありがとう」

「っはい！」

その言葉で十分ですよアランさん。大丈夫です。アランさんはちゃんと約束を守ってくれた。会いに来てくれて、一緒にいてくれた。悲しかったことも辛かったこともあったけど、アランさんのその気持ちはしっかりと届いています。だから、早く自分を許してあげてほしい。

そう願い、今度こそお互い伸ばした手をしっかりと握った。

僕が立ち上がると、アランさんは息を吐く。そして、その表情を真剣なものに変えた。

「……ソラノ、今から外に待機している仲間と合流する」

「え？　でもシアンさんは……」

僕はアランさんの後ろの通路に目を向けた。あの先にはシアンさん達がいる。

「まずは君の安全確保が優先だ。それが終わればすぐに戻る。……まぁ、今のゴーランが相手ならシアンの心配はいらないだろうがな」

「今の……？」

どういう意味かと、アランさんを見る。

「ああ、四年前のゴーランには強者の覇気を感じたが今の奴にはそれがない。その分投げやりで嗜虐的な雰囲気がある。真っ先に君を狙ったこともそうだし、初めの街への攻撃もゴーランの話を聞けばとても意味があるものに思えない」

「あ……面白いだろって言ってました」

「そうか……」

眉間に皺を寄せた後、アランさんは「行こう」と僕を横抱きにする。だけど、移動に移す前に階段の方から何かを重く引き摺るような音が聞こえて立ち止まった。

その場に緊張が走るも、そこから現れた影を見て、一気に緊張が解ける。

「シアンさん！」

「シアンか。早かったな」

「こんな自暴自棄になってるような奴に負けるかよ。通路の狭さの方が面倒だった」

それは、ゴーランさんの足を引き摺り、反対の脇にはアルトを抱えたシアンさんだった。

そして、その両手を離すとジトーっとシアンさんは僕達を見る。

「……アラン、ソラノを寄越せ」

「わかってる」

アランさんは呆れたように僕をシアンさんに引き渡す。

感じるシアンさんの温かさにホッとして僕はその胸へと頭をくっつけた。

でも、シアンさんの雰囲気がどことなくとげとげしい。なんだか、アランさんを睨んでいる。

「なんだシアン？」

「……いや、別に」

アランさんもそれを感じたようで、僕と同じようにシアンさんを不思議そうに見ている。

すると、僕を抱くシアンさんの腕にぎゅっと力が込められた。僕はそれに首を傾げるが、アランさんは何かに気づいたのか驚いた表情をした後、苦笑した。

「なんだシアン。もしかして気にしてるのか？」

「別にしてない」

「……まったくお前は……」

ツンっと視線を逸らすシアンさんの頭を、アランさんが乱暴に撫でる。

「はぁ!? やめろっ！」

「変な気を遣うな。逆に私は感謝しているくらいなんだからな。……お前だからこそ諦めがつくというものだ」

息を呑むシアンさんに、ふっとアランさんが笑う。

「幸せにしてやれ」

「……わかってる」

完全にアランさんからそっぽを向いたシアンさんは、どこか子どもっぽく見えた。でも、それを誤魔化すよう、シアンさんは僕に目を落とす。

「ソラノ、大丈夫か？」

「あ、はい。アランさんが守ってくれましたから。シアンさんは？ それにアルトは……」

視線を逸らしてアルトに目を向けた。

アルトはぐったりとしたまま床に下ろされていて、意識はないように見える。

「あー大丈夫だ。生きてる。けど、連れていこうとしたら、抵抗してうるさかったからつい……」

……つい、何をしたんだろう。

「シアン……」

「別にいいだろ？　それより早く外に出るぞ」

僕とアランさんは微妙な顔になるも、シアンさんの言葉により外に出ることになった。僕がいた場所はどこかの狩猟小屋のようで、外に出ればその周囲を複数の黒の騎士さん達が取り囲んでいた。シアンさん達はその中の駆け寄ってきた一人に僕を引き渡すと、少し離れた場所で何かを話し出す。どうやら、シーラさん達に連絡を取るようだった。

「シーラ、ラト聞こえるか？　こっちは任務完了だ。ソラノも無事だし、ゴーラン、アルト共に捕まえた。そっちの状況はどうなってる？」

『ええ聞こえてるわよ。よかった。ソラノちゃん無事だったのね』

『僕の方も聞こえてるよ。僕もシーラもアラン達の指示通り、いくつか発動済みの召喚具を含めて概ね対処はできたよ。それは街の方も同じみたいなんだけど……』

『街には森に設置されていたより召喚具の数が多いらしくて、魔物も厄介な種類ばかりみたい。初めの爆発と魔物も含め、そのせいで街人の避難と怪我人の対応が上手くいかず少し手間取っているよう。ちょうど今応援要請を受けたところ』

「なるほど……」

そこから、アランさん達は街へ応援に向かうメンバーの選定をし、その後の指示を出した。

話を聞くに、シアンさん達も黒騎士団が掃討を担当している森には向かわず、白騎士団が担当している街の応援に向かうようだ。アルトとゴーランさんは起きた時、混乱に乗じて逃げられないように、ここにいる部下の騎士さん達に監視を任せて、二人だけで向かうそう。

本来は、街の治安を守るのは白騎士団の役目。だけど、黒騎士団であるシアンさん達が出るまでに状況が逼迫している。

……僕が、もっと早くゴーランさんから情報を聞き出せていれば、アルトの変化に気づけていればこんなことにはならなかったかもしれない。

それに街に召喚具を置いたのはアルトだと言っていた。その街の被害が大きくなっている。

僕がアルトに逆らったから……ううん。違う。こんなこと思うなら動けばいいんだ。

「シアンさん、アランさん」

ぎゅっと右手を握りしめ、街に行く準備をしている二人の名を呼ぶ。そして、僕は一緒に街へ連れていってほしいと頼んだ。

「はぁ!?　何言ってんだその怪我で!!」

「そうだぞソラノ。街は今危険なんだ。まだここの方が安全だ」

「それでもお願いします」

怪我をしている僕では連れて行くのに邪魔だと思う気持ちはわかるし、迷惑になることもわかってる。だけど――

「僕は、少しだけど癒し魔法が使えます。気休めでも怪我をした人達の力になりたいんです」

怪我人の対応ができていないとさっき聞こえた。なら僕にもできることはあるはずだ。ラトさん達が、僕の癒し魔法は少し他と違うと言って驚いていたし、癒しに必要な声も魔力も回復してきてちゃんとある。あとは、シアンさん達が認めてくれるかどうかだ。

「お願いします！」

「だが……」

二人の視線は厳しい。だけど負けじと僕もそんな二人を見返した。

そんな僕をじっと見た後、シアンさんは僕と目を合わせるようにしゃがみ込んだ。

「……なぁ、ソラノ今どこが痛い？」

「え？」

ゆっくりとそう問いかけてくるシアンさんに何を言いたいのかわからず戸惑う。

「腕と腹と、背中と足も立つのが辛そうだったな」

一つ一つ指差し、挙げられるとその場所がズキズキジクジクと痛みだしてくる。

「今痛いところ、全部お前が怪我をしてるところだ。痛いだろ？」

「……はい」

平気ですと言える雰囲気じゃなかった。

やっぱりダメなのかな……そう思った時――

「だろ？　捕まって、肉体的にも精神的にもだいぶ辛いはずだ。――それでも、俺達についてくる気はあるのか？」

「え？　は、はい！」

「怪我人の力になろうとしてる奴が痛みに唸って蹲《うずくま》ってたら格好つかないぞ？　ちゃんと自分で立てるか？」

「だ、大丈夫です！　立てます！」

急いで立ち上がろうとすれば「今はいい」と止められる。そして、微笑む。

「なら、正式に助力を頼む。ソラノ。黒騎士団、副騎士団長の名においてな」

「っは、はい!!」

「……おい、シアン正気か？」

許可を出したシアンさんにアランさんは困惑したように尋ねた。それにシアンさんは、真剣な表情で頷く。

「ああ。ソラノの癒しの力は強い。これはシーラやラト達も同意見だ。怪我人がどこまで出ているかわからない状況なら、少しでも力は欲しいだろ」

「シーラ達も、か」

頷くシアンさんに気持ちが昂った。僕の気持ちだけでシアンさんは許可を出したんじゃない。僕の力を認めてくれているからこそ許可を出してくれたんだ。

「そうか。……いや、そうだな。私も身をもって体験していたな」

思い出すように一度目を伏せたアランさんは、それから「わかった」と頷いた。

「アランさん！　ありがとうございます！」

それから僕達は急いで街へ行く準備を始めた。移動は、緊急事態だからと転移具で王都まで飛ぶらしかった。浮遊感に慌てて目を瞑り、襲い来る吐き気に耐える。

そして、目を開ければその光景に呆気にとられた。想像以上に建物が壊れ、瓦礫が散乱している。

「アラン」

「……ダメだ、白騎士団長達に連絡が通じなくなっている」

「そうか……あっ！　おい、そこのお前!!」

「はい!!　ってアラン様シアン様!?　もしかして応援に来てくださったのですか!?」

条件反射みたいにピタリと走りを止めて返事をしたのは、白い騎士服を身に纏った若い男の人。

丁度目の前を通りかかったこの人に、シアンさんは今の状況を訪ねるようだった。

白騎士団の人――ドックさんというらしい――が言う話は、だいたいシーラさん達から聞いた話と同じだった。ほとんどの召喚具を破壊することはできたけれど、すでに出現した魔物の掃討が追いついていない。そして、予想以上に街の人もパニックになってしまって、避難・救護がうまくいっていないとのこと。

「そうか……アラン、確かもうすぐゴーランが言ってた一時間だよな」

「ああ。召喚具の破壊漏れがあった場合を考え、早急に今いる魔物を排除し対応に当たらなければならない」

二人はすぐにでも魔物の討伐に向かうようだ。

「ドックだったよな。悪いな、情報助かった。お前は今からどこに？」

「い、いえ！　とんでもありません！　俺……私は今から教会の広場に」

「広場？」

「はい。怪我人の搬送先や避難所にもなっているのですが、騒ぎが起きており、その応援に……」

「騒ぎか……その言い方だと魔物が襲ってきてるわけじゃないんだな」

眉を下げ頷くドックさんに、シアンさんは難しい顔をする。シアンさんもアランさんもなんとなく騒ぎの原因がわかってそうな顔だ。

それからシアンさんは僕を見て確認するように尋ねた。

「行くか？」

「う、うん！」

力を入れて頷く。

「ドック。教会に行くならソラノ……こいつのことも頼めるか？　その広場んとこに連れて行ってやってくれ」

「え？　その方を――っ可愛い！　っい、いえ！　申し訳ありません！」

半目になるシアンさんにすぐにピシッと背筋を正すドックさん。切り替えるようシアンさんは息を吐き出す。

「……ソラノは癒し魔法が使えんだ。役に立ってくれると思う」

「……癒し？」

ドックさんが戸惑うよう視線を彷徨わせた。

癒し魔法は気休め程度の力しかないから、頼りなく思っているのかもしれない。

でも、一瞬の思案ののち、ドックさんはキリッと目元を引き締めた。

「……いえ、治癒師が不足しているのでとても助かります！」

「……ほんとにそう思ってるか？」

「思ってます！」

「シアン、そろそろ行くぞ。──ソラノ、そんなに心配するな」

アランさんが僕を見てふっと苦笑する。

二人は今から魔物を倒しに行く。街にいる魔物は厄介なものが多いと聞いた。どんな魔物と戦うのか想像できず、この場で別れるであろう二人に大丈夫なのか不安が募った。でも、そんな僕に二人は笑う。

「大丈夫だソラノ。魔物相手は私達の専門分野だからな」

「そうそう。伊達に団長、副団長を名乗っていないからな。だから魔物は俺達に任せとけ。ソラノは無理は……いや、──そっちは頼んだぞ、ソラノ」

僕の目に、強く、自信に満ちた二人の姿が映る。そして任せたと僕を見る翠の瞳が焼き付く。

……ああ、何かを守るために立ち向かう人の姿ってこんなにもかっこよくて、力をもらえるものなんだ。

「つはい！」

大きく頷き、去る二人の背中へと声を張り上げた。

「シアンさん！　アランさん！　気をつけて……っ、勝ってくださいね！　待ってますから!!」

「「ああ！」」

シアンさんもアランさんも手を上げ、力強く言葉を返してくれる。

遠くからは何かの雄たけびのようなものが聞こえる。でも、その声に抱くのは恐怖じゃない。自分のやるべきことを果たそうと思う、強い気持ちだけだった。

●

「うぅ……」

「いてぇよ……」

「おい！　早くこいつの怪我を見ろよ!!」

男の人が走り回る治癒師の一人を捕まえて、怒鳴る。

そんな男の人に治癒師の人が叫ぶように言葉を返した。

「もう少し待ってくださいっ。今順番に回っていますので！」

「さっきから同じことばっかだろ!!　さっさとしろよ!!」

「おい割り込むな!!　こっちだって順番待ってんだよ！」

着いた避難先は、怒号と呻き声、それに泣き声に満たされていた。

辺りを見回すと、治癒師やその助手の人が必死に走り回って怪我の治癒や治療に当たっている。

でも、さっきの人のように、走り回る治癒師の人達を呼び止める人が後を絶たない。

それ以外の街の人達はそんな光景から目を背けるよう、俯いたり、祈ったり、頭を抱えたり。

人それぞれで違うけれどみんな一様に表情が暗く、怯えていた。

「……なんで街中にこんな魔物が出るんだよ」

「家、ボロボロよ……どうしてっ」

「なぁ、まだ魔物は倒せないのか？　お前らちゃんと仕事してんのかよ！」

また一人、男性が立ち上がると避難所の警備にあたっていた白の騎士の人を捕まえて怒鳴った。

「落ち着いてください。今団長や他騎士達が対処にあたって――」

「その対処ってぇのはいつになったら終わるんだって話だろうが！　本当にここは大丈夫なんだろうな!?　もし魔物が入ってきたら……！」

「その心配は――」

「ちょっとうるさいのよ!!　縁起でもないこと叫ばないでよ!!」

騎士さんが何かを言う前に、言い争いが始まってしまう。

声が声を呼ぶように叫ぶ声が大きく広がっていく。

その光景に声を失ってしまった。

僕をここまで連れて来てくれたドックさんが、悔しそうに目を伏せる。

「すみません……街を守らなければいけなかった僕達が守りきれなかったせいでこんなことに……」

それに、そんなことをないと首を横に振った。

「ドックさんも、他の方々も皆さんを必死に守ってくれているじゃないですか」

ここに来るまでの道に、騎士さん達が魔物と戦いながら住人の救助、避難誘導に当たっている姿を見た。みんな一生懸命で、怪我をしている騎士さんだっていたのに街を守るために戦っていた。

ドックさんへと「大丈夫です」と力強く頷き、僕は大きく息を吸って鼓動を落ち着けた。そして、小さな声で歌い始めた。

「——♩」

今、声を張り上げても誰も聞いてはくれない。この怒号と悲鳴、そしてみんなが下を向いてしまっている中じゃ、きっと誰の心にも響かない。何も気づけない。だから視界に訴える。

小さく小さく歌いながら癒し魔法を使う。

やがて教会の広場にキラキラとした光がぽつぽつと舞い始めた。

「——ん？　なんだこれ？」

「なんだよ、また何か起こるのか……？」

「今度はなんなのよ……っ」

困惑と怯えの声がする。警戒してる。だけど、みんなが原因を探そうとしたことで声が収まり始めた。囁くように少しずつ声量を上げていけば、光は次第に多く舞い始める。そして、そっと寄り添うかのように人々に触れる。

僕の属性では治癒魔法みたいに誰かの怪我を治すことはできない。でも、苦しみや痛みを和《やわ》らげることはできる。そして、癒しの力はそれだけじゃない。

「あれ？　なんだか身体が……」

「この歌は……」

だんだん僕に向けられる視線が増え始める。

その目に、街の人達の苦痛が少しでも取り除けるように、そして心が落ち着くことができるように歌い、魔法を使う。

癒し魔法には痛みや苦痛を緩和させるだけではなく、心を癒す効果もある。

これだけの混乱だ。多少心を落ち着かせることができても、すぐに恐怖はぶり返し、心を呑み込んでしまうだろう。助かりたいと思っているのにその助けの手を止め、安心したいと思って口に出す言葉が不安や恐怖を煽る。それらの感情は簡単に人へと伝播していき負の連鎖に陥ってしまう。

――この状況を変えないと。小さなきっかけで変わるんだ。そのきっかけを僕が作るんだ。

大丈夫。僕の魔法は、歌はこの状況でも役に立てるはずだ。

何人かが、僕が『ソラノ』だと気が付いたようで、目を瞠《みは》っている。そんな彼らにそっと微笑み囁くよう、不安にならないで。大丈夫だよと心を込めて歌う。

自分を覆う暗い気持ちに負けないで。負けてしまえば気づけなく、動けなくなってしまう。

今、この街を人を守ろうとして必死に戦ってくれている人達がたくさんいるんだ。それぞれが自分に出来る事を探して必死にみんなを守ろうとしてくれている。

今、目の前にいる治癒師の人達だって一生懸命、命を救おうと頑張ってくれているんだ。その気持ちに、その姿に気付いてほしい。恐怖は簡単に伝播する。だけど、安心も勇気も同じように伝播する。

気持ちなんて簡単に切り替えられることじゃないことはわかっている。気づいてほしいだなんて

思っても、僕も全然気づけなかったからよくわかる。心が恐怖に囚われてしまっていれば、もう悪

い方向にしか考えられなくなるんだ。わかるよ。だからこそ届いてほしい。

癒した心に、また恐怖に呑み込まれてしまう前に、僕のこの歌が、心に最初の気づきを灯すきっ

かけになってほしい。

——怖いなら、怖い以外の感情を。苦しいのなら苦しい以外の感情を。痛みに負けそうならそん

な感情に打ち勝てるような感情を。僕の歌で。

こんな、大層なこと考えて、僕の歌が誰かの心に光を灯すことなんてできるのかな？

……なんて不安はない。

状況が違う。だけどアルトが僕の歌はすごいんだということをもう証明してくれている。

『僕』の歌は、ずっとこの街の人に確かに届いていた。

きっとこんなことを思っているのが知られればアルトはまた「そんなことない！」と怒り狂うだ

ろう。僕はアルトじゃないし、実際みんなを惹きつけて笑顔にしたのはアルトだ。きっとすごく努

力したんだろう。

——でも、負けない。

「♩　——♩……はぁっ」

こんなに声を出して、歌うのは初めてだった。

歌うごとに、回復したばかりの魔力が少しずつ減っていく感覚がする。

息継ぎもだんだんと短くなる。だけど歌うのも、魔法を使うのもやめない。

だって、今、目の前に映る光景には僕の歌を聞いてくれている人達がいる。怒号や悲鳴、言い争う声は聞こえない。さっきまで泣き、混乱していた人達が、励まし合うように寄り添ったり、手を繋いだりしている。それだけではなく、治癒師の人達を手伝ったり、困っている人に手を差し伸べたりと、それぞれがさっきとは違った行動をしているのも目に入った。

それがすごく嬉しくて、ふっと笑みが溢れるとともに、顔が上がる。

やっぱり勇気も安心も伝播して、そして巡るんだ。

どれだけしんどくても疲れていても、僕の心にも頑張ろうと光が明るく灯る。

——まだ、まだ大丈夫。

それからどれだけの時間が過ぎたんだろう。もしかすると、まだ十分すら過ぎていないかもしれない。次第に、舞っていたたくさんの光がなくなっていく。

もう魔法を発動させるための魔力が尽きてきたんだ。

「——っ！」

ガクッと足から力が抜けそうになる。

でもまだ、終わってない。慌てて体勢を立て直して歌った。

魔法は駄目でもまだ声は出る。体力にだって自信があるんだ。大丈夫！　でも——

「っ」

また足から力が抜ける。踏ん張ろうとしても力が入らず、今度こそ崩れ落ちると思った時――

「――ソラノ」

誰かが後ろから僕を支え、そっと口元に手を置いて歌うのを止めた。

この手を知っている。

「シ……さ……」

掠れて声が出なかった。見上げれば所々服が破れ、そこから血が滲み、頬にも血が伝うシアンさんがいた。でも、シアンさんの表情に苦痛はなく、どこか誇らしげに僕を見下ろしていた。

「ソラノ、よく頑張ったな」

それから僕の好きなニカッとした笑みを浮かべる。

「待たせたな。魔物は全部倒した。もう大丈夫だ」

「倒し……た……？」

疲れ切った頭ではすぐに理解できず、少しぼぅっとしてシアンさんの言葉を繰り返した。

そんな僕の頭をシアンさんが撫でる。

「ああ、だからもうゆっくり休め」

その撫でる手の心地よさに、ようやく言葉が理解できて安堵に涙が浮かんだ。

そっか、もう大丈夫なんだ。

「うん……」

そう返事を返せば瞼が落ちて意識が沈んでいく。消えそうになる意識の最後に、安堵と、そして大きな歓声が聞こえたような気がした――

インタールード　アルトの本音

シアンさんに気絶させられ、次目を覚ませば僕は牢の中にいた。陰気臭い石壁に囲まれた牢。唯一開かれてる前面には鉄格子がはまっていて外には出られない。

……なんでこうなったんだろう。

幼い頃は毎日が幸せだった。貴族の家に生まれ落ちた僕には、優しい父親と母親がいて、なんでも言うことを聞く使用人達がいた。常にみんなが僕を持ち上げ、羨んで一番だと仰いだ。

……なのに五歳のあの日に全てが変わった。武装した騎士が何人も屋敷にやってきて父と母が連れて行かれた。

僕は怖くて、逃げて、そこからどれだけ周りに助けを求めても無駄だった。今までご機嫌取りに必死だった連中が掌を返して、僕を怖い連中に売り渡そうとした。まるでこの街の連中みたいに。

毎日必死に生き抜いた。ゴミを漁り、草木を齧って泥水を飲んで、惨めで屈辱的でプライドもズタズタになった悪夢のような日々。でも孤児院の前院長に拾われ、孤児院の大人や子ども達の優しさに触れ、救われたことで、僕は本来の自分を取り戻していった。

孤児院でも僕はやっぱり皆の人気者だった。常に子供達に囲まれ、みんなが僕を優遇した。

たまに口うるさく言ってくる連中もいたけれど、その度に他の子達が庇ってくれた。

——なのに、あいつが来てから全てが変わった。

「くそっ!!」

行き場のない怒りを、目の前の鉄格子を蹴りつけることでぶつける。

ソラノを閉じ込めていたようなあの部屋とは違う。もっと薄暗く、じめっとした本物の牢獄。

何度鉄格子を蹴りつけても、この苛つきは収まらない。

あと少しでソラノを消して僕が一番になる事ができたはずなのに、どうしてこんなことになっているんだろう。途中までは全て上手く行っていたはずなのに。

一度目、孤児院の時は失敗した。

ソラノが来てから、みんながソラノを持て囃し、あいつから離れなくなっていった。悪い噂を流して引き剥がそうとしたら、性急すぎて結果的に僕の側から誰もいなくなってしまった。だからこそ次こそはと慎重に、少しずつソラノの信用を落とし、あいつを不快な存在へと変えていった。そして、名前も歌も居場所も、ずっと待っていたアランさんだって奪ってやった。

僕の計画は完璧だったはずなのにどこで狂ってしまったんだろう。

……いや、考えなくてもすぐにわかる。シアンさんだ。

「ソラノがシアンさんに出会ってから何もかもが上手くいかなくなった!!」

目の前の鉄格子を両手で殴りつけ、強く握りしめる。悔しさに顔が歪んだ。

どうしてシアンさんはあんな奴を助けたんだろう。放って置けばよかったんだ。

ソラノさえ居なければ、皆からの人気も変わらず全て僕のものだったし、ソラノが余計なことをしなければアランさんも僕から離れなかった。なんでみんな僕よりあんな奴を選ぶんだろう。

「全員おかしいんだ！　いつまで僕をこんな所に閉じ込めておくつもりなんだよッ‼　っ何がソラノのお陰だよっ……！」

自分の口から悔しげな声がでてしまった。もうここに閉じ込められてから一週間は経っている。なのに、初めに取り調べを受けてから不味いご飯を運んでくる男しかここには来ない。

そして、そいつは僕を見下してはその口でソラノを褒め称える。

魔法を使って怪我人を助けたと。歌って暴動を鎮めたと。誇張でしょと鼻で笑えば逆に鼻で笑い返される。すごく屈辱的だった。

でも、もっと屈辱的なのは今回僕達が起こしたことに対して死人が誰もいないってこと。そして、街が壊されたくせに、住人達みんなが協力的で復興は早いと聞かされたこと。それがソラノのおかげだと鼻高々に言われたことが一番の屈辱だ。

あの男の話す時の笑みを見れば、外の様子がどんなものか簡単に想像ができる。

せっかくゴーランなんかとまで手を組んだのに、なんでこんな結果に……

「……っ……早く、ここから出してよ……」

弱弱しい声がでる。足から力が抜け、ずるずると床に座り込んでしまう。石の床は冷たく、その冷たさが足へ移って僕を侵食していくようだった。

……僕はこのままどうなるんだろう？

時間が経てば経つほど感じていた怒りが恐怖に変わっていく。この薄暗い灰色の闇が僕をそのまま呑み込んでしまいそうで、怖い。

――そんな時、重い扉の開くような音が聞こえた。そこから聞こえてくるのは二つの足音。

「アルト」

「っ、アランさん？　シアンさん！」

いつもの嫌味ったらしい男じゃない、僕をここから救えるであろう二人の登場に、嘘ではなく目に涙が滲んだ。だけど、二人は淡々と僕を見下ろし、アランさんが告げる。

「お前の処罰が決まった」

「……え？」

「三日後、お前を北にあるクカク強制労働場へ移送する」

「なっ！」

北のクカク強制労働場といえば、重犯罪者のみが送られる過酷な労働施設だ。

労働だけでも無理なのにそんな凶悪犯達がうじゃうじゃいるような所に行けって？　僕みたいなか弱い存在がそんな所に行ったらすぐに死んじゃう。

「その時までに自分がやった愚かさを噛み締めておくんだな」

そう言ってアランさん達は、すぐにここから去ろうとする。

そんな二人に僕は慌てて鉄格子にしがみつき、声を上げた。

「ま、待って!!　どうして僕がそんな所に送られないといけないの!?　僕はゴーランに騙されていただけの被害者なんだよ!?」

「騙されていただけ？」

「……被害者？」

ピタリと二人の歩みが止まる。だから目に涙をいっぱい溜めて可哀想な感じで訴えた。

「そうだよ！　本当はこんなことしたくなかったんだ……でもゴーランに脅されて協力するしかなくてっ！　ちょっと痛い目に遭わせるだけだからって言われてたのにまさかこんな大事《おおごと》になるなんて思わなかったんだ……本当にごめんなさい……っ」

下を向いて後悔いっぱいに聞こえるように言う。そして、声を何度も途切れさせながらポロポロと涙を零した。――ほら、僕は可哀想でしょう？

「その割には、ソラノから聞こえた通信では全容を把握してるような口ぶりでデカい態度だったけどな」

「っそれは……」

呆れを含んだシアンさんからの言葉に、思わず口ごもってしまう。だけど、そんなのいくらでも言いようがあると視線を戻すと、二人はさっきと変わらず冷たい目で僕を見下ろしていた。

「アランさん？　シアンさん？」

「悪いけど、同情を引こうとしても無駄だぞ。お前の本性はもう知ってるし、アランも俺も、お前が何を言っても助ける気なんてないからな。諦めろ」

「どうして……？」

「どうしてってなぁ」

シアンさんが呆れたように僕を見る。その表情にイラッとした。

シアンさん達は侯爵家の人間なんだから僕を助けるなんて簡単にできることだ。なのにどうしてすぐ助けてくれないの？　と、そこまで考えてああ、と納得がいった。

シアンさんは汚らしい嫌われ者のソラノなんかに落ちたような物好きな人間、変わり者だ。そんなシアンさんに情で訴えようというのが間違いだった。

「……アランさん。アランさんなら僕を助けてくれるよね？　元とはいえ恋人だったでしょ！」

そう言えば、アランさんは眉間にピクリと皺を寄せると、静かに目を伏せ首を横に振った。

「……すまないがそれはできない。アルト。もう観念しろ」

「っなんで!!」

観念しろ？　ここで諦めたら何もかも終わるじゃない！　ゴーランと手を組んでたとしても、結局は見捨てられたんだから被害者と同じ。計画も失敗したんだから見逃してくれてもいいでしょう!?

……と、そう怒鳴り散らかしたいのをなんとか耐えた。僕にとっては生きるか死ぬかの大事な分岐点。喚く前に何か考えないと。この状況を打破できるような何かを……っ。

「……アルト。いくら言葉で取り繕おうとしても無理なものは無理だ。自分がやったことの重さをお前自身もちゃんと理解しているだろう？　だから騙されたと他に責任転嫁しようとする」

「っ、それは」

アランさんが告げる。でも、だとしてもだ。僕はこんな所で終わっていい人間じゃないんだ。そんな場所に連れて行かれるような人間じゃないんだ。だって僕はっ――

「アルト、君も貴族だったのなら最後くらい潔く自分の罪を認めるべきだ。いつまでこんな醜態を晒すつもりなんだ――アルト・ワトヒール」

「……え？」

アランさんが言った言葉に固まる。そして、さっきまでの勢いが嘘みたいに削がれた。

「どうして……」

「ここまで王都を混乱に陥れた奴だ。素性から何まで隅々まで調べるのは当たり前だろ」

肩を竦めシアンさんが答える。

「じゃ、じゃあなんで僕を助けてくれないの？　僕は貴族なんだよ？」

ワトヒールは僕の貴族だった時の姓。

「元だろ」

元？　それがどうしたの？　それでも高貴な身分であったことには違いないでしょう？

まさかシアンさん達より下の男爵家だったから助けてくれないの？

「……言っとくけど、『元貴族』だからとか、俺らより位が低いからだ、なんてことは関係ないぞ。たとえお前が『元』じゃなかったとしても、そんな裏に手を回すような汚い真似はしないし、それだけのことをしたってことを早く自覚しろ」

「そんな……」

シアンさんの心を読んだかのような言葉に力が抜けた。

「はぁ……にしてもお前も馬鹿だな。本当ならとっくの昔に処刑されてるはずなのに生死不明のまま数十年。たった五つの子どもが生きていけるわけがないって判断されてたのに、まさかゴーランと手を組んじまうとは……」

「……そうだな。もっと真っ当に静かに生きていればよかったものを……」

僕へと憐れみを向けてくる二人。そんな二人にカッと感情が昂った。

「っうるさい！　僕は真っ当に生きてきたよ!!　僕も両親も何もしてない！　なのになんでそんな目で見られないといけないわけ!?」

「ソラノに成り代わろうとしている時点で全く真っ当じゃねぇだろ……」

「それに君の両親は、守るべき領民を虐げ搾取《しいた》し、悪戯に命を奪って贅に溺れていた。親の責任を子が負うべきだとは思わないが――両親を失った際に、心当たりがなかったわけではないだろう？」

「それでもっ……！」

それでも僕にとっては優しい両親だった。僕達は幸せに暮らしていたんだっ。

「……アルト。君は自分が犯した罪にしっかりと向き合うべきだ。それに、さっきからここから助けろと叫んでいるが、もし仮にここから出られたとしても君の居場所はもうどこにもない」

「え？」

痛ましげに僕を見て、告げるアランさん。困惑していると、シアンさんがじろりと僕を睨んだ。

「今回街を襲った件が全部お前のやったことだってみんな知ってんだよ。お前隠す気なかっただろ。爆発や魔物が発生した場所付近で、お前が不審な行動をしていたのを見たって声が多い。直接騎士団まで来て、お前を出せって奴が多くて困ってるぐらいだぞ」

「そ、そんな……だって、ゴーランさんが……」

魔道具を置く時、街の奴らのことなど全く気にしてなかった。だってゴーランさんは気にするなと、どうせ死ぬ奴らだからと笑っていたから。

僕の言葉にシアンさんが眉をしかめる。

「もしかして、ゴーランに隠れる必要もないって指示されてたのか？　……それ途中でお前に罪被せて、見捨てる気満々だったんじゃねぇの？」

その言葉に黙り込む。少し考えればわかったはずだ。でも、ソラノと街の人間に復讐することばかり考えていて、気づかなかった。

「～くそっ、ゴーランの奴っ!!」

怒りのまま鉄格子に拳をぶつける。僕を騙す気満々だったゴーランにも、こんな簡単なことにも気づかなかった自分にも腹が立った。

「何に腹立ってんのか知らないけどな、気づいてて目を逸らし続けてたのはお前だろ？　アラン。さっさとここ出ようぜ。こいつと話すのも疲れる」

「……そうだな」

「なっ！　ま、待ってよ！　本当に助けてくれないのっ!?　このままじゃ僕っ!!」

鉄格子から離れる二人を慌てて止める。今、この機会を逃したら僕に未来はない。泣き縋ってでもどうにかこの状況を打破しないと。そう思って必死に二人に手を伸ばした。だけど、届かない。

「……アルト、もう諦めろ」

アランさんが悲しそうな顔をして僕を見る。

「ゴーランと手を組んだ時点で君は完全に道を間違えたんだ。……これは君が選んだ結果だろう？」

最後にそう言ってアランさんはシアンさんと共にこの場から去っていった。

「……僕が選んだ？」

アランさんが言った言葉を呆然と繰り返す。その言葉は昔、僕がソラノに言った言葉だ。

「っ……なんで？　なんでその言葉が僕に返ってくるのッ!?　なんで！！！！」

何度目の前の鉄格子を殴りつけても、何も変わらない。

ソラノのせいだ。ソラノが、ずっと下を向いとけばいいのに前なんか向くから、だからこんなことになったんだ。どうして僕は孤児院からソラノを連れ出してしちゃったんだろう。

あのまま放っておけば、あいつは今よりもずっと惨めな生活を送っていたかもしれない。……でも、近くにおいていないと不安だったんだ。

ソラノは、いつも選ばれる立場で選ぶ立場でもある。そして、自然と惹かれ人が集まる存在。その中心で笑っている存在。

ソラノがいれば誰も僕に見向きもしなくなる。ソラノを野放しにしておけばいつかこうなることはわかってた。だから手元に置いて、監視して、あいつが笑えないようにしておこうと思ったんだ。

……僕はソラノが怖かったの？

「ッッふざけんな!!　そんなことない！　そんなことないんだ！　そんなことっ……ふ、うぅ……ぁぁっ……」

泣いても、誰も僕の側には来てくれない。きっとソラノならこんな時誰かいる。だけど僕には誰もいない。暗い檻の中で、僕は一人ぼっちのまま泣き喚いた。

●

……泣いた後は、ただただぼーっと虚空を見つめた。

どれだけ叫んでも怒鳴って泣いても、誰もこの状況から助けてなんかくれない。

僕のやったことは全て街の人間にはバレている。街に戻ったところで僕の居場所はもうどこにもなく、街中が敵だらけだとしたら、ここから一歩でも外に出れば僕はタダでは済まないだろう。

それがわかっていて、外に出たいとはもう思わなかった。今まで僕に向けられていたはずの憧憬や好意の目が、怒りや憎しみ、嫌悪に変わっているのを想像するだけでも現状に抗う気力が失われる。

今まで頑張って築き上げて来たものが全部なくなった。ただあるのは、絶望と酷い喪失感だけ。

「……あ、そっか、ははっ！　……そっか！」

嗤笑するような自嘲するかのような笑い声が出た。

ムカつくことに今の状況がソラノと重なった。僕の前で崩れ落ち、絶望していたソラノ。なるほど、あの時のソラノもこんな気持ちだったんだ。そう思うとざまあみろと愉快さが込み上がってくる。

――でも、その瞬間、余計なものまで思い出した。

『――アルト！　一緒に歌おう！』

随分昔に見たソラノの笑顔。

「っ……ははっ、……何でこんな時にあいつを思い出しちゃうんだろ……」

ソラノが孤児院に来た日のことをよく覚えている。……目が離せなかったんだ。

肌が白くて、髪色は昔によく飲んだ紅茶のような綺麗な色だった。手入れなんてされていないはずなのに触りたくなるようなフワフワの髪に、頬はほんのり赤く目はキラキラと輝いていた。

不安でいっぱいでも一生懸命挨拶をしている姿はすごく庇護欲を誘う姿だった。

ソラノが孤児院にやってきたことでなくなった僕への注目。子どもながらに必死に取り返そうとあいつの悪口を言いふらしていれば、いつの間にか僕の傍には誰もいなくなった。ソラノのせいで。

「……あれ？」

ギリッと唇を噛むも、ふと、そういえば一人ではなかったことに気が付いた。そういえばソラノだけは、ずっと僕の側にいた。皆が僕を遠巻きにしたのに、ソラノだけは僕の側にいた。

よく自分の悪口言う奴に笑いかけられるもんだよね。……でも、それからどうしてかソラノと二人で遊ぶようになったんだ。

寂しいと言うから、遊んでほしいと言うから仕方なく遊んであげた。歌しか歌わないソラノに合わせてよく一緒に歌ってあげた。それからしばらくすれば、孤児院のみんなといつの間にかまた遊ぶようになったんだ。

「……あ、そうだソラノだ……！」

そこまで考えて、一筋の光が差した気がした。思わず背中を壁から浮かせる。

僕をこんな状況に追いやったソラノには腹が立つ。だけどあいつは使える。アランさん達が無理ならソラノに頼めばいいんだ。ソラノにさえ会えればきっとあいつのことだから僕を助けてくれる。単純で馬鹿なお人好しだもん。今までのことを泣いて謝って必死に助けてと乞えばきっと――

「……ッハ……あいつに？」

自嘲気味に笑って、浮かせた腰をもとに戻した。

こんな場所にいるせいで思考がおかしくなってる。

最後に見たソラノの姿を思い出す。おどおどしていなかった。僕からの好意を探そうとすることもなく、ただそこに立って、僕に言い返してきたソラノの姿。むかつく姿。

今までずっと、僕の下にいて言いなり人形になることでしか存在できなかった奴。そんな奴に、泣き縋って命乞いをして助けてもらう？　そんなことっ……

「出来るはずないじゃないっ……」

弱々しい声が自分から溢れた。それがまた悔しくて歯を噛みしめた。

額に右腕を乗せ、目を瞑れば瞼の裏にソラノの姿が見える。

『アルトが一番僕に価値があるってことを教えてくれてるでしょう？』

「誰があんたなんかの価値を認めるか……っ」

唸るような声で手を握りしめた。ソラノなんて大っ嫌いだ。いつからこんなに嫌いになったんだろう。きっかけなんて忘れた。でも初めっから大嫌いだった。

『これは君が選んだ結果だろう？』

「……うん、そうだね」

力を抜いて、目を開き天井を仰ぐ。

これは僕が選んだ結果だ。全部わかっていて、この結果を選んだのは僕だ。

きっとソラノのことだから僕の状況を知れば会いに来るはず。最後に、言葉でもなんでも言ってやって一生消えない傷を残してやれる。

ずっと、ずっとソラノのことが大嫌いだった。あいつの顔も声も性格も歌も、全てが嫌だった。

だけど――

『アルト、お歌楽しいね！』

『……うん』

ソラノと一緒に歌っているその時間だけは嫌いじゃなかったのを思い出してしまう。

「……はは。ほんとどこまで行っても目障りな奴……」

頬に涙が伝う。

ソラノのことは嫌いだし、あいつにしたことを後悔なんて一切していない。だけどアランさんの言う通り、僕だって貴族だったんだ。最後は潔くあいつの前からいなくなってあげる。ソラノと同じような状況に陥っておいてこれ以上不様な姿は見せられない。ううん、見せてなんかやらない。

「もうソラノに会わなくて済むと思うと精々するよ」

そう呟いて、僕は灰色の天井に向かって、幼い頃に歌った歌を口ずさんだ。

最後にもう会わない会うこともない大っ嫌いな幼馴染に向けて。

……じゃあねソラノ。

エピローグ　半年後

事件から半年が経ち、もうすぐ春が訪れる。

辺りには麗らかな陽の光が降り注ぐ中、僕は大変に戸惑っていた。

「ソラノさん！　好きです!!　お、俺と付き合ってください!!」

黒い騎士服を纏った男の人が、腰をカクッと前に曲げて僕に手を差し出す。

「ごめんなさい！　……気持ちは嬉しいですが、それはできないです」

「うぅ……そうですよね……それでもやっぱり好きです!!」

「えぇ……」

腰を戻した男の人は、差し出した手をそのまま上に持ち上げてグッと握りそう叫んだ。

……これはどう返したらいいんだろう？

ははは、と苦笑していると低い声が上から降ってきた。

「……おい。てめぇいい加減にしろよ？　誰のもんに手ぇだそうとしてんだ⁉」

「あ、シアンさん！」

ホッとして名前を呼ぶと、翠の瞳が僕を映す。同時に、僕の目の前の人が飛び上がったのが視界の隅に見えた。

「ひっ！　やべー‼」

「待て！　逃げんな‼」

「シ、シアンさん待ってください‼」

すごいスピードで走り去ってしまった騎士さんのあとをシアンさんが追いかけようとするのを慌てて止める。ここでシアンさんと別れてしまうと次、いつ会えるかわからない。

走り去る騎士さんの背を恨みがましく見ていたシアンさんは、次に困ったように僕を見下ろす。

「ソラノ……お前なんでここにいるんだ？」

ここと言うのはシアンさんのお仕事場のことだ。

今、僕がいるのは黒騎士団の本部。ちょっと困ったような表情のシアンさんに、僕ははにかみながら手に持つバスケットを掲げた。

「お弁当、届けに来たんです」

今日、初めてシアンさんにお弁当を作った。

昨日の夜にお弁当を作ってみたいと話したら、シアンさんはとても喜んでくれた。そして、持っていくと張り切っていたのに、逆に張り切りすぎて元気に仕事へ出掛けた結果、見事にお弁当を忘れていったのだ。

だから届けに来た。

シアンさんのお仕事姿を見たいなとの下心があったのは内緒だ。初めて来たからすっごくドキドキした。門まで来たところでシアンさんを呼んでもらおうとしたけれど、街の事件があってから騎士団の人達に知り合いが増えたこともあって、中に入れてもらえた。

そして、シアンさんがいると聞いた訓練場に歩いていくまでの間に、騎士の人達に囲まれ、その内の一人から告白されていたところだ。丁度、今はお昼の休憩時間らしい。

人が多くて見つけられるか心配だったからよかった。

そう話したところで、シアンさんが額に手を当てた。

「ああー悪い……、助かった。けど一人でここに来るのは危ないだろ？　ここはあわよくばを狙った奴が多――」

「あー!!　本当にソラノ君がいる。何どうしたの？　あ、お弁当？」

「あ、ラトさんこんにちは」

シアンさんの言葉遮り後ろから現れたのはラトさん。ラトさんの後ろには、セイラさんやシーラさん、ドンファさんの姿も見える。

他の皆さんにも挨拶をすると、にこやかに返事を返してくれる。

そして、ラトさんは「やっほー」と僕に手を振ってくれた後、邪魔したなと恨めしげにラトさんを見るシアンさんに、まるで面白話でもするように近づいた。

「よかったねシアン。ソラノ君がお弁当を持ってきてくれて。忘れたってすっごく機嫌悪かったもんね。自分が忘れたくせにさ」

「……なんだラト？　喧嘩売ってんのか？」

「え？　ううん、全然。笑える話をしてるだけだよ？」

あぁ、シアンさん拳握っちゃった。ぷるぷるしちゃってる。

そんなシアンさんを見ていると、こそっとセイラさんが僕に耳打つ。

「シアン副団長、またラト隊長に遊ばれてますね」

「ラトさん、本当にシアンさんを揶揄《からか》うの好きですね」

見慣れた光景にセイラさんとふふっと笑い、しばらく見守っていると、背中をつつかれた。

「ソラノ」

「あ！　アランさん」

振り返れば、そこにはアランさんが立っていた。

半年前のあの騒動で、怪我人はたくさん出たけれど幸い死者は一人も出なかった。そして、半年経った今では、街も随分落ち着きを取り戻している。

シアンさんも含め、所々に包帯を巻いていた皆さんも今では傷跡も残っていないようだ。

「久しぶりだな、元気にしていたか？」

「はい、元気です！　アランさんは？」

尋ねればアランさんも「私も元気だ」と笑う。「そうですか」と返事を返し、にこにこ笑っていればアランさんに頭を撫でられた。

少し恥ずかしいけれど、アランさんに頭を撫でられるのはお父さんのように大切な人に撫でられている感じがして好きだった。年齢的にお父さんは変だからお兄ちゃんかな？

「おい、アラン触んな！」

「うわっ!!」

シアンさんに突然腕を引っぱられ、後ろから抱き込まれる。僕はびっくりして目が丸くなるけれど、アランさんは腕を組み呆れ顔だ。

「……そういう意味で触れているわけじゃない。嫉妬は醜いぞシアン」

「そうよね～。もう完全に可愛い弟を愛でる目だったわよね～」

「それでもだ！」

唸り声でも上げそうなほど強くアランさんを睨むシアンさんに、シーラさんが苦笑する。

それからラトさんが、僕の頭に手を伸ばした。

「はは！　ほんとシアン器小さすぎ。独占欲も大概にしないと愛想尽かされるよ？　ね？　ソラノ君」

その手をシアンさんが叩いて止める。

「喧嘩売ってんのか？」

「いやいや、余裕なさそうだなと思って。大丈夫？　ちゃんと仲良くしてるの？　それともシアンが我慢しすぎ？　……後約一年頑張れ!!」

「うるせえ！　余計なお世話だ!!」

意味深にシアンさんへと生温かい目を向け、応援するよう握りこぶしを前で跳ねさせたラトさん。僕はよく意味が分からず首を傾げるも、シアンさんはわかったようで、またラトさんと言い合いを始めてしまった。そんな、二人をアランさんは「落ち着けシアン」と苦笑混じりに止めに行く。

「あ、そういえばどうしてみなさんここに？」

そんな光景を見つつ、ふと思ったことをシーラさん達を見上げ聞いてみる。さっき、ラトさんが本当に僕がいると言っていた。どうしてわかったんだろう？

そう思って尋ねた僕に、にっこりとシーラさんは微笑んだ。

「ふふ、それはね？　水光《すいこう》の精が来てるって騒いでいたからよ」

「水光の精……？」

「ええ。ほら、半年前のあの日、ソラノちゃんが歌う時に舞った光。それが水面に輝く光のような美しさで、その中で歌うソラノちゃんの可憐な容姿と綺麗な歌声がまるで精霊みたいだって話から広まってつけられた――ソラノちゃんのもう一つの呼び名らしいわよ？」

「へ？」

ポカンと口が開いてしまう。そんな僕にますます笑みを深めたシーラさんは僕の頬に手を当てた。

「ソラノちゃんの瞳って、すごく綺麗よね。澄んだ泉みたいに碧《あお》くて……。舞う光と合わされば、まさに陽に照らされた慈光に輝く水面みたいに、夜は月明かりが照らす静穏とした輝きを放つ瞳に変わって、その時々でまたそれも変化する。とても不思議で綺麗。まさしく精霊が持つ瞳にふさわしい目だわ」

スッと親指で目元を撫でられ、その恥ずかしい比喩と言葉にボンっと顔が熱くなった。

「………弁当をもらおう」

「はい……」

すっと差し出された手に、持っていたバスケットを渡すと両手で顔を覆った。

シーラさん、絶対に僕を揶揄《からか》って遊んでる。僕が恥ずかしがるってわかっててそんな大袈裟な言い方をしているんだ。それに水光の精。何度か街で聞いたことがあるけど、まさかそれが自分のことだったなんて思わなかった。

そんな中を平然といつも歩いていたなんて……恥ずかしい……っ。

「こらドンファ！　さりげなく俺の弁当を奪うな！」

「あら、バレちゃったわね」

「シアン副団長、後ろにも耳がついてるんじゃないんですか？」

シーラさんとセイラさんがささめきあう。

そっと顔から手を離して自分の手を見ると、バスケットがなくなっていた。顔を上げると、ドンファさんが得意げにバスケットを揺らしている。

そして、いつの間にかラトさんと言い合いをしていたシアンさんが戻ってきていて、その手からバスケットを奪おうと手を伸ばしていた。それにやっぱりラトさんも揶揄《からか》って参戦して、アランさんとセイラさんが溜息を吐きながら仲裁に入った。

「……ふっ」

その光景になんだか笑ってしまった。本当にみんな仲がいい。

——でも、そこでふとアルトを思い出した。

歌を歌った後、意識を失った僕が目覚めた時には既に一週間が経っていた。

アルトがまだ労働所に移送される前だったので、渋るシアンさんに無理を言って、どうしても最後にアルトに会いたいと願った。だけど、結局は話すことはなかった。

アルトが僕に会うことを拒絶したんだ。

両親が死んで、一人ぼっちで寂しかったときも側にはずっとアルトがいた。文句を言いながらも僕の手を引き、進んで世話を焼いて、一人だと、寂しいと言っていたアルト。

自然と一緒にいることが多くなって、それからは僕の歌をよく聞いてくれていた。

歌の歌詞がグダグダだと言われて、なら二人で考えようと二人で作った歌があった。

僕は寂しいから明るい歌にしたい、アルトは負けず嫌いだったからそんな前を向くような思いつく限りの想いを込めた歌。

思い思いに詰め込んだからやっぱりグダグダになって、それでも何度も何度も二人で歌って遊んでいた、たった一つの歌。いつからか歌わなくなってしまったけれど、それをアルトは覚えていて歌ってくれていた。牢へと続く最後の扉は開けなかった。でも、アルトのその歌は聞こえた。

それは、きっとアルトから僕に向けての、最後の言葉だと僕は受け取った。

……友達じゃなかった。辛いことも苦しいこともたくさん何度もあった。でも、アルトと過ごした時間の中に、悪い思い出しかなかったなんてことは絶対にない。

きっと、それはアルトも同じだと思う。それだけずっと側にいた、幼馴染だったんだ……

「――……あのぉ」

「あ、は、はい」

自然と落ちていた視線を上げ、そっと窺うようにかけられた声に振り向くと若い騎士さんが一人いた。でも、その人の後ろにはさっきよりも増えたたくさんの騎士さん達がいて、いつの間にこんなにも人が集まったんだろうと目が丸くなった。

「あの！　ソラノさんですよね！　お、俺すごくファンで!!」

「え？」

興奮気味に前のめりで発せられた言葉に、目をパチクリさせてしまう。

「あ、い、いきなりすみません！　俺、半年前のあの時、馬鹿やっちゃって怪我してて。避難所にいたんです！　それで騎士なのに動けない自分が悔しくて……でもっ、そんな時にソラノさんの歌を聞いて！」

しどろもどろになりながらも一生懸命に話すその人の表情はずっと笑顔だった。

「光と、歌に、そのうち、怒号も泣き声も聞こえなくなっていって、痛みまで楽になって、俺すっごく安心して励まされたんです!!　その場では役に立てなかったんですけど、その後の復興を頑張れて、頑張ろうと思えてっ！　だからあのっ、あの時は本当にありがとうございました‼」

バッと、騎士さんが頭を下げる。

感極まるよう、精一杯言葉を紡ぎ、感謝を告げるその人に胸が熱くなった。

シーラさんが言っていた。僕の魔法があったから痛みに苦しんでいた人達が楽になり、混乱していた人達はみんな冷静になれたと。それを聞いてよかったと思った。

だけど外に出てみると、魔法だけではなく歌に対してお礼を言ってくれる人が大勢いた。

魔法だけじゃない。僕の歌もあの日、役に立つことができたんだ。そして、その人がこうして笑ってくれている。これほど嬉しいことはなかった。

「ありがとうございます」

微笑みお礼を言う。瞬きをすれば、いつの間にか溜まった涙が一筋こぼれた。

「い、いえ、そんな！　……あのっ……それで……、もう一度歌を歌ってもらうことってできるでしょうか？」

「あ……」

目尻の涙を拭う。おずおずと尋ねるその人の目は期待に輝いていた。

それは、周りの人達も同じだった。

――歌いたい。

「いいぞ」

まるで僕の心を読んだかのような言葉だった。パッとシアンさんを振り向けば、「休憩時間中だしな」とシーラさん達と話していた体勢のままこちらに顔を向け笑ってくれている。

「ありがとう！」

握りしめていた胸元から手を離し、身体を騎士さん達へと戻す。

「よろしくお願いします!!」

「「「ぐぅっ!!　可愛い!!」」」

それから確認をとって人通りの多い通路から離れ、その側にある芝生に走って移動する。

ワクワクとした視線に喜びと恥ずかしさで照れてはにかみ、そして――

「〜〜♪」

真っ青な空を見上げて、歌い出す。魔法は使わずに、春の陽気のように楽しく明るく歌う。

今、僕の目の前には、一年前の僕では考えられない光景が広がっている。

あの頃は、毎日が辛くて、ずっと下を向いていた。僕の味方なんて誰もいないと思って、見つからないように身を縮めて過ごすばかりだった。

だけど、今の僕は知っている。

あの辛い日々の中でも、僕を大切に思ってくれていた人や見守ってくれていた人達がいたことを。

周りの人達を見るとみんな笑顔で嬉しそうに僕の歌を聞いてくれている。そのままシアンさん達の方を見るとシアンさんがすごく優しい目をして僕を見てくれていた。

それに嬉しくなって笑顔を返して歌った。

……あの日、八百屋のおじさんやロンからもらった暗い闇を灯す灯火は、消え入りそうなほど儚いものだったかもしれない。だけど、その光のお陰で僕はシアンさんと出会えた。

そして変わろうと、誰にも負けないと思えたんだ。消えかけた灯火を大きくしてくれた人。

——シアンさん、あの日僕を見つけてくれて本当にありがとう。


その思いを込めて、僕は出来る限りの声を太陽の照らす広い空へと放った。

ハッピーエンドのその先へ ―
ファンタジックなボーイズラブ小説レーベル

&arche NOVELS

アンダルシュノベルズ

ワガママ悪役令息の
愛され生活!?

いらない子の悪役令息はラスボスになる前に消えます1～2

日色　／著

九尾かや／イラスト

弟が誕生すると同時に病弱だった前世を思い出した公爵令息キルナ=フェルライト。自分がBLゲームの悪役で、ゲームの最後には婚約者である第一王子に断罪されることも思い出したキルナは、弟のためあえて悪役令息として振る舞うことを決意する。ところが、天然でちょっとずれたキルナはどうにも悪役らしくないし、肝心の第一王子クライスはすっかりキルナに夢中。キルナもまたクライスに好意を持ってどんどん絆を深めていく二人だけれど、キルナの特殊な事情のせいで離れ離れになり……

詳しくは公式サイトにてご確認ください。
https://andarche.alphapolis.co.jp

異世界BLサイト"アンダルシュ"

新刊、既刊情報、投稿漫画、X（旧Twitter）など、BL情報が満載！

この作品に対する皆様のご意見・ご感想をお待ちしております。

おハガキ・お手紙は以下の宛先にお送りください。

【宛先】

〒150-6019 東京都渋谷区恵比寿 4-20-3 恵比寿ｶﾞｰﾃﾞﾝﾌﾟﾚｲｽﾀﾜｰ 19F
（株）アルファポリス　書籍感想係

メールフォームでのご意見・ご感想は右のＱＲコードから、
あるいは以下のワードで検索をかけてください。

アルファポリス　書籍の感想　検索

ご感想はこちらから

本書は、「アルファポリス」（https://www.alphapolis.co.jp/）に掲載されていたものを、
加筆・改稿のうえ、書籍化したものです。

幼《おさな》馴《な》染《じみ》に色々《いろいろ》と奪《うば》われましたが、もう負《ま》けません！

タッター

2024年 10月 20日初版発行

編集－古屋日菜子・森 順子
編集長－倉持真理
発行者－梶本雄介
発行所－株式会社アルファポリス
〒150-6019 東京都渋谷区恵比寿4-20-3 恵比寿ｶﾞｰﾃﾞﾝﾌﾟﾚｲｽﾀﾜｰ19F
TEL 03-6277-1601（営業） 03-6277-1602（編集）
URL https://www.alphapolis.co.jp/
発売元－株式会社星雲社（共同出版社・流通責任出版社）
〒112-0005 東京都文京区水道1-3-30
TEL 03-3868-3275
装丁・本文イラスト－たわん
装丁デザイン－しおざわりな（ムシカゴグラフィクス）
（レーベルフォーマットデザイン―円と球）
印刷－中央精版印刷株式会社

価格はカバーに表示されてあります。

落丁乱丁の場合はアルファポリスまでご連絡ください。

送料は小社負担でお取り替えします。


ISBN978-4-434-34652-1 C0093